逆時偵查2

時間的主人

張小貓　著

主要人物介紹

路天峰

精英刑警。十七歲時，發現自己擁有感知「時間迴圈」的能力，可以不定時重複經歷同一天五次，並依靠此能力解決了數起要案。在停職期間捲入一場餐廳劫案，劫匪以其女友陳諾蘭的性命為籌碼，要求路天峰回到兩天之前，去營救一個殺人犯的性命。

陳諾蘭

年輕有為的尖端生物學家，同時也是路天峰的女友。得知路天峰要拯救兩天後的自己，一方面受到他的保護，一方面用自己的智慧和知識去幫助他找出幕後黑手。

章之奇

人稱「獵犬」的偵探，擅長所有搜查技巧，能夠準確預測一個人的心理及行動，自稱沒有他找不到的人。雖然看上去十分懶散，工作時則擁有最冷靜縝密的大腦。受路天峰的委託，幫其完成任務。

童瑤

精通網路科技的警局探案新星，與路天峰合作調查幕後真相，判斷出警隊存在「內奸」。

余勇生

路天峰在警局的得力助手，直爽，執行力強。

汪冬麟

反社會人格的冷血殺人犯，西洋棋高手，也是路天峰回到兩天前需要營救的對象。他的黑暗過去造就了其性格。在和路天峰一起逃亡的過程中，與其鬥智鬥力，不擇手段。其身上掩藏著逆轉時間的祕密。

袁成仁

犯罪心理學專家、大學教授，也曾經是章之奇的老師。在章之奇破案過程中，給予了一些幫助和指點。

程拓

路天峰在警局的上司。知道路天峰身上的祕密，並暗中調查。

周煥盛

陳諾蘭過去的老師。掌握著「逆轉時間」的諸多祕密，在幕後影響著一切。

目錄

斷章

「路警官，你還在猶豫什麼呢？」

極度的憤怒，讓路天峰的視線變得模糊起來，手也在微微顫抖著。

「喝下去吧，一切都會變好的。」男人假笑著，聲音尖銳而乾澀。

路天峰強迫自己集中注意力，好看清楚試管裡的奇怪液體——近乎透明，帶著淡淡的粉紅色。聞起來還有點酒精的味道。

「峰！不要答應他……」這時候，他聽見了陳諾蘭的哀求。

「噓——請保持安靜哦！」

「咔嗒」，是手槍保險打開的聲音。

男人舉起槍，槍口抵在陳諾蘭的太陽穴上。

「別傷害她！」路天峰厲聲喝道。

「快喝下去！」男人催促著路天峰，並將手指挪到了扳機上。

「我喝，你提出的條件我都答應你，只要你停止傷害其他人。」路天峰咬咬牙，屏住呼吸，閉上眼睛，一口氣把試管裡的液體全數灌入喉嚨。

出乎意料，這玩意兒竟然不難喝，口感和某種雞尾酒接近，也許裡面真的含有酒精。

「很好，藥效完全發揮還需要十分鐘左右。在此之前，我要向你證明一件事情。」

「什麼事情？」路天峰終於嚥下最後一口，緩緩睜開眼睛。

「你已經沒有回頭路了。」

男人冷冷地說完這句話後，毫不猶豫地扣下了扳機。

「砰！」

「諾蘭——」

路天峰眼前的世界頓時變成一片黑白，聲音也一下子消失了。

除了黑白之外，還有一片刺眼的紅。

然後紅色也漸漸變黑，陳諾蘭倒在那片烏黑當中，就像被黑暗吞噬的無辜者。

序章　諾蘭之死

1

「諾蘭——」路天峰從夢中驚醒，猛地坐直身子，過了好一陣子才回過神來，發現自己的手心和後背全部是汗，連貼身T恤也濕透了。

一隻溫暖纖細的手，從被窩裡伸出來，輕輕攬住他的腰。

「峰，又做噩夢了嗎？」陳諾蘭半夢半醒地問，吐字含糊。

路天峰連續做了幾個深呼吸後，才說：「我沒事，快睡吧。」

陳諾蘭並未回應，路天峰低頭一看，原來她並沒有完全醒來，很快又進入了夢鄉。路天峰閉上雙眼，腦海裡不停閃過各種混亂不堪的場景，飛車、爆炸、追逐、槍戰……

風騰基因的案件結束了，但事件的影響還在持續——路天峰正在無限期停職，接受警方內部調查；陳諾蘭則乖乖假裝失憶，賦閒在家，暫時避開了重回風騰基因上班一事。

可逃避也不是解決問題的辦法，雖然陳諾蘭沒有當面抱怨過什麼，但她已經好幾次旁敲側擊地詢問，自己到底什麼時候才能回歸工作崗位，哪怕再去找其他工作。

而路天峰每次都無法正面回答這個問題，太多的事情，根本不知道該從哪裡開始解釋，只好搪塞過去。

自從兩個人「被動失業」以來，他們朝夕相處的時間多了，但溝通交流卻沒有因此變得更加順利，兩人之間那道看不見的屏障似乎越來越難打破了。

陳諾蘭自然能看出路天峰有什麼重要的事情瞞著自己，但她不願戳破，她相信自己男朋友的決定。而正是這份無條件的信任，讓路天峰倍感壓力。

「總要給你一個答案的……」

路天峰抬頭看了看牆上的時鐘，六月二日，凌晨三點十分。

今天晚上，就是他決定向她坦承一切的時候。

因為這一天，是他們兩人的相識紀念日。兩年前的今天，路天峰在震驚全城的天馬珠寶中心劫案裡救下了陳諾蘭，兩人很快就成了情侶。

那麼，就在這個充滿紀念意義的日子裡，去完成一件極其困難的事情吧。

想到這裡，路天峰終於放鬆心情，躺回床上，而睡夢中的陳諾蘭像感應到了什麼，整個人往他的懷裡靠過來。路天峰一手環抱著她，另外一隻手輕輕撫摸著她的秀髮，很快也陷入了一場美夢。

早上七點，鬧鐘響起。

雖然兩個人都不用上班，但仍然保持著良好的作息，每天準時起床，輪流負責早餐，吃完早餐之後才各忙各的事情。

今天輪到路天峰準備早餐，他在廚房煎蛋的時候，陳諾蘭不慌不忙地換好衣服，坐在餐桌邊，喝著溫好的牛奶。

「今天還是去圖書館嗎？」路天峰嫻熟地翻過煎蛋，頭也不回地問。陳諾蘭的動作再輕，也瞞不過他的耳朵。

「是，逛街沒什麼意思，還不如趁著人少去找點資料。」

「哦，那等會兒我替你泡一壺菊花茶，你帶著。」路天峰把剛剛煎好的蛋裝進盤子裡。

陳諾蘭喝了一大口牛奶，問：「你呢，今天去哪兒鍛鍊？」

「早上準備去跑步，然後回一趟警局。」

「警局？」陳諾蘭的手頓了頓，這個詞是這個月來第一次聽他說起。

「嗯，對啊，復職的事情好像有點眉目了。」路天峰把煎好的雞蛋和略微烤過的麵包從廚房端出來，擺在餐桌上。

陳諾蘭平靜地說：「可以回去上班了嗎？真好。」

「還不清楚具體情況，得先瞭解一下。」

陳諾蘭默不作聲地吃起麵包，若有所思。路天峰自然是心領神會，適時地說：「諾蘭，今天晚上我們出去吃飯吧！」

「哦？為了慶祝你復職？」

「不，是為了慶祝我們的相識紀念日啊，六月二日嘛！」

「我還以為你忘記了呢。」陳諾蘭的表情依然讓人難以捉摸。

「怎麼會忘記？我已經提前預訂了天書西餐廳。」

「啊？那家裝潢成書店模樣的網紅西餐廳？不是說很難預訂嗎？」陳諾蘭緊鎖的眉頭終於舒展開來。

天書西餐廳是今年新開張的高檔餐廳，因為地處市區繁華地帶天際大廈的頂層，是欣賞夜景的極佳地點，加上餐廳內部裝潢走的是文藝風，充滿別樣風韻，短短幾個月就成了城中情侶都愛去的約會地點。

「再難的事情，為了你，我都能夠做到。」路天峰笑著夾起煎得恰到好處的雞蛋，放在陳諾蘭面前，「比如說，煎蛋。」

「那麼，你的祕密也可以和我分享嗎？」陳諾蘭波瀾不驚地問了一句。

路天峰毫不猶豫地回答：「可以，今天晚上，我會把一切都告訴你。」

這乾淨俐落的回答，反而讓陳諾蘭愣了愣。

「先吃早餐吧。」路天峰坐下來，開始對付他的那份麵包夾煎蛋。

陳諾蘭的眼睛眨了眨，然後順從地點了點頭。

窗外的陽光灑在白色的餐桌上，美好的一天由這裡開始。

2

上午十點三十分，D城警察局辦公大樓內。

「羅局，我來了。」路天峰略帶拘謹地推開辦公室的大門，作為一線刑警，往常他並沒有多少直接跟局長打交道的機會，心裡難免有點緊張。

「小路啊，快坐快坐！」羅局笑咪咪地應道。縱橫警界三十多年的他，此刻看起來就像個身材有點發福的普通老人家，唯有那雙鷹一樣銳利的眼睛提醒著大家，其實自己一點兒都不好惹。

「羅局，請問您今天讓我來，是有什麼指示嗎？」路天峰小心翼翼地斟酌著措辭，以免顯得過於唐突。

「別緊張，你的事情我很清楚。而你是個什麼樣的警察，我也心裡有數，是時候該讓你重返工作崗位了。」羅局開門見山，直接把路天峰最關心的問題挑明了。

「謝謝羅局。」路天峰連忙道謝。

「只不過風騰基因案件的解決過程，確實還存在著不少問題，多名重要的嫌犯在偵查過程中身亡，需要有人為此負責。」

「羅局，我是現場指揮官，責無旁貸。」

羅局笑了笑，用指節叩擊著桌面的資料夾，「所以警局內部有人認為，你已經不適合繼續當一線刑警了，建議我將你轉到後勤部門去。」

「這個……」路天峰的臉色變得凝重起來。

誰都清楚，把正值壯年的路天峰調到後勤部門，無異於斷送了他的刑警生涯。

「放心吧，我知道人才難得，絕對不會把你調離刑警隊的。」羅局頓了頓，又說：「只不過，按照你目前的狀態，確實需要一點調整的空間。」

「您的意思是？」

「最近上級在搞組織機構改革，我們刑警隊內部新增了一個資訊分析部門，我想由你來擔當這個部門的副手。」

「副手？這個部門的負責人是誰？」

「原先第四支隊的戴春華。」

路天峰怔了怔，戴春華是個經驗豐富的老警察，不過最近兩年因為身體不好，又接近退休年紀，很少參與一線刑偵工作了。

局內讓戴春華擔當一個閒職非常合理，但正值壯年的路天峰根本不需要這樣的安排。

「羅局……」

羅局抬起手，掌心向外輕輕地往下壓，示意路天峰先別著急。

「小路，你應該很清楚，直接讓你復職的話，會引來不少非議，屆時連正常的工作都會很難進行；

而這個新的職位，編制上屬於刑警支隊，職能上看似偏重資訊分析，幕後支援，實際上隨時可以受令衝上前線，正所謂進可攻、退可守。」

路天峰總算明白了羅局的意思，不愧是老狐狸，把各種內部關係和可能產生的矛盾都計算得清清楚楚，選擇了這個誰都不會得罪的折中方案。

「而且老戴年紀也不小了，過兩年就退休了，這個資訊分析部門的第一把手，遲早會落在你頭上，這不等於升職了嗎？」羅局不慌不忙地拋出下一個「誘餌」。

路天峰苦笑起來，看來羅局早就算無遺策了，自己來這裡也就是走個過場，乖乖跟著上級的指示辦事即可，再說羅局的方案確實沒有虧待自己。

「感謝羅局，路天峰服從組織的安排！」

「很好，老戴他們這兩天忙著處理一起案件，都整整忙四十八小時了，今天清早才讓他們回去歇會兒，所以你明天再過來辦理復職手續吧。」

路天峰好奇地問：「是什麼案件？」

羅局的眉頭不由自主地皺了起來，「案件本身倒不複雜，只是網路輿論關注得太厲害了……」

路天峰馬上就想起從昨天開始，各大媒體鋪天蓋地追蹤報導的那起事件——連環殺手被認定為精神異常，逃過法律制裁，卻在送往精神病院的途中遭遇車禍身亡。

「羅局說的，是前天那起車禍？」

「車禍？」羅局無奈地苦笑，「車禍只是對外的說法，實際上……那是一場明目張膽的劫殺。」

最後那半句話，羅局壓低了聲音，卻仍把路天峰聽得膽戰心驚。

「劫殺……那麼嚴重嗎？」

「嗯，匪徒先是打爆了囚車的輪胎，再和押運人員交火，導致四名押運人員一死三重傷，最後匪徒撬開囚車，往裡面打了幾輪子彈，把車內的囚犯射成了篩子。說實話，我根本搞不懂他們想幹嘛，要殺人有更簡單直接的辦法，沒必要這樣硬碰硬啊！」

路天峰沉吟片刻，問：「案件現在有眉目了嗎？」

「還沒有呢，要不你趁著下午的工夫，先去熟悉一下基本案情？這樣你明天上班就可以直接投入工作了，提高效率。」

「遵命！」路天峰內心還是有點雀躍的，能夠重新參與偵查工作，至少比憋在家裡強多了。

羅局自然是看穿了路天峰的心思，呵呵一笑，道：「放心吧，小路，即使換了個工作崗位，你還是能發揮所長的。」

「我一定會盡最大的努力，不讓局長失望！」

羅局滿意地點了點頭，他很清楚，路天峰就是一把雙刃劍，處理不好，很可能引發一連串的不良反應；但反過來說，路天峰依然是警局裡頭能夠解決疑難案件的主力。

他相信，眼前這起案件一定能夠勾起路天峰的興趣。

3

傍晚六點三十分。

陳諾蘭穿著一襲寶藍色長裙，信步走進位於天際大廈八十樓的天書西餐廳。

「您好，請問有預約嗎？」一名身穿西服的服務生連忙上前迎接，彎著腰，彬彬有禮地問。

「路先生預訂的座位。」

「明白了，請您跟我來。」

服務生恭敬地將陳諾蘭帶到臨窗的位置，又貼心地送來了菜單、小菜，還有一本能夠聞到淡淡油墨味道的新書，書名是《最好的年華》。

陳諾蘭有點詫異地問：「怎麼還有一本書？」

「這是路先生提前為您準備的禮物，小店除了提供餐飲服務，也樂意跟大家分享優秀的書籍。」服務生頗有些自豪地答道。

「謝謝了。」陳諾蘭微微一笑，正好，她今天來得比較早，可以看書打發一下時間。

路天峰和陳諾蘭約定的時間是晚上七點。往常，陳諾蘭從來不會遲到，但也不會太早抵達約會地點，因為她希望讓路天峰成為首先到場的那個人。一方面不會讓對方有「我居然比女生晚到」的心理壓力，另外一方面，準時抵達也會讓他感受到尊重。

然而今天，陳諾蘭實在按捺不住自己焦急的心情，足足提前了半小時抵達。因為她整天都心不在焉，不停地想著路天峰今晚要向自己坦白的祕密到底是什麼。她還能不能留在風騰基因，繼續做自己喜歡的工作？路天峰是不是要復職當刑警了？如果他能回去做刑警，自己為什麼不能做研究員？

陳諾蘭滿腦子都是這些事情，坐在圖書館裡頭也看不下書，乾脆中午就離開了圖書館，去外面買了幾件新衣服，然後做了個頭髮，再回家梳妝打扮一番，以煥然一新的面貌赴約。

陳諾蘭百無聊賴地隨手翻開書本，扉頁上印著的幾句話觸動了她心靈的柔軟之處——

我曾經以為自己很幸運，
能夠在最好的年華遇見你。
如今回首往事，

才發現是你讓時光，
變成了我們最好的年華。

「路天峰你這個直男，就喜歡玩這種酸溜溜的土味浪漫。」陳諾蘭小聲地吐槽著，嘴角卻不由自主地微微翹起。

這時候，陳諾蘭的手機收到一條訊息，低頭一看，是路天峰發來的。

「抱歉，有點事情耽擱了，可能稍晚一點到。」

陳諾蘭正準備打字回覆，身後突然傳來一聲巨響，令耳膜隱隱作痛。

陳諾蘭對這種聲音並不陌生，這是槍聲。

兩年前的這一天，陳諾蘭與路天峰正是在槍聲中相遇相識的。

餐廳裡頓時變得混亂起來，尖叫聲、呼救聲此起彼伏。很快，第二聲槍聲響起。

「砰！」

一個粗聲粗氣、戴著豬頭面具的男人站在餐廳正中央，拿著槍，大喊道：「全部給我安靜下來，坐在原位，放下手機！」

豬頭面具的身邊，還有四個戴著狗頭面具的人，每個人的手裡都拿著槍。

就像是電影中的場景，陳諾蘭第一時間乖乖地扔下手機，她不想招惹任何麻煩。

然而鄰座有個打扮入時的女生，好像是被嚇呆了，手裡一直緊握著電話。更要命的是，她的電話處於通話狀態。

豬頭面具也注意到那個女生了，他把槍口轉向她，喝道：「媽的，你找死嗎？」

女生不停地搖頭，但顫抖的右手依然下意識地握緊了電話。

「把我的話當作耳邊風？」男人惡狠狠地說完，扣下了扳機。

「砰！」

子彈射穿了女生的脖子，她終於扔下了那部該死的手機，用雙手捂住自己的傷口，但依然無法阻止鮮血濺射而出。沒多久，她就頹然倒地，一動也不動了。

這變故讓剛才還在大呼小叫的顧客霎時安靜下來，因為這一刻，他們已經真切感受到死神就在自己身邊徘徊。

「再有不聽話的，這就是下場！」豬頭面具用槍口掃過人群，說：「所有人集中在一起，不准攜帶任何個人物品，乖乖地圍成一圈，蹲在地上。服務生在哪裡？」

「在……」剛才招待陳諾蘭入席的那名服務生唯唯諾諾地應道。

「把大門關上，不准任何人進來，我們要在大門上安裝炸彈。這地方還有別的出入口嗎？」

「有，有……有個員工通道，還有……消防通道……」一聽見「炸彈」兩個字，服務生嚇得面無血色。

「全部封鎖起來。」豬頭面具向手下發號施令，然後又問：「現在餐廳裡一共有多少人？」

「員工加顧客……大概四十人吧？」

「人質太多了，得減少一點才好操作。」豬頭面具似笑非笑地說：「你覺得，該按照什麼樣的規則來減人呢？」

「我……我不知道……」答話的同時，服務生看著那還在冒煙的槍口，身體不停顫抖。

「你給我滾出去，在門外阻止任何試圖靠近和進入餐廳的人，告訴他們這裡有炸彈，一開門就會爆炸。」

「是……是……」服務生嘴裡答應著，雙腿卻像生了根一樣，挪不開腳步。

「給我滾——」豬頭面具狠狠地踹了他一腳，服務生這時候才如夢初醒，知道自己撿回一條命，連滾帶爬地逃出了餐廳。

「派兩個人去控制後廚，然後將所有出入口封鎖，按計畫行事。」豬頭面具有條不紊地指揮著手下，說話間，還特意看了陳諾蘭一眼。

雖然面具阻隔了男人的目光，但陳諾蘭仍然不寒而慄。

4

晚上七點零五分，路天峰急匆匆地趕到天書西餐廳門口，卻看見餐廳的大門緊閉。一名身穿服務生服裝的男人坐在地上，一臉茫然。

「怎麼回事？」身為警察的直覺，讓路天峰立即提高警覺。

他很清楚，這個時間，天書西餐廳不該緊閉大門，而這家高級餐廳所聘請的服務生，也不該儀態盡失地癱坐在地上。

除非餐廳裡面發生了極大的變故。

「我是警察，鎮定一點，到底發生了什麼事？」路天峰手搭在服務生的肩上，沉聲再問了一遍。

「店裡……有歹徒……還有炸彈……」服務生結結巴巴地說。

「炸彈？報警了嗎？」

「還……沒有……」

「馬上去報警，然後通知大廈的保全前來增援。」路天峰下意識地摸了摸腰間，隨即意識到自己還沒有復職，哪裡來的佩槍？

等服務生戰戰兢兢地打完報警電話，路天峰又一把抓住他，問道：「裡面一共有多少人質？多少歹徒？」

「人質應該有三四十個……歹徒……我看到的一共五個……」

「五個人都有武器？」路天峰不禁皺眉，大張旗鼓地在市中心襲擊一家西餐廳，到底目的何在？

「他們都有槍，領頭那個還說要安裝炸彈，封鎖所有出入口。」

「除了正門，餐廳還有別的出入口嗎？」

「還有員工通道和消防通道……」服務生說話間，大廈的保全人員也終於匆匆忙忙趕到了現場。

路天峰穩住亂烘烘的現場，大聲說：「各位不要慌張，聽我指揮。保全隊長請派人守住餐廳其餘的出入口，防止歹徒逃跑；立即疏散大廈其餘樓層的人員，但一定要維持好秩序；安排人手在一樓大廳處接應警方。」

保全人員聽得一愣一愣的，不住地點頭，卻沒有挪步，還是路天峰怒吼一聲，他們才如夢初醒一般，各自散去。

「有辦法聯繫餐廳內部嗎？」路天峰拍了拍服務生的肩膀。

「啊？聯繫？」

「當然，你覺得歹徒帶著槍械，來這裡劫持一班人質，是出於什麼目的？」

服務生猶豫著，一時答不上話。

「在這種地方發生劫持案，一定會成為全城新聞焦點，歹徒應該是想跟警方進行談判，通過輿論壓力，迫使警方答應他們某些條件。」路天峰眉頭緊鎖，一想起陳諾蘭很可能被困在裡面，心中頓時煩躁不安，「我要先發制人，摸清他們的底細和動機。」

路天峰撥打了餐廳的訂位電話，一直響到斷線也沒人接聽，再次撥打後，則是被人粗暴地掛斷。

路天峰並不氣餒，第三次撥打了電話。

「你到底有什麼事情？」電話那頭劈頭蓋臉就是一句怒吼。

「我是警方派來的談判專家，想看看有什麼能幫忙的地方。」路天峰冷靜地答道。

對方明顯是愣了愣，沒想到警方會主動打電話，數秒後，才惡狠狠地說：「什麼狗屁專家，滾，你打錯電話了！」

「我就在天書西餐廳門口，我可以幫你們傳達——」

「嘟嘟嘟——」

電話被掛斷了。

「路隊？」這時候，一個熟悉的聲音在路天峰背後響起，他回頭一看，是童瑤。

童瑤今天身穿白色T恤、藍色牛仔褲，頭上紮著隨意的馬尾辮，第一眼看上去跟平日那個嚴肅認真的女警大相徑庭。

「我今天輪休，剛好在附近逛街，收到總部的訊息就趕過來幫忙了。」童瑤言簡意賅地答道。

「童瑤，你怎麼在這裡？」

路天峰點點頭，問：「增援到了嗎？」

「已經有同事在樓下負責疏散，維持秩序，特警隊預計十分鐘左右到場。」童瑤停頓了一下，才說道：「剛才我聽見你給歹徒打電話了……」

「嗯，歹徒一定會提出條件，我想趁著他們陣腳未穩，主動出擊，打亂他們的部署。」

童瑤沒再說什麼，她很清楚，身處現場直接跟歹徒交流和接觸到底有多危險，一不小心說錯一句話，就會造成不可挽回的後果。

而路天峰還沒正式復職，一旦行動當中出了什麼亂子，他的警察生涯很可能就此終結。

即使是這樣，路天峰都沒有任何猶豫和迴避，他的眼神異常堅定，看著就讓人安心——

「在想什麼呢？」路天峰一句話，將童瑤拉回現實當中。

「啊，沒有，我在想歹徒到底為什麼選擇這樣一個地方來犯罪。」童瑤定了定心神，指出了這起劫持案的關鍵疑點。

餐廳在摩天大廈的頂層，一個出入口很容易被全部封鎖的地方，一次劫持幾十個人質，一旦被警方包圍，歹徒幾乎沒有全身而退的可能。

「這群人怕是不要命的瘋子。」路天峰心裡更焦急了，陳諾蘭的性命竟然掌握在這種瘋狂的犯罪者手中。

「路隊，我們還是先等增援到場吧。」

「不，我們要爭分奪秒。」說話間，路天峰再次撥打了天書西餐廳的電話。

這一次，電話很快就被接起。

「什麼事情，快說！」接電話的似乎是另外一個人，聲音更加低沉一些。

「我是警方的談判專家……」

「你能滿足我們的條件嗎？」對方沒等路天峰說完就生硬地打斷。

「請說，我會盡力協商……」

「首先，我只希望跟特定的人談判，不要隨便找個人來打發我。」

「你想直接接觸我們的局長，還是其他警官？」路天峰問。

「不，我要你們派刑警大隊的路天峰來現場負責談判。」

「路天峰？」即使做足了心理準備，路天峰依然因為在這種時刻聽見自己的名字而震驚。

「我給你半小時去把路天峰找來，否則，我就要開始殺人了。」對方稍稍停頓了一下，然後說：「我們可是真的敢殺人的。」

電話沒有任何預兆就被掛斷了，路天峰立即看了看手錶，晚上七點十五分。

「路隊，這事很反常。」童瑤憂心忡忡地說：「千萬不能答應他們的要求。」

「我沒有別的選擇——」

手機振動了一下，路天峰一看，是一個陌生號碼發過來的簡訊。簡訊裡的照片很明顯是在天書西餐廳內拍攝的，只見一個女生倒在血泊之中，雙眼圓睜，死不瞑目。

接著是一條文字訊息：「我們真的會動手。」

童瑤倒吸一口涼氣：「路隊，已經有人質身亡了。」

「你注意到了嗎，這一槍打穿了人質的脖子。」路天峰愁眉苦臉地說：「一般人在射擊時只會瞄準目標的身體，有誰會對著人的脖子開槍呢？」

「對自己槍法很有信心……殺人如麻的人，比如職業殺手，或者只認錢不怕死的雇傭兵。」童瑤也皺起了眉頭。

路天峰的神情越發嚴肅，說道：「童瑤，能不能想辦法確認死者的身分？順帶查一下這個手機號碼的資料，雖然大概不會有什麼線索。」

「可以是可以，只是路隊，特警隊最多還有三分鐘就到場……」童瑤的意思不言而喻，就是希望路天峰不要衝動行事。

「對方是衝著我來的，我怎麼也躲不過。快去搜集資料吧。」路天峰拍了拍童瑤的肩膀，沒料到這時候童瑤突然出手，一下扣住路天峰的手腕。

路天峰還想反擊，童瑤卻行雲流水一般連續擊打他的手臂和膝蓋，將他按倒在地，並用手銬將他銬在旁邊的欄杆扶手上。

「童瑤，你在幹嘛！」路天峰氣得差點吐血。

「對不起，路隊，你還沒正式復職，現在並不算是警察，我不能讓你孤身犯險。」

「開什麼玩笑？你知道嗎，陳諾蘭在餐廳裡頭！」

「什麼？」童瑤愣了愣。

「放開我……求求你！」

童瑤萬萬沒想到，路天峰會用這種哀求的語氣跟她說話，她在他的臉上，看到了以前從未見過的表情。

那是對陳諾蘭的關切之情。

「童瑤，再相信我一次。」

「我相信你，但我也有身為警察的責任。」童瑤艱難地擠出這句話來，然後轉過身去，「抱歉，我先去接應一下特警隊，你在這裡等我回來。」

「童瑤！」

童瑤飄然而去，路天峰狠狠地跺了跺腳，然後他注意到天書西餐廳的服務生還一直坐在旁邊，臉色蒼白，呆若木雞。

服務生的胸前戴著一塊精緻的名牌，是用別針別在衣服上的。

路天峰眼前頓時一亮，「快把你的名牌取下來，拿給我。」

「為……為什麼？」

「快！」路天峰暴喝一聲，那服務生哪裡還敢多問，連忙取下名牌，扔給路天峰。

路天峰看著名牌上的別針，滿意地笑了。

5

晚上七點二十分，路天峰揉著發紅的右手手腕，走進了天書西餐廳。光憑一副手銬根本困不住一名身手矯捷的刑警，因此他不太確定童瑤到底是故意放了自己一馬，還是判斷失誤，但無論如何，他總算進入了這個龍潭虎穴。

一進門，就有一把槍抵住路天峰的額頭。

路天峰雙手高舉過頭，手掌張開，示意身上沒有任何武器。他雖然看似低垂著腦袋，神情緊張，但實際上卻偷偷用目光飛快地掃描著餐廳內部環境，分析著形勢。

「進去！」戴著狗頭面具的男人拿著槍厲聲喝道。

路天峰一步一步往前走，餐廳的人質似乎全部轉移到了包廂裡頭，暫時只能看到三名歹徒——其中一個人正拿槍指著自己腦袋，而在不遠處，另外兩人同樣拿著槍，光看他們持槍的動作，就知道是老江湖。路天峰猜想，那個戴豬頭面具的人也許是他們的頭目。

餐廳有著一大片玻璃帷幕，原本是設計給顧客欣賞夜景的，現在所有的玻璃帷幕都被厚厚的窗簾遮住了，從外面根本看不到裡面的狀況，讓特警隊若要實施突擊行動，會更加困難。

而且歹徒已經在其中幾扇玻璃帷幕上安裝了炸彈，如果特警隊選擇在這裡強攻，將會傷亡慘重。

眼見歹徒比自己設想的更加深謀遠慮，路天峰原本就不足的信心開始動搖了。

「你就是路天峰？」戴豬頭面具的男人開口說道，路天峰在心裡暗暗給他起了個代號叫「豬頭」。

「是的。」

「你的身分證呢？」豬頭沒有輕易相信路天峰的話。

路天峰慢慢將右手探入口袋，掏出身分證，遞給身旁戴狗頭面具的歹徒。

沒想到豬頭卻說：「不用給他，你扔過來給我。」

路天峰只好乖乖將身分證拋給豬頭，豬頭接過證件，仔細打量了一番，才說：「很好，證件是真的。」

「當然是真的，我為什麼要騙你？」路天峰試圖反客為主。

「路警官，你看我這次行動的現場指揮水準怎麼樣？」豬頭完全不理會路天峰，自顧自地岔開了話題。

路天峰摸不清對方的底細，沒有應答。

豬頭嘿嘿笑了，「路警官，這裡只有三個出入口，全部安裝了炸彈，如果你要指揮手下強攻，會選擇哪裡作為突破口？」

「這是大廈的頂層，我會派人從天台垂繩子下來，打破玻璃帷幕——」說到這裡，路天峰才意識到對手的可怕之處，現在安裝了炸彈的幾處玻璃帷幕，恰好是警方發動進攻時會優先選擇的位置。

「祈禱他們不要輕舉妄動吧。」豬頭笑起來的時候，肩膀一抖一抖的，讓人看著十分彆扭。

「你們到底是什麼人？」

「噓，不要提問，你只要如實回答我的問題。」豬頭做了個噤聲的手勢，「第一個問題，你是時間感知者嗎？」

路天峰聽了這話，如同遭遇青天霹靂，他絕對想不到自己最大的祕密，竟然被這樣一個陌生人隨隨便便地說了出來。

「你……在說什麼……」路天峰的語氣失去了往常的鎮定。

「路警官，我們知道你的祕密，請你好好配合我們的工作。」豬頭輕描淡寫地說：「要知道，找到一個適合的感知者並不容易……」

路天峰咬了咬下唇，決定保持沉默。

豬頭眼見路天峰不說話，攤了攤手，繼續說道：「今天我們來這裡，是希望跟路警官達成合作協議，只要你幫我們一個小小的忙，我們以後絕對不再打擾你。」

「幫忙？」路天峰內心冷笑，對方來勢洶洶，哪裡像是有求於他的樣子。

「這兩天鬧得沸沸揚揚的汪冬麟囚車被劫案，路警官不會不知道吧？」

「聽說過。」路天峰點了點頭，暗自心驚，這到底是巧合還是有人刻意安排？赴約之前他還在警局內研究汪冬麟的案子，差點耽誤了約會時間，沒料到這夥歹徒竟然也在關注著同一起案件。

「我想讓你替我解決這件事。」

「警方已經在全力追查……」

「不對，你完全理解錯了。」豬頭連連搖頭，粗暴地打斷了路天峰的話，「我不是要你去破案，而是拜託你去阻止案件發生。」

「阻止案件發生？」路天峰根本無法理解這句話的意思。

「我很清楚你是時間感知者，能感知到單日時間迴圈，但我想告訴你的是，在時間穿梭的遊戲當中，單日迴圈只不過是小小的漣漪。只要你提升自身能力，就可以感知到更高層次的時間穿梭。」

「我……還是不明白……」

豬頭從口袋裡掏出一個小小的試管，在路天峰眼前晃了晃，「這就是能力強化劑，普通人喝了沒有任何作用，但你喝下去之後，時間感知的能力能夠得到短暫強化。然後，我們就可以啟動時間倒流，將你送回五月三十一日凌晨。」

「上個月的最後一天？」路天峰立即想到，那一天是汪冬麟出事的日子。

「是的，很有意思吧，你既能夠體驗時間倒流的奇妙滋味，還可以將罪惡扼殺在搖籃之中，救汪冬麟一命，一舉兩得，這個交易的條件看起來十分合理吧。」

路天峰目不轉睛地看著那個詭異的試管，一聲不吭。

「路警官大概還是將信將疑吧！謹慎果然是你的優點啊！」豬頭衝手下做了個手勢，緊接著，一名戴著狗頭面具的歹徒將陳諾蘭押了出來。

路天峰並不意外，對方既然已經將自己調查得清清楚楚，又怎麼可能錯過關於陳諾蘭的資料？他甚至懷疑，對方之所以會選擇這個時間、地點來劫持人質，就是因為提前得知他們會在此見面。

「有什麼衝我來，她是無辜的！」路天峰咬牙切齒地說，聲音帶著寒意。

「路警官考慮過我們為什麼策畫這起劫持案嗎？就算我們有人質在手，但這裡的環境無路可退，我們豈不是自投羅網，白白來送死？」豬頭所說，也正是路天峰所想。

「你難道還有辦法全身而退？」

「很簡單，如果我沒有能力讓時光倒流的話，那我們是必死無疑的。」

路天峰心裡一驚，這似乎是個很合理的解釋。難道這個世界上除了時間迴圈以外，還真有時間倒流？

「為什麼要挑選我？」路天峰問。

「因為你是警察，你有能力名正言順地去阻止犯罪發生。」豬頭不經意地看了陳諾蘭一眼，「另外一個原因是，感知者的數量並不多，我們能夠掌握資料的更是極少數。」

路天峰沉吟道：「但我並不一定能夠阻止那起案件……」

「不，你一定要阻止案件發生，否則，你的寶貝女朋友可能會有生命危險哦。」

「你敢！」路天峰怒目圓睜。

「你覺得呢？」豬頭不答反問。

「峰，你別管我，別聽他們胡說八道！」陳諾蘭突然大喊起來。

豬頭將試管遞給路天峰，「你別無選擇，千萬不要嘗試在時間倒流之後帶著陳諾蘭逃跑，企圖置身事外，那樣子你們會死得更慘。好好完成你的任務，我保證你們平安無事。」

路天峰下意識地接過試管，手定在半空。接近豬頭的時候，路天峰聞到他身上有一種說不出的奇異香味，不像是國內常見的香料。

「路警官，你還在猶豫什麼呢？」

極度的憤怒，讓路天峰的視線變得模糊起來，手也在微微顫抖著。

「喝下去吧，一切都會變好的。」豬頭假笑著，聲音尖銳而乾澀。

路天峰強迫自己集中注意力，好看清楚試管裡的奇怪液體——近乎透明，帶著淡淡的粉紅色。聞起來還有點酒精的味道。

「峰！不要答應他……」這時候，他聽見了陳諾蘭的哀求。

「噓——請保持安靜哦！」

「咔嗒」，是手槍保險打開的聲音。

豬頭舉起槍，槍口抵在陳諾蘭的太陽穴上。

「別傷害她！」路天峰厲聲喝道。

「快喝下去！」豬頭催促著路天峰，並將手指挪到了扳機上。

「我喝，你提出的條件我都答應你，只要你停止傷害其他人。」路天峰咬咬牙，屏住呼吸，閉上眼睛，一口氣把試管裡的液體全數灌入喉嚨。

出乎意料，這玩意兒竟然不難喝，口感和某種雞尾酒接近，也許裡面真的含有酒精。

「很好，藥效完全發揮還需要十分鐘左右，在此之前，我要向你證明一件事情。」

「什麼事情？」路天峰終於嚥下了最後一口，緩緩睜開眼睛。

「你已經沒有回頭路了。」

豬頭冷冷地說完這句話後，毫不猶豫地扣下了扳機。

「砰！」

「諾蘭——」

路天峰眼前的世界頓時變成一片黑白，聲音也一下子消失了。

除了黑白之外，還有一片刺眼的紅。

然後紅色也漸漸變黑，陳諾蘭倒在那片烏黑當中，就像被黑暗吞噬的無辜者。

6

「為什麼……」路天峰右手緊握成拳，艱難地擠出這三個字來。

「我想告訴你，我們不但有能力，而且有膽量。」男人的聲音帶著譏笑，「反正時間會倒流，陳諾蘭也會復活，這種套路想必你已經很熟悉了，沒必要那麼生氣。對了，要是你不聽我的話，在時間倒流之後帶著陳諾蘭遠走高飛……我勸你盡早打消這個傻念頭，因為無論你在哪兒，我都能找到你。」

路天峰覺得自己的五臟六腑都在燃燒，有種撕裂的痛感，他不知道這是因為剛才喝下去的藥水作用，還是因為憤怒所致。

「我不會放過你們。」路天峰一字一頓地說。

「哦？」

「你們這裡大概沒有感知者吧？所以，當時間倒流之後，你們不會記得我說過什麼，我可會清清楚楚記得你們。」

豬頭難得地沉默了。

「我會把你們找出來，然後讓你們付出應有的代價！」

兩名戴著狗頭面具的歹徒舉起了槍，槍口直指路天峰的胸膛。

「你們當然不敢傷害我，因為還得靠我去救汪冬麟。」路天峰冷笑道：「我不知道你們的真正目的是什麼，但我敢保證，你們的如意算盤一定會落空。」

「路天峰，你把事情想得太簡單了。」豬頭突然開口，語調前所未有的低沉，而且也不再客客氣氣地稱路天峰為路警官，「請不要低估我們，我們可是有能力讓時間倒流的人。」

「但出於某種原因，你們只能依靠我去處理汪冬麟的事情，對吧？雖然我還不清楚具體狀況，可那應該就是我唯一的優勢。」

路天峰和豬頭以目光對峙，誰都不願主動示弱。

「你乖乖按照我們所說的去做，不要輕舉妄動。」良久，豬頭拋出這樣一句警告。

「如果我真的能救下汪冬麟，那接下來呢？」

「接下來的事情我們會處理，你不用擔心。」豬頭一副不願多說的語氣。

路天峰咬咬牙，看著倒在血泊中一動也不動的陳諾蘭，擲地有聲地說：「你們一定會為此付出代價的。」

「那就走著瞧吧……時間差不多了。」

路天峰意識到，所謂的特效藥應該起作用了——但時間真的會倒流嗎？自己又能清醒地記得這一切嗎？

如果時間無法倒流……路天峰腦海裡莫名地冒出了這個想法，頓時手腳冰涼，呼吸不暢。諾蘭就要這樣不明不白的死去了嗎？

路天峰眼前閃過一道黑影，他定了定睛，發現那並不是某個東西的影子，而是他目光所及之處，所有的東西都蒙上了一層陰影。

「怎麼回事……」

影子重重疊疊，而且飛快地晃動起來。

路天峰覺得地板、牆壁和玻璃帷幕都在裂開、破碎，他有點站立不穩，伸手想扶住什麼東西，腦袋裡卻是一陣接一陣地天旋地轉，手也撲了個空。

他的胃很難受，身體像是快要裂開了，有種想吐的衝動。而他耳朵聽不見任何聲音，只有一種類似蜂鳴的高頻音，直刺耳膜深處，讓他更加不適。

時間倒流和時間迴圈，是完全不一樣的感覺嗎？

整個世界都顛倒了，路天峰像是跌入了一個漩渦當中，被暗流捲入海底，壓抑、窒息、痛苦……

「啊！」

路天峰怪叫一聲，猛地驚醒過來，睜開眼睛看到的，是自己臥室的天花板。

「峰，你怎麼了？」陳諾蘭輕輕將手搭在路天峰的腰間，「做噩夢了？」

「我……」路天峰的五臟六腑似乎還處於被撕裂的狀態，渾身發痛，忍不住哼了一聲。

「是生病了嗎？」陳諾蘭緊張地鑽出被窩，伸手去摸路天峰的額頭，「天哪，怎麼都是汗，你到底哪裡不舒服？」

「我……沒事，歇一會兒就好。」路天峰痛苦地喘著大氣，「諾蘭，快看一下現在的時間……」

「剛過凌晨兩點，有什麼問題嗎？」陳諾蘭憂心忡忡地問。

「幾月……幾日？」

「五月三十一日。」陳諾蘭有點摸不著頭腦。

「諾蘭……」路天峰一把抱住陳諾蘭，這突如其來的熱情讓陳諾蘭不知所措。

「到底是怎麼回事啊？」

「有你在，真好。」路天峰輕輕吻了吻陳諾蘭的耳垂，「有件事情，我需要你的幫忙。」

陳諾蘭輕輕捶了捶路天峰的胸口，「有什麼事都可以直說，但我們能不能等到天亮再聊呢？我現在要睏死了……」

「不，我們的時間不多了。」路天峰再次抱緊陳諾蘭，在她耳邊低聲重複道：「時間不多了，必須爭分奪秒。」

陳諾蘭似懂非懂地點了點頭。

第一章　生死劫囚

1

五月三十一日，凌晨四點三十分。

陳諾蘭靜靜躺在路天峰懷裡，聽他將關於時間迴圈的故事娓娓道來。這個故事很漫長，足足讓路天峰說了兩個多小時，但她聽得很入神，一雙眼睛開始時還帶著點睏意，卻漸漸變得明亮。

會重複五次的同一天、可以被改變的命運、風騰基因和駱滕風的祕密、隱藏在幕後影響時間迴圈的神祕勢力……還有路天峰最近一次的遭遇，被迫從六月二日穿越回到五月三十一日——這打破了他對時間迴圈之前的認知，真真切切地感受到這一切的背後，還有許多他根本不知道的祕密。

「駱滕風的 RAN-X 技術，有可能涉及時間感知者的祕密，所以他才會被滅口……」

「我終於明白你為什麼非要我假裝失憶，不跟風騰基因的事情再有任何關聯。」陳諾蘭歎了口氣，「但為什麼不早點告訴我呢？」

路天峰苦笑：「我……我擔心你不會相信。」

「如果是別人說的，我肯定不信，但你說的話……」陳諾蘭笑笑，沒說下去，而是輕輕吻了吻路天峰的下巴，「看你熬一晚上，鬍茬兒就都冒出來了。」

「諾蘭，這個世界上一定還有別的人在研究時間的祕密，你是科學家，又懂英文，能不能替我查一下相關資訊？」路天峰溫柔地撫摸著陳諾蘭的秀髮。

「沒問題，現在就可以開始。」陳諾蘭說著，一副元氣滿滿、馬上要跳下床的樣子。

路天峰趕緊用力將她摁住，說：「不行，你現在的首要任務是好好休息，等天亮了再幹活。」

陳諾蘭還想抗議，路天峰卻堅決不讓她起來，最後她只好選擇妥協，腦袋枕著路天峰的胸膛，沒多久就沉沉睡去。路天峰一直等陳諾蘭睡熟了，才小心翼翼地將她的身子放平，替她蓋好被子，然後躡手躡腳地下了床。

陳諾蘭的支持和信任，讓他整個人充滿了幹勁，雖然經歷時間倒流後渾身痠痛，但這點小小的困難算不上什麼。

窗外星光暗淡，正值黎明前最黑暗的時刻。

五月三十一日，早上六點。

身穿黑色Ｔ恤、水藍色牛仔褲，將頭髮簡單束成馬尾的童瑤，正來到她家附近的小吃店。她一眼就看見了坐在角落裡的路天峰，不由得快步走過去。

「路隊，早。」童瑤雖然滿心疑惑，不明白還在停職的路天峰為何一大早來找自己，但臉上的表情依然如常。

「童瑤，我需要你幫我一個忙。」路天峰省略了寒暄，直奔主題，這讓童瑤感到一絲被信任的力量。

「說吧，是公事還是私事？」

「還記得我和你說過的關於時間迴圈的事情嗎？」路天峰壓低聲音，湊近童瑤的耳邊說。

童瑤點了點頭，她當然記得一清二楚，雖然心中對此說法的真實性還有所保留，但直覺告訴她路天峰沒有發瘋，也不是在開玩笑。

「我……經歷了更加不可思議的事情。」路天峰頓了頓，胸口莫名地隱隱作痛，「現在的我，是從兩天後回來的，也就是六月二號。」

童瑤愣了愣，隨即理解了路天峰的意思，「路隊這次經歷的並非時間迴圈，而是時間倒流？」

「是的，而且我是帶著任務回來的。」路天峰揉了揉發痛的位置，「有人威脅我，如果我無法完成任務，就會殺死我和陳諾蘭。」

「那麼，任務到底是什麼呢？」

「你知道汪冬麟的事情嗎？」

「就是那個殺害了四名女生，卻因為精神鑒定結果而免除刑事責任的傢伙吧？這起案件轟動全城，我當然知道。」

路天峰心想，這就好辦了，可以省略不少前言。

「今天是汪冬麟由看守所轉移去精神病院的日子，但有一幫人已經準備好在半路上劫持囚車，並殺死汪冬麟。」

「什麼？」童瑤雖然有心理準備，但還是被這個消息嚇了一跳。

「直到六月二日，警方對這起襲擊囚車案依然毫無頭緒，可見作案者的手段十分高明。」路天峰苦笑道。

童瑤低下頭，下意識地玩弄著手指。她當然相信路天峰，可是現在他所說的內容也太匪夷所思了，她得花點時間好好消化。

「所以，你今天的任務是要……」

令人意外的是，路天峰並沒有直接作答，而是若有所思地看著小吃店門外的人流。

「路隊？你還好吧？」童瑤不明所以地問。

「我覺得事情很不對勁。」路天峰蹙起眉頭，將六月二日晚上遭遇的人質劫持事件向童瑤複述了一遍，只是省略了其中和童瑤產生的小衝突。

童瑤聽完之後，更加糊塗了。

「這樣說來，是一群裝備精良的歹徒逼著你回到今天，拯救汪冬麟，另外還有一夥歹徒，策畫了今天即將發生的襲擊囚車事件，殺死了汪冬麟……問題在於，為什麼兩夥人都那麼重視汪冬麟？」

「這也是讓我百思不得其解的地方。」路天峰歎氣道：「看來在汪冬麟的背後，還有許多不為人知的故事，但不管怎麼樣，我們得先把他救下來再說。」

「那麼，我是不是應該提前帶人去案發地點埋伏？路隊一定知道確切的案發地點吧。」童瑤提出了一個最簡單直接、同時也是可行性很高的方案。

路天峰思索片刻，卻是慢慢地搖了搖頭，「你有沒有考慮過，汪冬麟的押送轉移應該是機密訊息，為什麼歹徒可以那麼精準地策畫襲擊？」

童瑤馬上領悟了，「有內鬼？」

「所以我們不能完全指望警方的力量。」路天峰停頓了一下，深吸一口氣後才說：「我想找余勇生幫忙，你覺得呢？」

童瑤很勉強地笑了笑，余勇生當初對路天峰忠心耿耿，甚至可以說是十分崇拜，然而一個月前的那起案件改變了一切——搭檔黃萱萱香消玉殞，路天峰被停職調查，這讓余勇生心灰意冷，遞上辭呈，就再也沒和警局的同事有交集了。

「我不太清楚他的近況……」童瑤猶豫著，不知道該不該說出自己內心深處的擔憂。

「我知道，他去了華銓保全公司工作。」

童瑤頗為意外，原本她還以為路天峰和余勇生之間會心存芥蒂，老死不相往來，沒料到兩人竟然還有聯繫。

「路隊，你和他……還好嗎？」雖然童瑤的問題斷斷續續，但足以讓路天峰聽明白了。

「不好，偶爾聊幾句，大家都很客套。」路天峰無奈地說：「也許他還在恨我吧？」

童瑤一時無語，路天峰的坦白反而令她有點難以接話。

「你大概在納悶我為什麼要找勇生。原因有三：第一，我相信他的能力；第二，我瞭解他的為人；第三，他在保全公司任職，可以替我們搞到一件很關鍵的道具。」

「什麼道具？」童瑤心想，雖然華銓保全算是行業龍頭，裝備齊全，但再怎麼樣也比不過警方吧？

「車子。」路天峰似乎已經對行動計畫胸有成竹，「為了掩人耳目，低調行事，今天將汪冬麟轉移到精神病院時所使用的車輛，並非普通的囚車，而是從華銓保全借調過來的押送車。」

童瑤心下了然，「哦」了一聲，點點頭，沒再多說什麼。

「我現在去找他聊聊，你替我們提前準備這些東西。」路天峰將一張字條遞給童瑤，好像完全沒考慮過童瑤拒絕他的可能性。

「我知道了。」童瑤接過字條，語氣沒有絲毫波瀾。

五月三十一日，早上七點十五分。

身穿保全公司統一制服的余勇生剛剛走到樓下，就看見一個熟悉的身影孤零零地站在社區的街心花園裡。

「老大？」余勇生有點不敢相信自己的眼睛。

路天峰聞言抬起頭來，衝余勇生一笑：「抱歉，忘記你家的門牌號碼了。」

「你怎麼在這裡……」余勇生覺得一下子詞窮了。

「光衝著你這一聲『老大』，我就沒白來。」路天峰拍拍余勇生的肩膀，「最近過得還好嗎？」

「還好。」

「有件事情，我想找你幫忙……」

「好。」余勇生毫不猶豫地一口答應。

這反倒讓路天峰愕然了，他說：「我還沒說是什麼事呢。」

「反正我都會答應。」余勇生也笑了起來，這是他最近一個月來，第一次釋然地笑。

路天峰更用力地拍打著余勇生的肩膀，兩個男人之間，似乎不再需要多說什麼了。

2

五月三十一日，上午八點三十分。

路天峰家的客廳變成了臨時指揮中心，指揮官當然是路天峰，參與討論的還有童瑤、余勇生和睡眼惺忪的陳諾蘭。

「大家先看這裡。」牆上貼著兩張地圖，一張是D城的旅遊地圖，另外一張是地圖上某片區域放大後的特寫，「歹徒動手時間是在上午十一點十分，事發位置是福和路二號隧道內，這裡平日車流量不大，加上隧道裡面沒有監控，燈光也比較昏暗，是個非常理想的作案地點。」

「等等，我有個疑問。」童瑤舉手發言道：「這條路比較狹窄，也並不是由看守所到精神病院的必經之路，囚車為什麼不走內環線呢？」

「因為內環線的這段路，在今天上午十點左右就會發生嚴重的交通堵塞。」路天峰用紅筆在地圖上標記了一段道路，「為了繞開塞車的地段，囚車選擇走西風路，然後轉入福和路，穿過福和路的兩段隧道之後，重新上內環線。」

眾人不約而同地點頭，表示明白。

「歹徒應該是預先進入隧道埋伏，然後等待囚車路過的時候，射穿了囚車的輪胎，繼而發生槍戰。當時囚車上除了汪冬麟外，還有四名押送人員，最終結果是一死三重傷，重傷者直到六月二日還沒醒過來。」

「這夥歹徒真是心狠手辣啊！」余勇生說。

陳諾蘭也忍不住插了一句：「汪冬麟的案件，在網上討論得沸沸揚揚，有很多網友認為他罪該萬死，也有人覺得他一定是在裝病脫罪。如果只有他被殺，我想還是會有不少人認為行凶者是在替天行道。但是這種殘暴的手段，實在是……唉！」

「想想也覺得諷刺，我們幾個人拚死拚活，竟然是為了救一個變態殺人狂。」余勇生自嘲道。

路天峰沒有直接回應，而是繼續解說案情，「根據我所看過的資料，歹徒至少有四人，配備衝鋒槍等重火力武器，還起碼有兩輛交通工具，作案後分頭逃竄。而我們這邊雖然有四個人，但諾蘭是無法承擔一線任務的……」

「我們有備而來，即使少一個人也不礙事。」童瑤自信滿滿道。

「雖然如此，也不可大意。其實有一點我一直沒想明白，即使對方是四個全副武裝的歹徒，也不太可能輕輕鬆鬆就解決押運囚車的警員吧？因為只要囚車中途停下，押運員一定會全神戒備的，然而現場鑒證結果顯示，這場槍戰基本是一邊倒的局面，押運員全程只開了兩到三槍，而歹徒一共射出了近百發子彈。」

余勇生不禁為之色變，「這到底是怎麼回事？」

路天峰正色道：「早些時候，童瑤曾經提出，我們可以直接通知警方，派人在案發地點設下埋伏，等歹徒一出現就將他們一網打盡。這個方案看似穩妥，但鑒於歹徒準確知道關於押運的所有資訊，我認為他們在警方內部安插了眼線。如果這個推理成立的話，一切動用警方資源的行為，都很可能會打草驚蛇。」

面對這樣一幫訓練有素、喪心病狂的歹徒，嘗試在不借助警方資源的情況下解決問題，困難可想而知。路天峰說完，只見童瑤蹙起眉頭，像是在苦苦思索著什麼。余勇生也一改往日的作風，變得嚴肅起來，反而是陳諾蘭因為對任務難度沒有太直觀的認知，神色還算輕鬆自如。

「敵人雖然強大，但我們也有好消息——這次押送轉移工作為了保密，借調了華銓保全公司的押送車，而勇生正好有辦法替我們搞到同樣型號的車子……」

童瑤恍然大悟，「難怪路隊安排我去緊急製作一套假車牌。」

「假車牌那邊有問題嗎？時間會不會有點緊？」

「沒事，十點前一定能拿到手。」童瑤答道。

「勇生的任務就是在十點前，開一輛你們公司的押送車回來。」

「包在我身上！」余勇生拍了拍胸口說道。

路天峰在局部放大的地圖上比畫著說：「按照行車路線，押送汪冬麟的囚車會先經過福和路一號隧道，再經過二號隧道。歹徒埋伏在二號隧道內，我們則要搶先一步，在一號隧道裡頭設置路障，想辦法把囚車攔下來並拖延時間，與此同時，將裝有假車牌的押送車開進二號隧道，作為誘餌吸引歹徒。這個貍貓換太子的手法，大家聽明白了嗎？」

「明白了。」出奇地，竟然只有陳諾蘭一個人應聲，余勇生和童瑤卻是面面相覷，他們兩人的腦海中正想著同一個問題。

「路隊，那由誰來將押送車開進二號隧道？」最終還是童瑤開口發問了。開車的這個人要獨自面對四名喪心病狂的持槍歹徒，可謂羊入虎口。

「勇生在一號隧道內攔截囚車，囚車司機是華銓保全的人，你來溝通會更有效；童瑤可以用警察的身分假裝路過現場，隨時準備支援二號隧道，而我則負責駕駛偽裝的押送車。」

「太危險了，老大，應該由我來開車，我是華銓的員工，身上還有制服呢！」余勇生急忙表態。

「不，還是讓我開車吧，畢竟我有槍。」童瑤也搶著說。

陳諾蘭看著路天峰，沒說什麼，但臉上寫滿了擔憂。

「聽我說，駕駛偽裝押送車的任務，風險極高，不容有失，理應由我負責。」

「老大……」

「路隊……」

「諾蘭，你認為呢？」路天峰轉頭問陳諾蘭。

「就個人而言，我不希望你以身犯險，但從客觀角度分析，這確實是最佳的選擇。」陳諾蘭緩緩地說。

此言一出，童瑤和余勇生都有點詫異。但看陳諾蘭的表情，一點兒也不像是在開玩笑。

童瑤開始有點明白，為什麼性格迥異的兩人能夠成為情侶了。

陳諾蘭接著說：「但即使是孤身一人面對四名凶殘的歹徒，也並不是完全沒有取勝的機會。」

「你有什麼好建議嗎？」這下子就連路天峰都感到相當意外了。

「我們最大的優勢在於，敵人無論怎麼耍花樣，目標都是車內的汪冬麟。也就是說，他們始終需要打開押送車的後門，這就為我們布置陷阱打下了良好的基礎。」陳諾蘭雖然是門外漢，但說的話頭頭是道，讓人不能忽視。

「這個……能布置怎麼樣的陷阱呢？」路天峰第一個想到的，是爆炸類的機關，但顯然不適合他們使用。

「別忘了我的專業是什麼。」陳諾蘭自信地微笑著說：「自然界裡許多有趣的生物都可以幫上忙，比如說蜜蜂。」

「蜜蜂？」

「正常情況下，蜜蜂不會主動攻擊人類，但稍微加入相應的激素後，牠們會變成可怕的殺手——具體原理我就不詳述了，反正這個任務就交給我吧。一小時之內，我可以把蜜蜂和激素準備好。」

「太好了，這樣我們又多了一分勝算！」路天峰喜出望外。

陳諾蘭上前兩步，輕輕拉起路天峰的手，說道：「我允許你孤身犯險，但你可得答應我，一定要平安回來。」

路天峰一時竟說不出話來，唯有緊握陳諾蘭的手，用力點了點頭。

五月三十一日，上午九點，D城看守所，單人牢房內。

一名身形清瘦、臉色白皙的年輕男子坐在床上，背靠牆壁，手裡拿著一本紙張已經微微發黃的《西洋棋殘局精選》，正全神貫注地盯著上面的某一頁，口中念念有詞。

「汪冬麟，準備一下，等會兒就轉移了。」守衛走過來大喝一聲。

汪冬麟頭也不抬，自顧自地繼續看書。

「汪冬麟，聽到了嗎？」守衛提高了音量，話裡帶著火藥味。

「不好意思，我已經聽見了，謝謝您。」汪冬麟說話細聲細氣的，充滿書生氣息。

光看他這副文質彬彬的樣子，很難想像他曾經殘忍地殺害四名年輕女性。

守衛哼了一聲，隨即轉身離去。

汪冬麟依然保持著同樣的姿勢，一動也不動地看著書，直到完全聽不見守衛的腳步聲，嘴角才微微翹起，表情也逐漸放鬆。

「棄子，這幾個都是棄子。」他自言自語道。

汪冬麟深吸一口氣，合上書本，抬起頭。陽光透過窗戶上的鐵欄柵，投射到他五官分明的臉上。

他迎著陽光，笑了。

3

五月三十一日，上午十點，路天峰家樓下。

約定的出發時間到了，但余勇生還沒來。

路天峰看了看手錶，一向冷靜的他，也難免有點焦急起來。

他很清楚，面對這樣一項任務，只有一小時的準備時間實在太過倉卒，但也別無選擇。

「要不要打電話催一下？」陳諾蘭雙手戴著手套，提著兩個大箱子，裡面全都是她向熟人討來的蜜蜂。

「不急，估計馬上就到了。」路天峰說。

話音剛落，一輛藍灰相間的押送車出現在馬路的拐角處，路天峰不禁鬆了一口氣，但隨著車子越開越近，他的臉色變得陰沉起來。

「老大，不好意思，路上車多，差點遲到了。」余勇生一邊從車上跳下來，一邊喋喋不休地說，

「真沒想到借用一下押送車還那麼麻煩，幸虧車輛管理員說，恰好有一輛原定外派的車子突然取消

了任務，我才能夠省下一大堆審批手續，把車子開出來。」

路天峰看著押送車，依然一言不發，但陳諾蘭和余勇生都察覺到他的神色不對。

「老大……難道我搞錯車型了？」余勇生忐忑不安地問。

「不，你沒錯，是我搞錯了。」路天峰長歎一聲，自責地說：「我怎麼就沒想到這一點呢？」

陳諾蘭和余勇生面面相覷，搞不懂到底是哪裡出錯了。

路天峰拿起放在腳邊用報紙包裹住的假車牌，遞給余勇生，說道：「看，這就是童瑤按照我提供的資訊緊急訂製的假車牌。」

「品質還不錯啊……哎喲！」余勇生突然愣住了。

這前後兩塊假車牌的號碼都是「1M465」。

而停在他們面前那輛押送車的車牌號碼，也是「1M465」。

「你說這輛車子是因為任務臨時取消才讓你借到手的，那麼它原本應該執行的任務，就是押送汪冬麟。」

「到底是……怎麼回事？」陳諾蘭問。

「除了我之外，還有其他人能夠感知時間倒流，而且對方很清楚，我們的行動目標就是汪冬麟。」路天峰強打精神說：「所以，有人想方設法改變了押送流程，讓我們之前的計畫全盤落空。」

余勇生目瞪口呆地說：「那可怎麼辦？我們沒有時間了。」

「不，我們還有一個多小時。」路天峰很清楚，自己絕對不能表現出絲毫氣餒，如果他失去了鬥志，那麼整個團隊就會崩盤。

但在這短短一個多小時裡頭，他又能做點什麼呢？

強烈的無力感襲來，身體似乎又開始隱隱作痛了。

五月三十一日，上午十點十五分，D城看守所，操場。

一輛外表看起來普普通通、但實際上進行過內部改造的白色商務車，停在看守所辦公樓正門外。身穿便服的汪冬麟走出建築物，猛烈的陽光讓他瞇起眼睛，一時有點不能適應。

「天氣真好啊！」他暗自感歎。

雖然還戴著手銬和腳鐐，但汪冬麟卻有種已經恢復自由的錯覺。

「快上車！」負責押送的警察催促道。

汪冬麟斜眼打量著對方——二十出頭，身上的警服是嶄新的，應該是個畢業沒多久的菜鳥警察，表情中掩飾不住對汪冬麟的厭惡。

呵呵，幼稚的傢伙。

因為有腳鐐，汪冬麟頗為艱難地邁步上車，而那年輕的警察也懶得伸手攙扶。

車上還端坐著另一名押送警員，表情嚴肅，他的年紀應該在四十上下，右手握著來福槍，左手擺在膝蓋上，應該是個經歷過大風大浪的老手。他看向汪冬麟的目光，同樣充斥著憤怒和冷漠。

汪冬麟不以為意，大大咧咧地一屁股坐在中年警員身旁的位置上，並主動打招呼：「警察同志，今天辛苦您了啊！」

「工作而已。」中年警員冷冷地回答，顯然並不想搭話。

年輕警員仔細檢查了一遍汪冬麟身上的手銬和腳鐐，又對他進行了一次徹底的搜身，確認沒有任何問題後，向中年警員點點頭說：「龍哥，可以出發了。」

「我再看看。」龍哥應該是這次押送的負責人，他謹慎地再次檢查了汪冬麟的全身，然後向司機做了個手勢，司機立即會意，啟動車子。

汪冬麟把目光投向車窗外，就像一個渴望甘露的小孩子。沒想到車子剛出看守所大門，龍哥就將後座位置的窗簾全部拉上，把車窗遮掩得嚴嚴實實。

「我們還是得低調一點，外面有很多人恨不得將你剝皮拆骨。」龍哥注意到汪冬麟的不快，不以為然地說了一句。

「沒事，這樣就挺好的，陽光晃眼睛。」汪冬麟聳聳肩，似乎毫不在意。

那年輕警員上車後就一直盯著汪冬麟，緊抿著嘴唇，一副想說話但又不知道從何說起的樣子。汪冬麟心下了然，見怪不怪地主動問道：「這位小哥，怎麼稱呼？」

「我？」年輕警員愣了愣，還看了一眼龍哥，好像在徵詢龍哥的意見。

龍哥撇了撇嘴，沒吭聲。

「叫我小蘇就好。」

「龍哥、小蘇，我們還挺有緣的嘛！」汪冬麟笑咪咪地說：「兩位大概心裡正在嘀咕，希望這一程是把我送去刑場，而不是精神病院，對吧？」

龍哥和小蘇對視一眼，表情尷尬。

「其實，我的想法跟你們一樣——」汪冬麟的聲音裡突然多了一股讓人不寒而慄的氣息，「汪冬麟這種人，就應該去死！」

龍哥臉色一沉，拿槍的手立即緊張起來，小蘇也是下意識地摸向腰間的佩槍。

「真是諷刺啊，法律竟然還會保護殺人犯，哈哈哈——」汪冬麟的笑聲在小小的車廂內迴盪著。雖然此刻他仍然是手無寸鐵的階下囚，但氣勢上竟然完全壓倒了兩名荷槍實彈的警察。

「你這話是什麼意思？」還是龍哥穩得住陣腳，出言質問道。

就在這時，一直安靜開車的司機突然說：「龍哥，你看後面那輛紅色小車，好像一直在跟蹤我們。」

龍哥透過車後的玻璃窗看了看，皺著眉頭說：「它跟著我們多久了？」

「從看守所出來我就注意到了，起碼跟了五分鐘以上。」

「減速，打雙黃燈靠邊停下來。」龍哥下令。

司機依言照辦，那輛紅色小車終於慢悠悠地變線超車，絕塵而去。龍哥看著小車遠去的方向，若有所思。

小蘇舒了一口氣，「唉，幸好只是虛驚一場。」

龍哥的神情卻並未放鬆，「小心駛得萬年船。」

而此時此刻的汪冬麟，竟然閉上了雙眼，對剛才發生的小插曲充耳不聞，但很顯然他不可能那麼快就睡著。

沉睡的惡魔仍然是惡魔。

龍哥忍不住打了個冷戰，然後從懷裡摸出一包菸。

小蘇假裝沒看見，雖然在執行任務的過程中不該抽菸，可是沒人想去阻止他。

五月三十一日，上午十點三十分，D城公路網，環城線上。

余勇生駕駛著華銓保全的押送車，路天峰則坐在副駕駛座上，接聽電話。

「峰，我好像被發現了，他們的車子突然靠邊停下，我沒法再跟下去了。」電話那頭是陳諾蘭。

「沒關係，車子的行駛路線應該不會改變，我只想給他們造成風聲鶴唳的感覺。」

「接下來我要去哪？」陳諾蘭問。

路天峰猶豫了一下，沒有立即回答，陳諾蘭敏銳地捕捉到這個不必要的停頓。

「你別顧慮太多，有話直說。」

路天峰苦笑：「諾蘭，你真瞭解我。現在我想不出更好的解決方案了，唯有用最簡單粗暴的辦法——搶在敵人之前劫囚車。」

「什麼？峰，你在開玩笑嗎？」陳諾蘭驚訝地說。

不僅僅是陳諾蘭，在開車的余勇生聽到這話也是大吃一驚，原計畫是他們只須耽擱一下囚車的行程，怎麼一轉眼就變成劫囚車了？

「現在退出計畫還來得及，我還暫時瞞著童瑤呢。」路天峰說話的時候，眼睛看向余勇生。

陳諾蘭幾乎是立即回答：「別傻了，怎麼可能退出！」

「那麼你回家等我。」路天峰簡短地指示後，掛斷了電話，再正色跟余勇生說：「勇生，這件事情的風險很大，你要是退出，我不會怪你。」

「老大，我跟定你了。」余勇生用力拍了拍方向盤，「我只是不明白，這事你不跟童瑤溝通，是不是有點不夠意思？」

「不，我是不想留下任何線索，如果我們劫走汪冬麟，一定會被警方通緝，這時候童瑤就是我們的內應。」

「你和她約好了嗎？」

「並沒有，但她一定會明白我的意思。」路天峰一邊說，一邊瞄著後視鏡，「勇生，這是你下車的最後機會。」

余勇生也瞄了眼後視鏡，清楚地看到那輛載著汪冬麟的囚車正跟在他們身後。

「老大，我不會下車的，可是我們只有兩個人，也沒有武器，對方有四個人，還有槍……」余勇生倒不怕以寡敵眾，但雙方實力太懸殊了。

「有人會幫我們的。」

「誰？不是說沒通知童瑤嗎？」

「敵人安插的內應。」路天峰的手指輕輕敲擊著玻璃窗，「我剛剛才想明白，為什麼我在六月二日看到的檔案裡面，現場鑒證顯示歹徒瘋狂開火，而押送人員只開了三槍。」

余勇生恍然大悟：「是內應提前做了手腳？」

「是的，歹徒的內應肯定就在押送車上，用迷藥之類的東西讓押送人員失去了戰鬥力，而且我能猜到那人是誰。」路天峰回想著自己在「未來」所看到的資料，「歹徒不但槍殺了汪冬麟，還要將內應一同滅口，所以在槍戰中死去的押送人員，就是內應。」

「那麼，到底是誰……」

「就是這次押送任務的負責人，龍志迅，人稱龍哥——前面出口拐下去，走西風路。」路天峰還不忘提醒一句。

「他們果然也拐下來了。」余勇生不停地瞄著後視鏡。

「加速，甩開他們。」路天峰平靜地說：「等會兒我們搶先一步，在福和路第一隧道裡面動手。」

4

五月三十一日，上午十一點整，車流稀少的福和路。

載著汪冬麟的囚車駛入隧道，車速卻是越來越慢。

「認真開車，不要打瞌睡！」龍哥突然拍了拍司機的肩膀。

「啊，抱歉！」司機像是被嚇了一跳，回過神來。

「昨晚休息得不好嗎？」

「不會呀，大概是春睏吧。」司機自嘲地笑了笑。

龍哥當然很清楚，這不是春睏，而是他藏在香菸裡面的安神劑發揮作用了。

「大家都提起精神來……咦？路上有什麼？」

龍哥看見不遠處有一輛保全公司的押送車斜著停在路中央，車子打著雙黃燈，恰好把只有二線車道的隧道堵了個嚴實。一名身穿華銓保全制服的男子蹲在路邊，頭埋在膝蓋間，不知道是不是受傷了。

「怎麼回事？」小蘇揉了揉眼睛，忍不住打了個呵欠。

「好像是車禍，你們下去看看，我在這裡守著犯人。」龍哥覺得自己的心跳變得很快，他們不是說好在第二隧道裡面下手的嗎？為什麼會提前了？

「好的。」小蘇和另外兩名押送人員一同下車。即使對方看上去只是一個受傷的人，但他們依然不敢掉以輕心，每個人的手都按在槍上。

「這位大哥，你還好嗎？」小蘇提高音量問。

穿制服的男人自然就是余勇生了，他頭也不抬，裝作痛苦的聲音說道：「我沒事……我車裡的貨物……還好嗎？」

小蘇和司機交換了一下眼色，兩人舉起槍，瞄著押送車的後門，另外一人則用槍指著余勇生。

「你是什麼人！」

「我……就是個跑腿的……」

小蘇喝道：「保全公司執行任務，怎麼可能只有你一個人？」

「我的同事……可能把貨物搶走了……」余勇生說完，假裝體力不支，癱倒在地。

三人面面相覷，最後還是小蘇說：「我們看一眼車裡頭有什麼，如果沒問題就先把車子挪開，等我們離開隧道再喊交警來處理就好。畢竟我們車上那傢伙……不可大意。」

另外兩人紛紛點頭同意，當然他們覺得有點納悶的事情是，負責指揮工作的龍哥竟然一直安坐車上，沒有下達任何指示。

而此刻，留在車上的龍哥更是坐立不安，他隱隱覺得事態正在失控，但又不知如何是好。

「你很緊張嗎？」說話的人是汪冬麟，每個字都是硬邦邦的。

先前那個文弱書生，變成了渾身都散發著寒意的可怕男人。

「閉嘴，別胡說！」

「龍哥，你的手指在無意識地抽搐，你的心跳也比剛才快了很多。」汪冬麟望向不遠處的押送車，「而且你的眼睛一直盯著前面那輛車，好像早就知道車門一旦打開，會有不太好的事情發生。」

龍哥覺得自己全身的力氣好像被人抽空了，雖然他提前吃了解藥，安神劑對他應該不起作用，卻莫名地感到頭暈目眩。

「你剛才抽的菸裡面，到底加了什麼料？」汪冬麟嘿嘿冷笑道。

龍哥的額頭上冒出了細細的汗珠，他現在才察覺到，安神劑似乎對汪冬麟完全沒有任何影響。

但他已經來不及細想了，因為在幾公尺外，小蘇等人已經小心翼翼地打開了押送車的後門。

雖然他們全神戒備，槍口對準了押送車，卻萬萬沒想到車內的東西是子彈無法對付的。

車門一開，三人耳邊立即響起了連綿不絕的嗡嗡聲，然後一股黑色旋風撲面襲來，隨之而至的還有刺痛和酥麻。

「是蜜蜂！」

「快趴下，擋住臉——哎呀！」

「哇呀——怎麼回事！」

受激素影響的蜜蜂瘋狂地攻擊著眼前這幾個目標，三人雖然第一時間俯下身子，也難免被螫得渾身難受。小蘇掙扎著往囚車方向爬過去，想向龍哥求救，但沒爬幾公尺，就眼前一黑，昏過去了。

蜜蜂身上的毒素和他們之前吸入的安神劑產生了奇妙的化學反應，三個人很快就都沒了動靜。

龍哥終於坐不住了，拿著槍跳下車，然而他的腳還沒著地，後腦勺就被人狠狠地砸了一下，頓時跌倒在地。

「別傷害我兒子……你們的要求……我做到了……」龍哥頭痛欲裂，眼冒金星，也看不清襲擊者是誰，只是喃喃地求饒。

「你真是一時糊塗啊！」路天峰感慨萬千，因為龍哥的一念之差，幾乎將整車人送上了黃泉路。他長歎一聲，給龍哥補了一拳，將其打倒在地，然後跳上駕駛座。

路天峰回頭一看，在黑暗的車廂中，有一雙明亮的眼睛正瞪著自己。

「汪冬麟，我是來幫你的。」

汪冬麟哼了一聲，不置可否。

路天峰也沒空跟汪冬麟廢話，直接一踩油門，方向盤打到底，利用隧道內的應急通道強行掉頭。

這時候余勇生衝上前來，想拉開車門上車，卻發現車門鎖上了。他一臉茫然地大喊：「老大，開門啊！」

「勇生，人多反而不好隱藏行蹤，就讓我一個人承擔劫走重犯的罪名吧。」

「怎麼可以這樣……」

「我們分頭走，你替我拖延一下時間。」

余勇生無奈地退到一旁，他其實也很清楚，路天峰的選擇是理性的，如果所有人一起行動，幾乎不可能逃脫警方布下的天羅地網。

「老大，保重。」

「你也是。」路天峰一踩油門，囚車絕塵而去。

五月三十一日，上午十一點十分，鐵道旁的公路上。

路天峰終於將車子停下，自己也跳下車。

車廂內，一直坐在陰影之中沉默不語的汪冬麟突然笑起來：「光憑你一個人，這樣子就想帶走我？你真當警察是白癡嗎？」

「你要是不想死，最好乖乖聽話。」路天峰狠狠地回了一句，「你知道你戴的電子腳鐐上有定位器嗎？不用密碼解開腳鐐的話，逃到天涯海角都沒用。」

汪冬麟的嘴角抽搐了一下，他確實不知道這點。

「而我恰好知道密碼。」路天峰過目不忘，他在檔案上看過這個資料，但自然不會告訴汪冬麟真相。

「怎麼會……」汪冬麟也被鎮住了。

「嘀——」路天峰動作迅捷地將腳鐐脫下來，再重新扣緊，整個過程只花了幾秒鐘。

「這樣子，追蹤者就會以為腳鐐一直在你身上沒解下來。」

汪冬麟看著在路天峰手中晃蕩的腳鐐，沒有吭聲。

「這地方會有很多貨運列車路過，而我們只要將腳鐐扔到其中一列車廂上……」說話間，他們已經能聽到火車越來越近的轟鳴。

「咣當，咣當，咣當——」

高鐵日漸普及，越來越少的人記得這種屬於舊時代的聲音了。

「那就可以誤導警方了。」汪冬麟咧開嘴巴，放肆地笑了起來。

「嗚——」

冒著黑煙的火車頭出現在視野之中。

路天峰感慨道：「人類越來越倚靠高科技，到底是好事還是壞事呢？」

這個問題，沒有人可以回答。

當貨運列車路過他們身邊的時候，路天峰精確無誤地將腳鐐拋入其中一節車廂內，汪冬麟也隨之鬆了一口氣。

「別高興得太早，這種小把戲最多只能把警方的追捕進度拖延一到兩小時，接下來絕對不能放鬆警惕。車子不能再開了，我們走吧。」

路天峰邁步向前，而汪冬麟卻定定地站在原地，目光呆滯，精神恍惚，臉上的表情變得很詭異。

「你是誰？我為什麼要跟你走？」汪冬麟的目光裡充滿了懷疑和戒備。

「說來話長，我們換個地方再聊。你唯一的選擇就是相信我，跟我走。」

汪冬麟依然是將信將疑，沒有挪步。

「我叫路天峰，是警察，現在開始負責保護你。」路天峰不得已出示了自己的警官證。

「警察？我沒搞懂……」汪冬麟還是一臉茫然。

「簡而言之，剛才本來有人想在福和路隧道裡頭要了你的命，而我救了你。不過如果你還在磨磨蹭蹭浪費時間的話，後果自負。」

「有人想殺我？」

「很奇怪嗎？你犯下什麼罪行自己還不心知肚明嗎？你難道不知道網路上有超過一千萬網友簽名請願，要求判你死刑？」

汪冬麟的臉色一下子變得煞白，嘴唇不停抖動，卻發不出聲音。

「走吧。再提醒你一句，想殺你的人還在警方內部安插了眼線，所以我們暫時只能靠自己了。」

汪冬麟不再有異議，他乖乖跟著路天峰橫越鐵路，鑽入一條不知名的小巷之中。

5

五月三十一日，上午十一點三十分，一間面積不到二十平方公尺、卻收拾得整潔有致的小公寓內。

「隨便坐吧。」路天峰進門後，順手就將大門反鎖。

汪冬麟沒有立即坐下來，而是細細打量著四周，這裡並不像是路天峰的家，家具裝潢簡單得幾乎沒有多少生活氣息，但桌椅和地板都很乾淨，不可能是長年空置的房子。

「這是什麼地方？」汪冬麟忍不住問。

「一個沒有人知道的地方。」路天峰遞給汪冬麟一瓶礦泉水，「想避開警方的追捕，需要謹記兩點：第一，不要讓任何人知道你的行蹤；第二，盡量不和別人接觸。這兩點看起來很簡單，在現代社會中卻非常難做到，科技太先進了，人很難徹底隱身。」

「那麼這裡……安全嗎？」汪冬麟忐忑不安地坐下了。

「至少在短時間內是安全的。」

這間小公寓其實是在風騰基因的案件告一段落後，路天峰偷偷用假名租下來的，他最初只是想給自己和陳諾蘭留一條後路，萬一出現什麼緊急情況，可以利用這間房子藏身。反正處於停職狀態的他時間充裕，所以每隔兩三天就會來這裡一趟，先打掃一下屋子，然後再安安靜靜看一會兒書，也是當作一種放鬆。

只是今天，專屬這片小空間的安寧，看來要被永遠打破了。

汪冬麟才坐了一會兒就按捺不住了，站起來不停地來回踱步，又時不時緊張地掀起窗簾，觀察屋外的動靜。

「我們下一步怎麼辦？」

「等。」路天峰打開電視，早些時候他為了反追蹤，特意把手機遺棄在福和路現場，目前電視新聞就是他們獲取外界資訊的唯一管道。

「就這樣乾等？」汪冬麟皺起眉頭，「根據剛才的車程和步行時間計算，我們離事發現場只有三到四公里吧！留在這麼近的地方也太危險了。」

路天峰看了汪冬麟一眼，面無表情地說：「想不到你的反偵查知識還挺扎實的嘛。」

「我這只是班門弄斧。」汪冬麟訕訕地說。

「別擔心，電子腳鐐會把警方的注意力吸引到四通八達的鐵路系統上，我們明明有機會遠走高飛，為什麼要留在離案發地點那麼近的地方？這根本就不合理。」

「對呀，簡直是自殺行為。」

「因為不合理，才不會有人想到這一點，所以我們暫時很安全。」路天峰歎了口氣，「我們起碼有四到六小時的緩衝時間。」

汪冬麟低頭思索著，好像有點明白路天峰的策略了。

「更何況我們也並不是在這裡乾等，而是要趁這段時間，解決兩個非常關鍵的問題——」路天峰眼內露出了銳利的光芒，「到底是誰在追殺你，又是誰要救你？」

「我……我不知道誰要殺我啊，再說了，救我的人不就是你嗎？」汪冬麟連連搖頭，眼中一片茫然，看起來並不像是演戲。

路天峰心頭一沉，隱約想起豬頭說的那句「接下來的事情我們會處理」，難道汪冬麟完全不認識「豬頭」那幫人嗎？

只可惜以現在的形勢，如果自己想化被動為主動，就無論如何得先躲開警方的這一波追捕，再想辦法查明真相。

「可你應該很清楚自己曾經做過什麼。」路天峰決定繼續向汪冬麟施壓，於是緊盯著他，以咄咄逼人的口吻說：「近一年來，你先後殺死了四名女生，每一個女生的背後，都有她的家庭、同學、朋友、情人，這些人理所當然會對你恨之入骨。」

汪冬麟的腦袋漸漸低垂，十指緊張地交錯起來。

「將你的犯罪過程原原本本地跟我說一遍，我們來認真分析一下，到底是誰會費盡心思，非要除掉你不可。」

汪冬麟聽到這句話，突然抬起頭來，用複雜的眼神看著路天峰，然後，他咧開嘴巴，很放肆地笑了。

「我終於明白了，這才是你們的真正目的吧？」

「你說什麼？」路天峰如墜雲霧。

「你們這幫自以為是的警察，一心想要弄死我，所以才處心積慮地演了這樣一場劫囚車的大戲，希望引誘我說出所謂的真相。」汪冬麟的表情變得猙獰起來，目露凶光，「該說的話，我早就說完了，人確實是我殺的，但別的東西我一概不知道。」

路天峰這才聽懂，汪冬麟完全曲解了他的意圖。

「你這傢伙真是……」路天峰本想狠狠地罵他一句，但話才說到一半，卻突然怔住了，腦海裡閃過一個可怕的念頭。

汪冬麟為什麼戒心那麼重？

難道他身上背負著的那四起命案背後，真的還有不能說出口的隱情？

路天峰努力地回想著，在時間倒流之前那天，他花了整個下午的時間去研究四車劫案過程，雖然當時的檔案中也附有汪冬麟連續殺人事件的相關資料，但他只是粗略地瀏覽了一遍。讓他印象最深刻的，莫過於汪冬麟每次殺人的手法，都是將受害者迷暈後直接扔進浴缸裡溺斃，從來不會性侵。還有一個值得一提的細節，就是汪冬麟會在受害者身上取下某件飾物，作為他的「紀念品」，然後埋在城市的某個角落。

第一名受害者的髮夾、第二名受害者的戒指、第三名受害者的項鍊、第四名受害者的鑰匙扣——這四件「紀念品」，警方最終只找到了分別埋在兩個不同地方的髮夾和項鍊，而另外兩件「紀念品」一直沒能找到，汪冬麟對其下落也是守口如瓶，堅決不肯說出來。

路天峰隱隱約約覺得，那兩件去向不明的「紀念品」可能是個重要線索，跟汪冬麟為什麼會被人追殺有著直接或間接的關聯。

而此時此刻的汪冬麟，渾身上下散發著一股狂野危險的氣息。

「我不會上當的。」

說完這幾個字後，汪冬麟的五官瞬間就鬆弛下來，沒幾秒鐘，他就像換了個人似的，懵懵懂懂地看著路天峰。

目睹汪冬麟「變臉」全過程的路天峰，心底泛起不寒而慄的感覺。

將這頭野獸從籠子裡放出來，真的是一個正確選擇嗎？

路天峰的五臟六腑又開始隱隱作痛。

五月三十一日，上午十一點四十分，D城警察局辦公大樓。

從十一點十五分開始，羅局辦公室裡的電話鈴聲此起彼伏，沒有一刻消停。不勝其煩的他乾脆掛起了座機，再將手機設置為靜音模式，所有電話一概不接，以求能獲得短暫的寧靜。

汪冬麟逃脫事件在短短半小時內成了全城關注的焦點，即使是見慣大風大浪的羅局，也難免為眼前的狀況感到頭痛。

這時候，無聲的手機螢幕上出現了童瑤的名字。

羅局眉頭緊鎖，他對童瑤的印象相當不錯，年輕有幹勁，工作能力強，但兩人之間畢竟相隔了好幾個級別，很少打交道，一時也想不到她為什麼會直接找上門來。

羅局接通了電話。

「羅局，我是刑偵大隊第一支隊的童瑤。」電話那頭訊號不好，聲音聽起來非常嘈雜。

「我知道，怎麼了？」

「羅局，我在福和路現場，先長話短說——我知道是路天峰帶走了汪冬麟，但請求你暫時別公開通緝他。」

羅局的眉頭更是擰成一團，光是汪冬麟的事情已經讓人焦頭爛額了，怎麼還牽涉到正在接受停職調查的路天峰？而且從童瑤的話中他聽出了潛台詞，就是這位警隊新星似乎也跟事件扯上了關係。

「你給我說清楚，到底是怎麼回事？」

「羅局，路隊是收到線人的可靠情報，聲稱有人想要劫囚車並殺死汪冬麟，因此他才會搶先一步，在歹徒動手之前將汪冬麟保護起來了。」

「荒唐，有情報怎麼不走正規流程上報，安排警力增援？」羅局的怒火快要按捺不住了，「光憑他一個人能幹成什麼事？你以為是拍好萊塢電影嗎？」

「路隊說，警隊裡有歹徒安插的內鬼，他怕打草驚蛇……」

「內鬼？」羅局怔了怔，「有證據嗎？」

「暫時還沒有。」

羅局長歎一聲：「這不就是路天峰自己在亂搞嗎？你立即聯繫他，讓他趕緊把汪冬麟帶回來！我會想辦法善後，降低事件影響。」

「抱歉，羅局，我也無法聯繫上路隊。」

羅局氣得聲音都有點顫抖了：「你們搞什麼啊？童瑤，限你半小時之內回來跟我好好交代！」

羅局說完，不等童瑤答覆就掛斷了電話。沒想到不到十秒鐘，又有一個電話打進來。

「沒完沒了啊……」

五月三十一日，中午十二點，避難小公寓內。

路天峰和汪冬麟一言不發，靜靜坐在電視機前看午間新聞。

互聯網高峰會議，新地鐵線路開通，菜市場物價回落，未來幾天天氣晴好……直到半小時後新聞結束，主持人微笑著向觀眾說再見，路天峰臉上的神色越發難看了。

汪冬麟則是冷笑起來：「路警官，那麼大的新聞事件，電視台居然連口頭播報都沒一句，你覺得是怎麼回事呢？」

「我不知道，這不正常。」

「別裝蒜了，我早猜到這只是你們警方耍的把戲，什麼鬼劫案根本就不存在，你布置陷阱的水準太差勁啦！」汪冬麟站起身來，伸了個大大的懶腰，「好了，把我送回我該去的地方吧，據說Ｄ城精神病院依山傍海，風景還不錯。」

路天峰懶得搭話，腦海裡一遍又一遍地重播著今天行動的過程，並假設自己現在是警方行動指揮官的話，會如何安排追捕工作。

檢查周邊的監視器，確定涉案嫌犯，追查逃跑路線，電子定位追蹤……

「糟糕！」冥思苦想中的路天峰突然喊了一聲，他終於發現了一個可能致命的失誤——那個帶有定位器的電子腳鐐。

在滿大街都是監視器的情況下，警方大概只要花十五分鐘就能確認路天峰是重要嫌犯，因此抓捕策略必然會針對他個人。

比如說，如果真的是他帶著汪冬麟跳上火車逃跑，一定很清楚腳鐐上裝有定位器，應該會想辦法盡快破壞腳鐐，或者阻隔信號，不可能不去處理它。

不過現在，電子腳鐐的定位信號卻一直沒中斷，光憑這一點就可以推測，此時此刻的定位信號很可能只是個幌子——要不就是他們根本沒上火車，要不就是他們拆下腳鐐後跳車逃跑了。

如果警方的指揮官夠聰明，或者對路天峰比較熟悉的話，很容易透過他們棄車而逃的地點推理，猜測到他們的藏身位置。

想到這裡，路天峰立即緊張起來。

「我們得馬上離開。」

「怎麼啦，現在不還是風平浪靜嗎？」汪冬麟還是一副不以為然的樣子，好像認定了路天峰在做戲套他的話。

「警方可能已經鎖定了我們所在的範圍，再不走就來不及了。」
話音未落，一陣急促的敲門聲響起。

五月三十一日，中午十二點十分，鐵道新村，人來人往的十字路口。
一輛黑色商務車停靠在路邊的停車位上，路天峰的上司，刑警大隊第七支隊隊長程拓正在車內，遙控指揮著上百名便衣警察和輔警，準備不動聲色地封鎖整個街區，然後進行地毯式搜索。
「程隊，人員集結完畢，隨時可以展開搜查。」一名身穿煤氣公司安全檢查員制服的年輕警察彙報道。
「很好，立即行動，注意不要打草驚蛇。」程拓想了想，又問：「預計需要多長時間？」
「鐵道新村的面積大，居民數量多，加上有大量外來人口和出租屋，搜查起來可能挺花時間……」
「直接說結論吧。」程拓有點不耐煩地打斷了下屬的話。
「按現在的人力投入，初步排查一次起碼需要六個小時。」
「不行，太慢了，兩小時之內必須找出他們，否則再也不用在這裡找了。」程拓斬釘截鐵地說：「你們動手搜查，我去申請增援。」
「明白了。」年輕警察領命而去。
程拓看著窗外的車水馬龍，不由得暗暗歎息。他很清楚鐵道新村的狀況，作為二十年前投入使用的大型住宅區，當時風光無限，如今早就和時代格格不入了。道路規畫落後，配套設施缺乏，加上離鐵路太近，雜訊污染嚴重，不少本地人都不願意在此居住，轉而把房子租給外地工作人員，因此這片區域的治安管理是出了名的混亂。
不遠處那一棟棟灰色的樓房，猶如一片鋼筋水泥構成的森林，而森林裡到底潛伏著多少危險，誰也不知道。

6

五月三十一日，中午十二點三十分，避難小公寓內。

路天峰向汪冬麟做了個手勢，示意他躲到洗手間內，然後才走近門邊，把眼睛湊到貓眼上。只見一個高高瘦瘦的男子站在門外，頭戴鴨舌帽，身穿運動服，手裡拿著一小疊傳單，裝扮像是個出門打工的大學生，但年紀似乎大了一點。

「什麼人啊？」路天峰隔著門問。

「至誠家政服務，需要瞭解一下嗎？」

「不需要，謝謝。」路天峰連門都沒打開，一直透過貓眼觀察著，那男子被拒絕後，又無奈地站了一會兒，才轉身離去。

汪冬麟聞聲從洗手間鑽出來，輕鬆地說：「只是個推銷員而已，路警官犯不著草木皆兵的嘛。」

沒料到路天峰只是簡單地說了句：「我們馬上離開。」

「怎麼回事？」汪冬麟注意到路天峰的樣子絕對不是在開玩笑。

「剛才敲門那人並不是推銷員，第一，他手裡拿著的傳單數量太少了，這棟樓有一百多戶，而他手中的傳單只有十來張；第二，他吃了閉門羹後，連傳單都沒有留下一張就轉身離開；第三，他離開後並沒有去隔壁挨家挨戶地繼續推銷，而是直接下了樓梯。這三點加起來，基本可以肯定他是假扮的。」

汪冬麟的神色也緊張起來：「所以他是便衣警察嗎？」

「看他的行為舉止並不像是警察，當然也可能是他的演技特別厲害，但一個演技高超的便衣探員，又不太可能露出那麼多破綻。」路天峰深吸了一口氣，「這人更有可能是想來幹掉你的殺手之一。」

「他們……怎麼可能找到這裡來？」汪冬麟的臉上一陣紅一陣白，將信將疑。

「這個問題可以稍晚再考慮，現在我們要解決的問題，是如何離開。」路天峰從茶几下方掏出一個腰包，繫在腰間，「快走！」

路天峰不敢怠慢，他很清楚自己面對的敵人至少有四名——對方應該是專業殺手或者雇傭兵。他們不但單兵作戰能力強，而且團隊配合也很有一套。光憑他和汪冬麟兩人，在手無寸鐵的情況下肯定是難以抗衡，唯一的生機就是在對方形成包圍圈之前搶先逃走。

「我們往天台走。」

既然這公寓是路天峰為應對特殊情況而租下的，自然早就考慮過緊急逃生路線。這棟樓一共有九層，而他們所在的位置是七樓，通過樓梯可以在半分鐘內抵達天台，而這棟樓又跟另外三棟建築結構完全一樣的樓房連成一體，因此只要跑上天台，就等於增加了三條額外的逃生路線。

汪冬麟雖然不明就裡，卻知道自己只能跟著路天峰行動了。

兩人匆匆忙忙離開公寓，通過樓梯來到九樓。天台的鐵門上雖然掛著「天台危險，嚴禁進入」的警示牌，但門鎖早已生鏽脫落，推開鐵門，映入眼簾的是遍地掛滿衣服的晾衣架和晾衣繩，更有一片片自定範圍的「綠化帶」，有的擺滿盆景，有的種了蔬菜，還有搭架子長葡萄的，倒比樓下那冷冰冰的水泥森林更有生機和活力。

「走這邊。」

路天峰顧不得閃避一路上亂七八糟的衣物，徑直從一床棉被底下鑽了過去。就這樣走了一小段路，眼前突然出現了一個頂著鳥窩頭的中年男人，他同樣是粗魯地掀開擋路的衣物，迎面而來。

路天峰跟男人打了個照面，兩人下意識各自閃避到一旁。男人注意到跟在路天峰身後的汪冬麟時，目光一凜，右手迅速摸向腰間。

路天峰的反應也是極快，立即抄起手邊的一件白襯衣，取下金屬衣架。他意識到正午時分的天台本來就人跡罕至，看似偶然碰上的這個男人，很可能就是前來包抄的殺手之一！

果然，下一秒，路天峰已經看到了匕首的寒光。

「退後！」路天峰對汪冬麟低喝一聲，同時用手中的衣架迎上對方的匕首。

衣架雖然無法對敵人造成太大威脅，但勝在形狀奇特。雙方過了幾招後，路天峰竟然不落下風。殺手往後跳了一小步，舉起匕首擺出守勢，似乎不再準備進攻。路天峰頓時明白，他是在等待支援，對方人馬極可能很快就會趕到天台。

「汪冬麟，快跑！」路天峰當機立斷，大聲喝道。

「跑？往哪兒跑？」

「只要不回頭，往哪兒都行。」

汪冬麟也不笨，頓時明白路天峰只是要打破眼前的僵持局面，於是拔腿就跑。

路天峰心裡其實非常忐忑，他不知道汪冬麟一旦跑遠了，還會不會乖乖聽他的命令。但他更清楚，這種時候只能盡力保持冷靜，迫使對方比自己更焦急。

然而殺手的舉動出乎路天峰的意料——他直接將匕首當作飛刀，往汪冬麟的後背拋了過去！

「趴下！」路天峰高呼。

匕首的去勢很猛，而且準頭十足，汪冬麟根本反應不過來，只是他剛好被什麼雜物絆了一下，腳步踉蹌地差點摔倒在地，陰差陽錯地避開了這一記殺招。

刀鋒呼嘯著擦過汪冬麟的耳邊，他第一次感覺到自己離死亡那麼近，頓時雙腿一軟，呆呆地坐在地上。

電光石火間，殺手已經掏出了懷裡的手槍，瞄準汪冬麟。他現在已經顧不得那麼多了，唯一的想法就是必須完成任務。

路天峰反應迅速，拿起手邊一條正在晾曬的床單，拋向殺手。

「砰！」

殺手的視線被床單遮擋，子彈只是擊碎了汪冬麟腳邊的花盆。

殺手還沒來得及開第二槍，路天峰已經拿著一根晾衣竿衝上前去，直插向殺手的咽喉。短兵相接，手槍反而失去了用武之地，殺手只好徒手抓住晾衣竿，不得不跟路天峰近身肉搏。

路天峰一拳直搗黃龍，打向殺手的胸口，而殺手輕巧地用手肘格擋住。就這麼一個回合的交手，便讓路天峰暗暗叫苦，兩人的實力不相上下，自己無法很快擊倒對方，那就意味著敵人可以拖延到援軍到來。更何況他還要留意對方手中的槍，不能有絲毫鬆懈。

這幾乎就是絕境。

說時遲，那時快，殺手的拳頭也接二連三襲來。他的目標很明確，無論是拖住時間等同伴到來，還是把路天峰擊退以便開槍，他都可以接受。

路天峰左閃右避，一時之間只能被動防守。殺手占據了上風，更是攻勢如潮。趁路天峰躲避慢了半拍，一記掃堂腿將其擊倒在地。

路天峰連忙狼狽地打了個滾，閃開追擊。

殺手怪叫一聲，正準備再次以一記飛腿踢向路天峰，身子卻突然頓住了。

一把匕首插在殺手的腰眼處。

一臉冷漠的汪冬麟半蹲在地上，以一種相當難看的姿勢，將刀鋒送入了敵人的身體。殺手的嘴唇抽搐著，難以置信地看著身上的匕首，右手抓住刀柄，似乎想要拔出來，但又不敢用力，最終口吐鮮血，頹然倒地。

路天峰這時才緩過一口氣來，苦笑：「你這一下子雖然丟人，但挺實用的嘛。」

汪冬麟的聲音冷得可怕：「這人還沒斷氣，要不要補一刀？」

路天峰怔了怔，只是說了一句：「我們快走！」

汪冬麟嘿嘿一笑，說：「路警官，你是個好人，我猜你殺過的人也許還不如我多。」

路天峰沒有回答。

兩人一路無語，迅速地穿過天台，從另外一棟樓的樓梯往下跑。跑到二樓的時候，路天峰招手示意不再繼續往下，而是來到二樓走廊的盡頭，翻過欄杆跳到圍牆上。順著圍牆走一小段路後，又跳進另外一條小巷之中。

這也是路天峰一開始選擇鐵道新村作為緊急避難場所的考量之一，老舊的規畫導致樓間距不足，反而提供了更多的逃生路線。

小巷內，剛好有一名快遞員送完上午那一整車包裹，正準備返回公司，就看見兩個大男人在光天化日之下翻牆而來。充滿正義感的快遞員正準備大喊抓賊，路天峰卻搶先一步，出示了警官證。

「警察，正在執行特別任務，需要徵用你的車子。」路天峰一眼就看中了這輛送快遞的電動車，車廂雖然比較小，但已足夠汪冬麟藏身。

快遞員以前只在電影裡見過這種狀況，一時之間啞口無言，不知所措。路天峰徑直跳上駕駛座，汪冬麟也趕緊鑽入車廂。

「半小時後，到清風街取回你的車子。」

路天峰拋下這句話後，用力一踩油門，緩緩加速而去。

不一會兒，電動車來到了清風街，汪冬麟從車廂裡鑽出來的時候，還愣了愣，說：「怎麼還真來清風街了？」

「因為這裡有公車站。」路天峰指了指前方的候車亭。

「公車上不都有監視器嗎？」

「沒錯，所以我們要坐的是那種黑車。」

清風街是鐵道新村的主幹道之一，有許多非法營運的中巴會特意到這裡招攬客人，之前也被整頓過好多次，但鐵道新村的外來人口數量太大，只要市場需求在，黑車司機們還是會想方設法溜過來。

「來來來，去摩雲鎮的，上車就走咯！趕緊地！」售票員大聲吆喝著。

路天峰和汪冬麟跳上這輛外面髒得不行、裡面也沒乾淨多少的中巴，在最後一排的空位坐下來。

然而路天峰沒等汪冬麟坐穩，雙手已經開始熟練地在汪冬麟身上摸索起來。

「這……搞什麼鬼……」

「你身上肯定有定位器，要不他們怎麼能找到我們？」路天峰壓低聲音說。

汪冬麟這才醒悟過來，隨即想起了自己在看守所上車時的情況。

「那個龍哥是內鬼吧？他曾經搜過我的身……」

「找到了。」路天峰在汪冬麟的衣領下方，摘下了一個比鈕釦還小的定位器。

「媽的，高科技真可怕！」汪冬麟咒罵了一句。

路天峰將定位器拋出車窗外，隨著車子駛出鐵道新村，他們終於又有了喘息的機會。

「你必須將你的故事原原本本地跟我說一遍，否則敵人在暗，我們在明，下一次可能就沒有那麼幸運了。」

汪冬麟抽了抽嘴角，沒吭聲。

但路天峰能夠看出，眼前這個男人的內心正在動搖。

五月三十一日，下午一點十分，鐵道新村，十字路口，警方指揮車上。

「報告程隊，在躍龍大廈的天台發現一具男屍，死因是匕首刺傷腹部，導致失血過多。在匕首的刀柄上，驗出了跟汪冬麟高度重合的指紋，有待進一步確認。」

「報告程隊，我們發現躍龍大廈C座美好公寓的七〇七室，有一扇被人用暴力破壞的木門，同時房間內有翻找過的跡象，而從門把手上檢驗出的清晰指紋，屬於汪冬麟。」

下屬的彙報接二連三，程拓的臉色越來越難看。

「程隊，是否需要封鎖整棟大廈？」下屬又問了一句。

「太遲了，立即調取鐵道新村範圍內的全部公車站和主要路口監視器影片，安排人手分析追查。另外，執行逐戶搜索任務的隊伍可以收隊了……」

「收隊？程隊，需要先請示一下上級嗎？」

汪冬麟畢竟是個重點逃犯，出動了上百警力卻一無所獲，灰溜溜地收隊，實在有點難堪。

「收隊，這是命令！我現在親自回局裡彙報。」程拓咬咬牙，事態發展終於還是失去了控制。

路天峰，你溜得可真夠快的。

7

汪冬麟的回憶（一）

我第一次被稱為「別人家的孩子」，是在不到五歲的時候。

應該是春節吧，父親帶著我去他的同事李叔叔家拜年，而我們進門的時候，李叔叔恰好在教他六歲的兒子下西洋棋。我對那些黑白分明、造型精緻的立體棋子愛不釋手，當作玩具一樣緊緊攥在手裡，不肯放下。於是李叔叔就哈哈大笑著說，我們一起學棋吧。

兩小時後，剛剛學完基本規則的我，將李叔叔的兒子殺了個片甲不留。

李叔叔笑著摸著我的頭，說，看人家汪冬麟的悟性多高啊，真是天才，估計再過三、五年，就能下贏李叔叔囉！

現在回想起來，李叔叔的笑容有點尷尬。

李叔叔說對了一半，我確實是西洋棋方面的天才，在這片黑白縱橫的戰場上，我總能發現同齡人無法理解的取勝方法；而他也說錯了另外一半，在我正式學棋七個月之後，就擊敗了他。

那時候我才知道，原來李叔叔只是個入門水準的愛好者而已。

在父親的支持下，我有幸師從全省西洋棋冠軍，每週上三次私人指導課，風雨不改，棋藝自然突飛猛進。在小學一年級，也就是七歲的時候，我贏得了第一個比賽冠軍——市少年宮挑戰賽，一到三年級組別，我以全勝戰績輕鬆奪冠。

我成了越來越多人口中的「別人家的孩子」，而我也以此為榮。

當然，我還有一個羨煞旁人、幸福美滿的家庭。我的父親是外科醫生，手術水準高超，被稱為醫院的「四大名刀」之一。他平日的工作壓力很大，遇上大手術的時候，甚至需要在手術室裡連續工作十幾個小時。但即使是這樣，他仍然將自己的全部休息時間拿出來，陪我下棋，陪我聊天，聽我說各種幼稚的故事，從來不會以忙或者累為藉口敷衍我。

我的母親則是音樂學院的鋼琴老師，她長得很美，看上去遠比實際年齡年輕，我很感謝自己能遺傳到母親的外貌。在我的印象中，母親一直是婉約溫柔的，她默默地打理好家中的大小雜務，將屋子收拾得井井有條，每天燒一桌美味可口的飯菜。因為母親有寒暑兩個假期，而父親卻難得有長假，所以我記憶中童年的每一次出遠門旅行，都是母親一個人帶著我。

從小學開始，直到初中、高中，我一直就讀於全市最好的學校，而我的學習成績也穩定排在全年級前十名。久而久之，在我身邊的朋友中甚至誕生了一個都市怪談式的傳言，說假如我的考試成績跌出全年級前十名，那麼我們學校就會死掉一名學生。

少年就是那麼幼稚和無知，真是可笑至極，我怎麼可能考不到全年級前十名呢？課本上的那些知識，對我而言實在是太簡單了，一點挑戰性都沒有。

真正能讓我感到興奮的，是西洋棋賽場上瞬息萬變的戰局。我並不想當職業棋手，但我非常享受勝利的感覺，於是我不斷地報名參加各級別的比賽，期待有一天能成為全國冠軍。

十一歲的時候，我在全市青少年比賽中奪冠，並獲得了代表Ｄ城參加全國大賽的資格。在次年舉辦的全國大賽上，我一路過關斬將，連續淘汰多位年齡比我大的棋手，殺進四強。那時候我還憧憬著自己能夠再贏兩場，拿下冠軍，從此一鳴驚人，沒料到在三番棋的半決賽中，卻遭遇了一場慘敗，我的對手似乎沒費多少力氣，就直落兩盤將我徹底擊敗。

我們的棋藝不在同一個層面上。

接下來，我又親眼看見淘汰我的那位棋手，在決賽的五番棋中以零比三慘敗，全程幾乎沒有任何還手之力。最終，冠軍是個十五歲的男生，他在比賽的過程中表現得非常輕鬆，他來跟我們下棋，就像玩扮家家酒一樣。

後來我才知道，奪冠的男生是在職業棋手的選拔賽中被淘汰下來的，難怪來參加業餘比賽會顯得那麼輕鬆。但我也看到了，自己跟真正的職業棋手之間，到底存在多大的差距。

那是我第一次懷疑自己並不是天之驕子。

接下來，我放棄了挑戰職業棋手的幻想，沉迷於在網路對戰平台之中「虐菜」。我發現自己喜歡的原來不是西洋棋，只是勝利的感覺。

當然了，在學校裡頭，我依然可以輕易找到屬於我的優越感。到了高中階段，我把原本分配給學棋的時間全部調配到讀書上面，因此成績更加穩定了，大部分的考試中我都穩居全年級前三名，老師們都說，我的能力足以考上國內任何一所重點大學。

但到了高三報志願的時候，我退縮了，我選擇留在D城，接受D城大學的保送生名額。因為我害怕，害怕失敗，害怕去了頂尖名校之後，我會再次品嘗到那種天外有天、人外有人的感覺。

我只能接受勝利，而不能接受失敗。

本科階段，一切都波瀾不驚，D城大學雖然也有許多優秀的學生，但我還是能夠保持名列前茅。大二的時候，我戀愛了。以前我一直覺得戀愛只是浪費時間，從小學五年級開始就能熟練回絕女生追求的我，第一次感受到青春的悸動。比我小一歲的學妹茉莉，成了我的初戀女友。

成績優異、家庭和諧，還有個溫柔漂亮的女朋友，加上大四的時候，我早早就鎖定了一個直接保送研究所的名額，我依然是那個「別人家的孩子」。

所有的一切，在我讀研究生的第一年崩塌。

我還記得，那是一個週六，同時也是我父母結婚三十週年的紀念日，父親特意提前發了個訊息給我，讓我週末留校別回家了，他要跟母親過兩人的浪漫世界。

每一年的這一天，他們都會「拋棄」我，我早就習慣了。

那天晚上十點鐘左右，我剛剛從圖書館自習完出來，就接到一個陌生號碼的來電。電話那頭很嘈雜，一個大嗓門的男人聲嘶力竭地對我說，我家發生了嚴重火災，有人員傷亡，讓我趕緊回來一趟。一開始我還覺得是詐騙電話，但撥打父母的手機都無人接聽，我有點慌張，連忙搭上計程車趕回家。在社區門外，我已經能夠聽見警車和救護車的鳴笛聲，也能看到直沖雲霄的濃煙。那一刻，我就知道，那個電話是真的。

在一片混亂之中，我不記得自己去了什麼地方，見了些什麼人，說了些什麼話，我整個人似乎失去了靈魂，只是一個扯線人偶，而扯動絲線的那隻手，叫命運。

「臥室裡有兩個人……一男一女……」

「他們似乎是喝了紅酒，睡得很死，沒來得及逃出來……」

「你可以去看一下他們……」

我跌跌撞撞地穿過人群，來到救護車上，用顫抖的右手掀開其中一副擔架上的白布。

那是父親，他表情安詳，似乎沒有遭受任何痛苦。

我的眼淚奪眶而出，無聲地悲泣起來。

另外一副擔架上的白布，我竟然沒有勇氣掀開。

「冬麟！」突然有人喊我的名字。

我愣住了，那是母親的聲音。

「媽……媽？」

母親扶著救護車的門邊，大口大口地喘著氣，她的頭髮被風吹亂了，一看就是急匆匆趕過來的樣子。

「冬麟，你冷靜點，聽我解釋。」

到底是怎麼回事？

我飛快地掀開另外一塊白布，看到一張年輕女生的臉龐，她的年紀應該跟我差不多。

跟父親死在同一張床上的人，是誰？

我幾乎是虛脫地癱坐到了地上。

「不可能……發生了什麼……」

母親扶著我，說道：「冬麟，你長大了，媽媽不想再瞞你了。」

我木然地看著她，她的樣子變得好陌生。

「我跟你爸的感情，早就破裂了。」母親深吸一口氣，艱難地說著：「但為了讓你健康快樂地成長，這個家絕對不能散，我們只好一直瞞著你。」

「那是……什麼時候的事情？」我發現我說話的聲音乾澀而低沉，幾乎連自己都認不出來了。

「很早很早之前，我不知道該怎麼說……」母親長歎一聲，沉默了一會兒，似乎在努力尋找合適的措辭，「你爸的身體有點問題……」

這時候，我注意到一個站在圍觀群眾當中頭髮灰白的男人，他以關切的目光看著我和母親，這個男人我之前從未見過，但他的眉目卻有種似曾相識的感覺。

父母結婚已經三十年了，他們那一輩人，基本上在結婚之後就會生孩子，可我今年才二十三歲。所以他們努力了六年多才懷上我，而母親說，父親的身體有問題，他們之間的感情早就破裂了。

眼前那個陌生的男人，並不是像我認識的誰，而是像我。

就在那一瞬間，我明白了一切，我是個很聰明的人。

難怪父親和母親幾乎不會一起出門旅行。

難怪他們似乎一直用各自的方式來陪伴我。

我有種反胃的感覺，這個家庭之前的感覺有多幸福，現在的感覺就有多噁心。

「不！」我怒吼一聲，「閉嘴！別胡說八道！」

「冬麟，媽媽對不起你……」

「不，不可能！你滾開！」我瘋了一樣大喊大叫起來。

不可能是真的，不可能是這樣子的。

我汪冬麟，怎麼可能是這樣的人？

我不記得自己當時還說了些什麼，只記得自己粗暴地推開了母親，撞開一切擋在我面前的人，拚命往前跑。我好像跑到了公車站，下意識地跳上一輛剛靠站的公車，坐了很久，才回過神來，發現自己恰好坐上了返回學校的路線。

我突然很想見一下茉莉，她因為準備考研究所，搬出了宿舍，在學校旁邊租了一個小房子，那地方我也只去過兩次。

這時候，我需要她的安慰、她的擁抱、她的身體。

我隨身攜帶的書包裡，有她留給我的備用鑰匙。

於是我麻木地下了車，憑著依稀的記憶，花了不少時間，終於找到了茉莉的住處。

鬼使神差的，我沒有敲門，而是直接用鑰匙開門進屋。小小的客廳並沒有開燈，漆黑一片，而唯一的房間關著門，門縫處漏出光線。

借助微弱的光線，我看見了鞋櫃上擺著一雙不屬於我的男式運動鞋。

怎麼回事？我的腦袋一陣暈眩，胃部抽搐起來。

房間內，隔著薄薄的門板，隱約可以聽見粗重的喘息聲。

我機械地走到房門前，將耳朵貼在門板上。

「啊……好厲害……」那是茉莉。

「比你的書呆子厲害多了吧？」一個男聲得意洋洋地說。

「當然，哎呀……你好壞……壞蛋！哎喲……」

我不知道原來清純可愛的茉莉還能發出如此放蕩的聲音。

憤怒沖昏了我的頭腦，我用力撞開了房門，把那對正在床上纏綿的狗男女嚇得一躍而起。然而他們看清楚來人是我之後，竟然不約而同地笑了。

「你來得正好，省去我不少解釋的工夫，我們分手吧。」茉莉冷笑著說。

這還是我深愛的那個女生嗎？

男人則露出輕蔑的笑容：「你就是汪冬麟？你配不上茉莉，算了吧。」

「你們偷情還有理了？」我一陣無明火起，也不管對方是個精壯的肌肉男，揚起拳頭就招呼過去。

男人提起膝蓋，狠狠地撞了一下我的下身。

我痛得眼淚直流，眼前一黑，一口氣沒緩過來，差點昏死過去。

所有的憤怒和恨意，突然就轉變成恐懼與屈辱。我彎下腰，捂著下身，久久不能站起來。

「就你這鳥樣，也想和老子搶女人？滾蛋吧，再不走就廢了你！」

茉莉也附和道：「對，快走吧，我們好聚好散，各不相欠。」

各不相欠？這可是我的初戀，我為之付出了全部的真心。

但我連一句話也不敢說，只能默默扶著牆壁，忍著劇痛，一步一頓地走了出去。

我的另外一片天空也坍塌了，整個世界只剩下灰燼和殘骸。

那天晚上，我在冰冷無人的街道上，漫無目的地走了很久、走了很遠。

一夜之間，我從人人羡慕的「別人家的孩子」，變成了大家口中的話題和笑話。

二十三歲的汪冬麟，死了。

第二章　流竄的殺人狂

1

五月三十一日，下午三點，摩雲鎮。

摩雲山腳的這個小鎮，是遠近聞名的網紅和文青聚集地，也是D城旅遊業的金字招牌。每當夜幕降臨，鎮上的咖啡館和酒吧就會張燈結綵，夜夜笙歌，那些日常生活過得不如意的人，在此紙醉金迷，樂而忘返。

白天時，這座小鎮不像晚上那麼喧嘩熱鬧，反而更添幾分寧靜。因此也有不少遊客選擇在咖啡館的角落坐一整個下午，在慵懶的陽光底下竊竊私語。

路天峰和汪冬麟正在一家名為「貓窩」的咖啡館裡，討論著那些不為人知的往事。

「路警官，這些東西對你有幫助嗎？」汪冬麟剛剛說了一大堆，覺得口乾舌燥，喝下了一大口咖啡。

「暫時還不清楚，但我確實想更深入地瞭解你的過去。」

不知道是不是那杯咖啡忘了加糖，汪冬麟的表情顯得苦澀：「這種事情，我在審訊時也沒說得那麼詳細。」

「為什麼？」

「因為他們根本不在乎，審訊我的警察只關心人是不是我殺的，他們一次又一次地追問我關於殺人的過程和細節。」汪冬麟的眼神突然又變冷了。

「那是他們的職責所在。」路天峰暗暗歎了口氣，他非常清楚警察的工作壓力，很多時候他們並不是不在意案件背後的故事，而是無暇顧及。

抓住凶手，盡快找到定罪的證據，盡早結案，然後集中精力應付下一個案子——這似乎是他們身為警察的宿命。

「我實在不明白，這案件應該跟你完全無關，為什麼你非要蹚這渾水不可呢？」

「因為我收到可靠線報，知道有人想要殺你。」路天峰自然不願多說。

「那你為什麼要保護我呢？我只不過是一個逃脫了法律制裁的殺人凶手而已。」汪冬麟的聲音低了下去，「殺人者，人人得而誅之，天經地義嘛。」

「我是一名警察，我只知道，沒有任何人可以不經法律審判，剝奪另外一個人的生命。」

「真有意思。」汪冬麟的話裡帶著嘲諷的味道，「連我都覺得自己該死，你卻要拚了命保護我。」

「因為這是我的職責。」

汪冬麟敲了敲已經空掉的咖啡杯，說：「那麼，我們是繼續躲在這家咖啡館裡，還是應該轉移陣地呢？」

路天峰看了一眼手錶，大概兩小時前，他們離開了鐵道新村，也逃出了警方的封鎖圈，而按照警方的慣例，必然會先排查治安監視器和公共交通工具；而查到黑車頭上，需要花費更多時間。

但路天峰絕對不敢低估警方的辦事能力，兩小時的時間，足夠讓警方查找出他們逃跑的路線。

所以現在，輪到路天峰走下一步棋了。

「你知道大部分逃犯都是怎麼被警方發現的嗎？」路天峰問。

汪冬麟歪著腦袋想了想，答道：「一不小心被治安監視器拍到了。」

「錯了，他們是在和親人或朋友聯繫時，被警方追蹤和鎖定的。」路天峰從腰包裡掏出一支廉價手機，「所以我也要這樣做。」

汪冬麟皺起眉頭，他當然不相信路天峰會自投羅網，但又隱隱感到不安。那是一種命運被他人掌控的無力感。

五月三十一日，下午三點十分，D城警察局辦公室大樓。

會議室內，氣氛劍拔弩張。

參與會議的警隊高層正在為是否公開通緝汪冬麟而各抒己見，雙方僵持不下。支持公開通緝的一派認為，汪冬麟案的社會影響巨大，之前法院根據精神鑒定結果，宣判將其轉送精神病院治療的時候，已經引發了社會輿論的軒然大波；現在汪冬麟下落不明，如果不主動公布消息，被媒體記者搶先爆料的話，後果無法想像。

反對公開通緝的一派則認為，警方內部已經發布最高等級的通緝令，派遣足夠的警力去追逃，一旦公開汪冬麟逃脫的消息，則很可能會引起社會恐慌，更擔心有極端人士借題發揮，煽動群眾情緒。這樣不但對追捕逃犯的工作沒有幫助，甚至可能導致形勢越發複雜。

作為第一次圍捕行動的前線指揮官，程拓也不得不列席旁聽。他的心裡很不是滋味，鐵道新村的行動失敗，主要是因為上頭不願高調行事，沒有對相關區域實施全面戒嚴，以致路天峰有機可乘，能迅速抽身逃走。接下來的工作要是再這樣畏首畏尾，那還真不好辦。

有趣的是，上級雖然狠狠訓斥了程拓工作不力，卻沒有另派他人指揮行動。很顯然，警方內部沒有人想接手這個燙手山芋，只好讓程拓繼續負責。

在這個會議室裡，程拓職位最低，人微言輕，一直沒有發言機會，越坐越是憋悶。這時候，一名年輕警員敲門進入會議室，走到程拓耳邊，悄悄說了幾句話，程拓的目光突然就亮了。

「打斷一下，各位，剛剛收到了關於逃犯的最新消息。」

程拓這話一出，會議室裡立即安靜了下來。

「說吧。」主持會議的羅局點點頭。

「兩分鐘前，我們在陳諾蘭的手機上截獲了一條陌生號碼發來的訊息，懷疑是路天峰發給陳諾蘭的暗號，正在積極破解中。」

「能追蹤到發送訊息的手機位置嗎？」

「該手機的定位遠在一千多公里外的一個小村莊裡頭，那地方跟陳諾蘭並無任何關聯，所以我們推測是路天峰透過某些虛擬閘道軟體偽裝的，以躲避我們的追蹤。」

「訊息的內容呢？」

「是一串數字。」

程拓熟練地操作著投影機，在雪白的牆壁上呈現出神祕訊息的內容：

203.13.14
102.6.9
2.4.8
88.16.19
492.3.3
103.7.14
35.6.10

「這是什麼東西？」

「應該是一個索引表，需要找到對應的密碼表來進行解碼。」在場有人一語道破。

程拓點點頭道：「是的，目前我們工作的重點，是要找出這份密碼表。另外，我想親自去盯陳諾蘭，因為她隨時可能跟路天峰接頭。」

剛才還在為是否公開發布通緝令而吵得不可開交的眾人，一下子都沉默了。眼下盡快找到路天峰和汪冬麟的下落，才是真正解決問題的辦法。

「程拓，你先去跟進一下這邊的情況。」羅局終於開口了，這句話對程拓而言無異於赦免，他連忙向其他主管躬了躬身子告辭，快步離開。

其實，他對解開這個密碼已經有了一定的思路，下一步，他需要和陳諾蘭正面交鋒。

2

五月三十一日，下午三點三十分，路天峰家。

程拓敲門後不到十秒鐘，陳諾蘭就把門打開了。她身穿一整套運動服，臉上表情平靜，似乎對程拓的來訪並不驚訝。

「諾蘭，你好。」

「程隊，辛苦你了。」兩人曾經在警局同事的聚會上見過幾次，好歹算是相識，但陳諾蘭並未因此而表現出任何特別的熱情。

「今天挺忙的吧？我的同事應該來過好幾次了。」

「還好。」陳諾蘭語氣冷淡。

程拓當然明白自己不受歡迎，但他毫不在乎地坐在沙發上，單刀直入地提問：「阿峰剛才給你發了一條訊息？」

「沒有。」陳諾蘭立即矢口否認。

「那我換個說法，剛剛你的手機是不是收到了一條奇怪的陌生訊息？」

陳諾蘭倒也爽快，直接將手機放在程拓面前，並解鎖了螢幕。

「反正你們也看過了吧。」她非常清楚警方的辦案流程，自己手機上的訊息，警方肯定二十四小時監控著。

程拓一點也不客氣，接過手機，看著上面的一連串數字，問：「這訊息是什麼意思？」

「不知道，可能是地下六合彩廣告吧。」陳諾蘭還是一臉漠然。

「不，我覺得這是路天峰發給你的加密訊息。」程拓輕輕放下手機，信步走到客廳角落的書架處，看似隨意地瀏覽書架上的書籍，「如果我是他，我會跟你約定以一本書作為密碼表。」

陳諾蘭沒說話，但不經意地輕咬著嘴唇，難掩緊張的情緒。

「每行數字分三段，其中第二、第三段的數字都沒有超過二十。我覺得可能是用第一段表示頁碼，第二段表示行數，第三段表示第幾個字，對吧？」

陳諾蘭的臉色變得更奇怪了，目光游移不定。

程拓更加自信了，他用手指逐一掃過書脊，說：「密碼裡面有個很重要的突破口，就是第五行的492.3.3。如果密碼表是某本書的話，那麼這本書起碼有四百九十二頁。」

陳諾蘭自暴自棄一樣地苦笑起來。

「眼前這書架上厚度超過四百九十二頁的書，我看只有不到十本吧？」程拓邊說邊拿起了其中一本，「即使是把這些書都排查一次，也花不了多少時間，但如果讓我賭一把的話，我會挑這本書。」

他手中拿的是一本D城當地的旅遊指南。

「為什麼呢？」陳諾蘭忍不住問了一句。

「因為傳遞訊息時一般都要帶上時間、地點，而這本書上有充足的本地地名，不會找不到想用的字。」

陳諾蘭木然地坐在一旁，程拓則把旅遊指南翻到特定的頁碼，去嘗試破解密碼訊息。

203.13.14，對應的字是「今」；102.6.9，對應的字是「晚」，破解出頭兩個字之後，程拓已經百分之百肯定，這本書是路天峰和陳諾蘭事先約定的密碼表。

於是他飛快地湊出剩餘的字來——

2.4.8，「七」；88.16.19，「點」；492.3.3，「摩」；103.7.14，「雲」；35.6.10，「鎮」。

今晚七點摩雲鎮。

「路天峰在摩雲鎮？」這是一個疑問句，但程拓並不需要答案，他的電話正好在此時響起。

「程隊，那條神祕訊息的發送地點已經鎖定了。」是技術組同事的彙報。

「在哪兒？」

「摩雲山腳下的摩雲鎮。」

「知道了。」

程拓拋下了呆若木雞的陳諾蘭，快步離開。這一次，他的行動不容有失。

陳諾蘭歎了口氣，關上大門，嘴角才悄悄綻放出屬於勝利者的微笑。

這一切，路天峰早就預料到了，所以他跟陳諾蘭提前做好約定，使用密碼通信時，如果發過來的訊息字數為奇數，那就是一條假消息；如果字數為偶數，說的才是真話。

雖然陳諾蘭不知道路天峰到底身在何處，但她知道絕對不在摩雲鎮。

五月三十一日，下午三點四十五分，D城警察局，局長辦公室。

室內拉上了厚厚的窗簾，昏暗的燈光讓氣氛更顯凝重。

羅局坐在自己的座位上，緊鎖眉頭，看著手中的那份檔案。辦公桌旁，童瑤略顯拘謹地站著，一副心事重重的樣子。另外一張椅子上，坐著一個身材魁梧、其貌不揚的中年男子，他正是當初一直負責跟進汪冬麟連環殺人案，後來還親手拘捕犯人的刑警大隊第四支隊隊長嚴晉。

嚴晉作風低調，不聲不響，在局裡並無太強的存在感，很容易讓人誤以為他只是個沒啥本領的人。但實際上他經手破獲的疑難案件數量，一點都不比警隊內部的幾位「神探」少。

「這不是正式會議，大家可以暢所欲言，討論一下這起案子是否還有沒解決的尾巴。」羅局開門見山地說。

嚴晉臉上毫無波瀾地說：「關於汪冬麟案的一切資料，都記錄在案了，我並沒有什麼特別需要補充的東西。」

「嚴隊，你怎麼看汪冬麟這個人？」童瑤問。

「非常冷血。」嚴晉毫不猶豫地說：「殺人犯我見過不少，但像他那麼冷血的真是絕無僅有。」

羅局也被挑起了興趣，「具體說說看！」

「汪冬麟殺人的手法很『溫柔』，他物色好受害者之後，會把對方哄騙回家用迷藥迷暈，然後脫光受害者的衣服，將其放進浴缸裡溺斃。殺人之後，又會將屍體洗刷乾淨，再將屍體穿戴整齊，才運到附近的湖裡拋屍，全程不會對受害者進行任何形式的性侵。」

羅局和童瑤聽得都有點不寒而慄，只有天天跟死亡、犯罪打交道的人，才知道汪冬麟這種充滿儀式感的「溫柔」背後隱含著多麼可怕的冰冷意味。

極端的非暴力，比極端的暴力更恐怖。

嚴晉接著說：「汪冬麟連續殺死了四個人，其中一名受害者還是他的前女友，如果不是第四起案件他選擇在酒店客房而不是自家行凶的話，我們可能至今還抓不到他。」

羅局敲了敲桌子：「這點是否有點奇怪呢？關於這起案件，任何可疑之處都可以拿出來討論，記住，是非正式的討論。」

羅局再次強調「非正式」，就是希望嚴晉可以直言不諱。

嚴晉想了想，才說道：「我確實是不明白，汪冬麟為什麼要打破慣例，選擇自己不熟悉而且遍布監視鏡頭的環境作案，以致留下關鍵證據。」

「還有另外一點讓我比較在意。」童瑤小心翼翼地插話，「汪冬麟在殺人之後，會將受害者身上的某件物品帶走，用精美的盒子裝起來，埋在不為人知的地方，他稱之為『紀念品』。但最終我們只找到了屬於其中兩名受害者的物品，還有另外兩件『紀念品』下落不明，汪冬麟對埋藏地點也絕口不提。」

「這些細節雖然奇怪，但汪冬麟就是殺人凶手的事實不可動搖，加上他的態度非常不配合，我們最終也沒有辦法再查下去。」嚴晉的語氣中帶著一股憤憤不平的味道。

羅局看了一眼童瑤，又看了一眼嚴晉，長長地歎了一口氣，說：「我找你們兩個人來，就是想好好聊一下。據童瑤的祕密彙報，路天峰今天上午突然劫持囚車，帶走汪冬麟的真正目的，就是想揭開這起案件背後隱藏的真相。」

即使是嚴晉那麼沉得住氣的人，也被這個驚人的消息嚇了一跳，眼睛瞪大了一圈，難以置信地看向童瑤。

「這也……太莽撞了吧？為什麼不按流程辦事？」

「路天峰懷疑警隊裡有內鬼，因此擅自行動了。現在我只想要你說一句心裡話，汪冬麟的案件，到底有沒有深究的必要？他是否還隱藏著什麼關鍵資料？」

嚴晉沉默了，他知道自己接下來說出的這句話，可能會改變路天峰的命運。如果他說沒必要折騰下去，那麼路天峰肯定會被通緝，甚至被定罪；而如果他說出案件的可疑之處，羅局可能會設法讓路天峰的行動合法化。

但身為警察，他不可以純粹為了包庇同僚，就說出違心的話來。

童瑤看著嚴晉，眼神中充滿了期待和不安。嚴晉突然意識到，童瑤能夠得知那麼機密的訊息，極有可能是她也參與了路天峰的劫車計畫，搞不好她頭上的警帽也不那麼穩當了。

這句話，還真是不能隨便說啊！

正當嚴晉猶豫不決的時候，桌上的內線電話響了起來，羅局拿起話筒，幾秒之後，他的臉色變得相當難看。

童瑤和嚴晉心照不宣地交換了一下眼神，他們知道，一定是有什麼重大變故發生了。

羅局放下電話，重重地歎了一口氣，說：「汪冬麟逃脫的消息，被網友爆出來了！」

五月三十一日，下午四點，一輛由摩雲鎮開往 D 城的非法營運大巴上。

路天峰和汪冬麟竟然再度使用相同的方式折返 D 城。

「這樣做不是很危險嗎？」汪冬麟曾經表示質疑。

但路天峰回答：「我們並沒有任何真正安全的路可走，只能選擇盡量令人難以捉摸的方案。」

所以兩人在離開貓窩咖啡館後，特意在摩雲鎮上轉了一圈，買了一些乾糧、飲用水、帳篷、野炊爐具等露營設備，做出一副準備潛入摩雲山躲避的假象。

路天峰很清楚天網監控的威力，即使他們倆戴了墨鏡和太陽帽，又做了一些簡單的化妝處理，警方依然可以經由人臉識別技術找出他們的行蹤。

目前摩雲山只有一小部分區域被開發成旅遊景點，同時還有著上百平方公里的原始山林，吸引著諸多極限運動愛好者。如果他們真的潛入深山，那麼即使警方的人力充足、設備先進，想要抓住他們還是要花費一番工夫。因此由摩雲鎮逃往摩雲山，是個非常合情合理的選項。

正因為合情合理，所以被路天峰否決了。

「常規戰術一定會被識破，我們要兵行險著。」

「有意思，我下棋時也最喜歡這樣。」汪冬麟笑了笑。

於是兩人攔下了一輛黑車，鑽到最後一排座位上。雖然車子又髒又破，座位靠背好像幾年沒洗過一樣，油膩得發亮，但他們毫不介意，甚至像闊別多年的好友一樣，天南地北地聊起了家常。

兩人之間輕鬆愉快的氣氛，一直持續到車廂內響起電台新聞播報之時。

「各位聽眾朋友，本台記者剛剛收到的消息——」原本只有司機一個人在聽的電台，突然變成了全車廣播，看來是發生了什麼不得了的大新聞，司機才特意這樣做。

路天峰和汪冬麟下意識地交換了一下眼神，他們最擔心的大新聞，就是他們自己。

「日前受到社會廣泛關注的汪冬麟連環殺人案，汪冬麟雖然承認了殺害四名無辜女性的罪行，但最終卻被裁定為具有重度精神分裂症，無須承擔任何刑事責任，轉入精神病院接受治療。然而就在今天上午十一時許，汪冬麟在轉移到精神病院的途中潛逃，其間還造成了數名警衛人員受傷。警方已經發布公開通緝令，能夠提供汪冬麟訊息的人，將獲得最高十萬元的懸賞獎金……」

「真會吹牛，這聽起來就像我單槍匹馬搞定了一大堆警衛似的。」汪冬麟不滿地嘀咕道。

「噓，別說話。」

「……據警方透露，汪冬麟很可能往摩雲山方向逃竄，請廣大市民務必注意，一旦發現可疑人物，迅速報警。同時，本台提醒各位女性同胞，出門請注意自身安全，慎防陌生人尾隨，汪冬麟是高度危險的逃犯，具有很強的攻擊力和犯罪傾向……」電台的新聞播音員還在繪聲繪色地說著，越說越帶勁。

「媽的，煩死了！」汪冬麟的拳頭握得緊緊的，路天峰不無擔憂地看了他一眼，卻發現他眼中流露出的情緒並不是憤怒，也不是不安，而是輕蔑。

「穩住情緒。」路天峰再次提醒。

電台開始播放其他新聞，車上的乘客忍不住議論紛紛。有人說，汪冬麟這種變態就應該直接槍斃掉才對；有人說，汪冬麟肯定是假裝精神病，只是為了逃避牢獄之災；還有人說，汪冬麟可能是富二代，花錢擺平了一切，現在又花錢買通守衛，畏罪潛逃……

這起案件不愧是近日城中的熱門話題，原本素不相識的乘客，竟然興致勃勃地相互爭論起來。幸虧路天峰和汪冬麟坐在最後一排，前面兩排座位都是空的，也沒人找他倆說話。

汪冬麟沉著臉，一聲不吭，依然是不屑的表情。

車子即將駛入D城市區，路天峰用手肘碰了碰汪冬麟，說：「我們準備下車，這附近的監視器比較少。」

汪冬麟點點頭。

「司機先生，前面十字路口停一下。」路天峰站了起來，朗聲道。

這種非法營運的大巴都是隨叫隨停的，司機連正眼都沒看一下路天峰，方向盤一轉就靠邊停車了。

路天峰心想，人與人之間的冷漠，也是他們能夠順利逃脫的關鍵之一。

下車後，兩人頭也不回地融入了人潮之中。

3

五月三十一日，下午四點十分，D城警察局，停車場。

童瑤終於獲得了羅局的特批，可以嘗試去接觸路天峰，條件是不能幫助他逃跑，也不能將警方的行動訊息透露給他。唯一能夠做的，是協助路天峰查明汪冬麟案可能存在的內情，盡快將汪冬麟帶回警局，結束這起事件。

為了確保行動的私密性，也避免童瑤跟負責抓捕工作的其他同事產生立場衝突，羅局表面上宣布了童瑤暫時調離工作崗位。

私底下，他也語重心長地告訴童瑤，萬一事件得不到妥善解決，別說她的復職有困難，羅局自己搞不好也要提前退休。

「羅局，既然風險那麼大，為什麼你還允許我執行任務？」童瑤有點困惑。

「被網友搶先爆料後，事態發展已經迅速失控，接下來我們還需要應付媒體和上級各部門的壓力，工作必定會顧此失彼。因此我希望你不受約束，成為我們的奇兵。」

童瑤似懂非懂地點了點頭。

「更何況我覺得路天峰是個不可多得的人才，不能輕易放棄他。」羅局自知這話說得有點立場不對了，順勢擺擺手，讓童瑤趕緊去找路天峰。

於是童瑤沒有跟任何人打招呼，連電梯都沒搭，靜悄悄地通過消防樓梯走到停車場，直至上了自己的車後，才從懷裡拿出一張小字條，上面潦草地抄寫著路天峰發送給陳諾蘭的密碼，這也很可能是她從警方正式管道所獲取的、關於本案的最後一項資料。

203.13.14
102.6.9
2.4.8
88.16.19
492.3.3
103.7.14
35.6.10

其實這段密碼裡，還藏著一個只有童瑤才知道的小祕密。

路天峰上午曾經告訴她，他準備了一些全新的不記名電話卡，供緊急聯絡使用。當時發送訊息給陳諾蘭的手機號碼在用過一次之後就會棄用，以防被追蹤。而這段訊息當中，隱含著另外一個號碼——路天峰說過他的電話卡全是「1770」開頭的虛擬號段，而接下來的七位數字，正是密碼訊息中每一行的第一個數字：17702128413。

這就是路天峰目前的聯繫方式。

童瑤掏出手機，正猶豫著要不要現在就打電話聯絡時，停車場裡突然出現了另外一個身影，她趕緊把寫著密碼的字條和手機收回口袋裡。

定睛一看，來者是她的上司兼師父，第一支隊副隊長吳國慶。

「師父？」童瑤有點愕然。

「怎麼一聲不吭就走了？」吳國慶站在車外，一手搭在車窗，看似隨意地問了一句。

「我……有點事情。」童瑤有點左右為難，對於吳國慶，她自然是百分之百放心和信任，但肩上負擔的任務卻要求她不得不保密。

「沒事，我明白的，老羅當年還在刑偵一線時，在破案工作中也不喜歡循規蹈矩。」吳國慶笑了笑，「我只想提醒你一件事。」

「師父請說。」

「你知道負責追捕汪冬麟的同事早些時候在躍龍大廈天台上發現了一具男屍嗎？我負責追查死者的身分和來歷，發現了一件很奇怪的事。」吳國慶輕輕叩擊著車窗玻璃，停頓了一下才說：「死者年齡在三十到三十五歲之間，身體健壯，肌肉結實，從手上的繭判斷，應該是長期接觸槍械和刀具的專業人士，身上有多處舊傷痕跡，其中一些傷勢還挺嚴重，估計是在與人搏鬥時留下的。但這樣的一個人，卻查不到任何犯罪和醫療記錄，也不是曾經登記在冊的警察、軍人，我懷疑他可能是偷渡入境的雇傭兵，專門為汪冬麟而來。」

「雇傭兵？」童瑤皺了皺眉，路天峰也說過，那夥劫囚車的人火力十足，手段血腥殘忍，絕對不是烏合之輩。

「想請得動雇傭兵，不僅需要財力，還需要有黑道的關係網。對付一個殘殺女人的汪冬麟，為什麼要如此興師動眾呢？」吳國慶將問題拋給了自己的徒弟。

童瑤想了想，恍然大悟，「難道是汪冬麟殺害的某位女性，跟黑道組織有關？」

「光看檔案沒有發現相關跡象，但我的直覺告訴我，汪冬麟案件的背後一定還有不得了的隱情，你要小心應付。」

童瑤心下凜然，對自己的師父更是佩服得五體投地。路天峰是因為自身能夠穿越時間，嚴晉是因為對案情了然於心，這兩個人對汪冬麟案抱有懷疑，尋根問柢的行為很容易理解，但吳國慶僅憑檔案上的資料加上自己的推理，就看出案件背後大有玄機，實在是目光如炬。

「其實，我還有一句話想說……」不知道為什麼，吳國慶說話變得吞吞吐吐起來。

「師父？」童瑤自然也看出了師父的神色不尋常。

「你要提防路天峰。」

「為什麼？」童瑤愕然。

「能出動雇傭兵來對付汪冬麟的計畫，必定是周詳嚴密的，但很顯然，路天峰破壞了他們的計畫，雙方爆發了激烈的衝突。讓我百思不得其解的問題是，路天峰是如何識穿對方行動計畫的呢？」

童瑤一時無語，這次可無法再用「線人」這個幌子糊弄過去了。

「我……不知道……」

「唉，萬事小心吧，希望路天峰是個好人。」吳國慶長歎一聲，擔憂之色溢於言表。

「我明白了，我一定不會掉以輕心。」

童瑤內心雖然對師父有點愧疚，但終歸是替路天峰保守了祕密。因為這個祕密一旦公開，將會引起無法預料的連鎖反應。

「出發吧。」吳國慶拍了拍車子，又意味深長地看了童瑤一眼，才轉身離去。

童瑤總有一種錯覺，彷彿師父能看穿自己心裡的一切，只是不說破而已。

但她也突然領悟到一點，就是聯繫路天峰的時候，不能用自己的手機。

五月三十一日，下午四點三十分，D城市郊，黃家村。

黃家村早就不是村莊了，這裡同樣是高樓林立、車水馬龍，還有新開通的地鐵站和輕軌站。雖然房價比起市區低了一大截，但生活機能樣樣齊全，因此吸引了不少來D城闖蕩的外地人。

或者說，黃家村就是一個面積更大、外來人口更多、治安情況更複雜的「升級版」鐵道新村。

所以黃家村周邊有不少只需幾十塊就能住一晚的小旅店，甚至如有特殊需求，再多加二十塊就可以免除身分證登記手續。這些地方都是滋生犯罪的溫床，每次掃蕩整頓時就紛紛關門大吉，過一段時間換個地址和招牌又死灰復燃，讓管理部門頭痛不已。

現在路天峰和汪冬麟就在其中一家小旅店的房間內。旅店的名字叫「幸福旅舍」，然而看著那發霉的牆壁、滲水的天花板和髒兮兮的被鋪，真不知道幸福感從何而來。

「這地方我們可以待多久呢？」汪冬麟一屁股坐在床上，床板立即發出難聽的吱吱聲。

「兩三個小時應該沒問題，等天黑下來我們再轉移吧。」路天峰並非信口開河，他相信在七點之前，警方的監控重點都會集中在摩雲鎮，他們只要在七點前離開就足夠安全了。

「可這樣一味逃跑也不是辦法啊！」汪冬麟伸了個懶腰，「累死人了，還不如待在精神病院裡省事。」

「我就怕你不能活著走進精神病院。」路天峰檢查了一遍房間的門窗，確認沒有異常後，拉過一張凳子到床邊坐下，「趕緊繼續說你的故事吧，我們要盡快找出想殺害你的幕後黑手。」

「沒問題，剛才說到——」

路天峰懷裡的手機突然響起，這鈴聲讓汪冬麟吃了一驚。

「你的手機居然還開機？」

「放心，這是沒有其他人知道的新號碼。」路天峰看了一眼，知道電話那頭的人就是童瑤。

「誰打來的電話？」

「我的同伴。」路天峰接通了電話，「喂，你好？」

「是我。」電話那頭果然是童瑤的聲音。

這時候，汪冬麟對路天峰做了個手勢，表示他要去一下洗手間，路天峰也沒多想，點頭同意了。

剛進門的時候路天峰已經檢查過洗手間——窗戶已經生鏽了，只能推開一條小縫，也不怕汪冬麟會逃跑。

路天峰壓低聲音問童瑤：「情況如何？」

「一言難盡，但我能夠自由行動。我們可以見面嗎？」

「好的。」路天峰想了想說：「見面時間定在晚上吧，你替我準備一個可以過夜的地方。」

「汪冬麟那邊，打探出什麼新線索了嗎？」

「還沒有，不過他漸漸開始信任我了……相信只要有耐心，我能夠在一天之內問出我們想知道的一切。」

「那太好了！路隊，見面的時間、地點，由你決定吧？」

「今晚七點半，新時代廣場。」路天峰選擇了一個人流量極大的場所，方便應變。

「OK，到時見。」兩人心照不宣地長話短說，降低被追蹤的可能性。

路天峰掛斷電話後，又拿出隨身攜帶的D城旅遊手冊和地圖，研究了一下今晚去與童瑤見面時的路線規劃。

不知不覺過了好一陣子，路天峰心頭突然警覺——在洗手間裡頭的汪冬麟也太安靜了吧？

「汪冬麟，你還好嗎？」路天峰大力敲打著洗手間的門，然而裡面並未有回應。

「汪冬麟！」路天峰情急之下，也不去撬鎖了，肩膀沉下，把洗手間的門狠狠撞開。

狹窄的空間內，根本沒有汪冬麟的影子。而那扇無法打開的窗戶，因為轉軸位置鏽蝕嚴重，竟然被人用暴力硬生生拆了下來。

路天峰把頭探出窗外，這裡雖然是三樓，但可以輕鬆地通過排水管道往下爬，半分鐘之內就可以到達地面，因此汪冬麟早就逃得無影無蹤了。

路天峰腦門一陣發熱，有一股想直接跳下去，然後在小巷內狂奔數百公尺的衝動。不過內心還有一個理性的聲音在告誡他，他根本無法判斷汪冬麟往哪個方向逃跑，盲目去追的話也於事無補。

現在一定要冷靜，冷靜下來，想出解決方案——

路天峰的胃部一陣抽搐，莫名的劇痛排山倒海般襲來，他雙眼發黑，手腳無力，趴在馬桶上乾嘔了起來。

難道真的是藥物的副作用嗎？

路天峰癱坐在冰冷的地板上，過了大概五分鐘，才重新緩過氣來。他艱難地站起身，用冷水洗了個臉，又狠狠賞了自己兩個耳光。

痛，但清醒了，也冷靜了。

路天峰看了一眼手錶，四點四十二分，預計汪冬麟逃脫已經超過十分鐘。

他別無選擇，只能撥通童瑤的手機。

「是我。」路天峰的嘴裡還殘留著苦澀的味道。

「怎麼了？」童瑤跟上次通話時一樣，沒有喊出路天峰的名字。

「大魚脫鉤，逃跑了。」

電話那頭安靜了好久，路天峰似乎能聽見童瑤倒吸一口涼氣的聲音。

「你在哪兒？」她用盡量平靜的聲音說。

「黃家村購物中心。」

「我半小時，不，二十分鐘之內到。」

「好的。」路天峰掛斷電話，這才注意到自己的右手在不停地微微顫抖。

不，我不可以認輸。

路天峰用左手緊緊抓住自己右手手腕，右手的顫抖才停止下來。

我不會輸。

他在心裡又重複了一次。

4

汪冬麟的回憶(二)

那個令人心碎的夜晚,奪走了我的一切。

我變得沉默寡言,不願意再跟人打交道。我覺得每個人都在背後指指點點,在嘲諷和恥笑著我的軟弱和無能。

是的,無能。

被那個男人狠狠踹了一腳後,我的下半身隱隱作痛了大半個月,連小便都會覺得難受。一個月後,痛感終於徹底消失。但我卻發現,自己失去了作為一個男人的「能力」。只要一看到暴露的美女圖片,或者一想到男女之事,我就會噁心、反胃,想起那晚茉莉看著我的時候,那副鄙夷的表情,又想起母親跟我坦白的時候,她那充滿憐憫的目光。

這兩個無恥的女人,讓我對「女人」這個詞產生了生理上的反感。

我又嘗試了好幾種方法,終於確認自己是完全沒辦法「硬起來」了。

這樣的我,還能算是男人嗎?

對生活已經自暴自棄的我,天天躲在宿舍裡面,睡覺、打遊戲,直到餓得不行的時候,才會叫個外賣。也不管是白天還是黑夜,我都泡在網上,跟人對戰西洋棋。

我不斷地申請新的小號，讓自己的等級積分停留在新手場，然後狠狠地虐殺新人，一次又一次壓倒性的勝利，才能讓我稍感安慰。

這好像是我唯一能夠做到的事情了。

母親大概是透過道聽塗說，知道了我的狀態。於是三番五次地打電話給我，表面上是要向我道歉，請求我的原諒，實際上不斷地暗示我，再這樣下去，這個碩士學位就別想要了，我的人生就徹底毀了。

實在是太諷刺了，難道她認為我的人生還沒有徹底毀掉嗎？

原來她根本沒有意識到，自己到底做了些什麼。

母親還是隔三岔五地聯繫我，我覺得她不僅噁心，而且很煩，真想找個方法讓她閉嘴，再也別來煩我。

而當她提出她可以帶著我，像小時候一樣，兩個人出外旅遊的時候，我猶豫了一會兒，終於勉強同意了。但我說，我想出國，可以去馬來西亞，或者泰國，我們不去熱門旅遊景點，找個環境幽靜的海島度假村住幾天，享受一下安寧的生活。

母親答應了，我覺得無論我說要去哪裡，她都會答應。她將預訂酒店行程的任務交給我，還說錢不是問題，只要舒服就好。

最後，我選擇了馬來西亞的沙巴，預訂了一家價格昂貴、遊客相對稀少、但環境和私密性絕對一流的海島度假村。

母親看了度假村的介紹後，非常高興，認為我挑選了一個相當不錯的目的地。我勉強地笑了笑，她永遠不會明白，我選擇這個地方的原因。

這一趟沙巴之旅，我努力飾演一個「好兒子」的角色，讓母親深信，我們母子之間的裂隙正在飛快癒合。

所以我也有點任性的小要求，讓母親穿上泳衣陪我游泳，跟我一起划著小艇出海，參加浮潛活動，在清澈的海水裡觀察珊瑚……母親原本不是好動的人，也不熟悉水性，游泳技術相當一般，但為了遷就我，她沒有拒絕我的任何邀約。

入住度假村的第三天晚上，星空特別美，坐在沙灘上，可以清楚看見滿天繁星。我向母親提議下海游泳，在海水裡看星星。母親猶豫了一下，還是答應了。她換上黑色泳衣，跟我一道慢慢走進海中。入夜的海水有點冷，但母親不想掃我的興，一直沒說什麼。陪我游了一小段後，她停下來，站在齊胸深的海水中。而我依偎在她身旁，指著天空，教她辨認星座，她則像小孩子一樣好奇地問東問西。

「媽媽，你後悔過嗎？」我突然拋出一個問題。

「後悔？」

「後悔和一個沒有生育能力的男人結婚，後悔在這個家庭裡假裝愛我，假裝了二十多年。」

「不，冬麟，媽媽真的愛你。」母親無力地辯解著。

「但我不愛你。」

先前在沙灘上，我已經用舊襪子做好一個沙袋，並一直隨身攜帶著。用沙袋敲擊人的後腦勺，可以將人打暈，幾乎不會留下任何痕跡。

母親根本沒有預料到我會突然襲擊她，一下子就結結實實地中了一招，雙眼翻白，暈厥過去。

我輕輕地扶著她，然後將她的腦袋按到海水下。

銀白色的星光，真美。

昏迷的母親只是徒勞地掙扎了幾下，很快就沒了動靜。當然，我很有耐心，等她在水裡足足泡了十分鐘，沒有任何生還的可能性之後，才將她抱出水面。

只見她瞳孔散開，嘴巴張得大大的，臉上的表情極其痛苦。

看著這副痛苦而扭曲的表情，我感到前所未有的愉悅、暢快。

剩下的事情太簡單了，我解開襪子，將沙子倒入海中，讓凶器消失得無影無蹤，接著大呼小叫起來。一邊叫喊著，一邊慢騰騰地將母親的屍體拉回岸邊。

直到我爬上岸，才有人注意到我的呼救，前來援助。我一邊暗暗感謝他們的姍姍來遲，一邊撲在母親的屍體上痛哭流涕，完美地扮演了在異國痛失母親的兒子角色。

沙巴的警方似乎完全沒有懷疑過事有蹊蹺，很快就以意外事故結案，度假村則堅持認為我們下海的那片沙灘並非他們劃定的游泳地點，因此拒絕了我的高額索賠要求。實際上，我根本不需要什麼賠償金，只是為了不讓人生疑，才花了好幾天時間鬧騰，一邊說要請律師，一邊又去找大使館求助，最後成功勒索了五萬馬幣的精神安慰金，哭哭啼啼地將母親的骨灰帶回國。

直到踏上祖國土地的那一刻，我的心才真正地踏實下來。

母親的問題徹底解決了。

運氣來臨的時候，真是擋也擋不住。大概是我失戀的消息慢慢傳遍了朋友圈，有個叫王小棉的學妹，突然跑過來向我表白，說她暗戀我已經有好幾年了。

如果是以前，我會對這種表白一笑置之，客客氣氣地拒絕，但如今不一樣了，我需要一份愛情來幫助我重拾自信。

準確來說，是不是愛情無所謂，我需要一個女人，一個聽話的、可以讓我耍威風的女人。

而小棉人如其名，是個像棉花一樣軟萌的妹子，戀愛經驗一片空白，時常用崇拜的眼光看著我，正是我最需要的那種女人。

我接受了她的表白，同時我也想測試一下自己的「能力」有沒有恢復，所以我們確立關係之後沒幾天，我就把她帶進了學校外的小旅館。

她真的什麼都不懂，尤其不懂拒絕，很快就被我哄得神魂顛倒，被剝光衣服的她緊閉眼睛，平躺在床上，像羔羊一樣乖乖任人宰割。也幸虧如此，她竟然沒發現我的那玩意兒一直是軟塌塌的。

我有點慌了，但幸運女神再次向我露出了微笑，不知道為什麼，當我注意到身下的小棉羞答答地把眼睛睜開一條線，然後又慌忙閉上的時候，我的腦海裡卻突然閃現出母親溺斃時的表情。

小棉和母親那兩張臉孔幻化著、交織著，最後重疊在一起。

於是我作為一個男人，在小棉身上重振雄風，高調地宣告了自己對這個女人身體和心靈的所有權。

纏綿過後，小棉帶著心滿意足的微笑，昏昏沉沉地睡了過去，而我卻還是相當興奮，整晚都沒睡著。

因為我知道，汪冬麟終於重獲新生。

我收穫了愛情，贏回了學業，在畢業的時候，還順利留校擔任教職。雖然我並不任教，但仍然變成了深受學生尊敬和愛戴的汪老師。

汪老師，我喜歡這個稱呼。

5

五月三十一日，下午五點零五分，黃家村購物中心。

路天峰坐在購物中心入門一側的咖啡店內，心不在焉地攪拌著面前那杯咖啡。雖然他並沒有和童瑤約定具體的見面地點，但他相信童瑤只要抵達現場，就可以在一分鐘內猜出他的位置。

因為這家咖啡店既是附近的最佳觀察點，也擁有最為靈活多變的逃跑路線。

「我來了。」果然，童瑤直接坐在了路天峰對面的座位上，她戴了一副平光眼鏡，又簡單地捲了捲頭髮，整個人的形象氣質頓時改變了不少。

「對不起，這是我的嚴重失誤。」路天峰誠心向童瑤道歉。

童瑤搖搖頭。

「你那邊情況如何？」路天峰又問。

童瑤言簡意賅地說了警方內部調查的情況，還有羅局對自己布置的特別任務。原本她的計畫是和路天峰碰面之後，聯手審訊汪冬麟，然而現在一切都要推倒重來了。

「我們必須盡快找到汪冬麟。」童瑤說道。

她沒說出來的後半句話是，如果汪冬麟就此逃脫，很多人的命運將會迎來毀滅性的打擊，包括她自己的。

「你通知羅局了嗎？」路天峰心底在隱隱作痛，那麼多人信任他，他卻把事情搞砸了，這種感覺太難受了。

「發訊息告訴他了，他還沒回覆。」

沒有回覆，也是對他們的一種信任，否則羅局就該下令讓童瑤將路天峰帶回警局了。

路天峰喝了一口咖啡，緩緩地說：「我們要搶在警方前面找到汪冬麟，否則今天的一切努力都白費了。」

「我突然想起一個人。」童瑤說：「他曾經是我們局裡追捕嫌犯的第一高手，不過後來因為跟上司不合，辭職離開，自己開了一家偵探事務所……」

「我知道你說的是誰。」路天峰無奈地苦笑起來，「『獵犬』章之奇，據說沒有那傢伙找不到的人，也沒有他挖不到的料，但他好像很討厭警察吧。」

「他只是討厭警察，並不討厭錢。」童瑤指了指窗外，黃家村購物廣場門前的大螢幕上，正轉播著本地電視台的號外新聞。

螢幕的下方，一行紅色的碩大字體寫著——汪冬麟逃獄案，警方將懸賞獎金增加至三十萬。

「你知道他的偵探事務所在哪裡嗎？」路天峰問。

「一個租金便宜、魚龍混雜的地方，群賢大廈。」童瑤在手機上打開導航軟體查了查，「步行距離十五分鐘。」

「那還等什麼，走！」

五月三十一日，下午五點二十五分，群賢大廈，章之奇偵探事務所。

這家所謂的偵探事務所，其實只是個十二三平方公尺的玻璃隔間，玻璃門上貼著開始褪色的「章之奇偵探事務所」幾個大字，裡面也只有一張辦公桌、一台老舊的電腦和堆積如山的報紙雜誌。

章之奇連個助手都沒有，倒不是因為他窮，而是因為沒有人能忍受這裡的工作環境。再說，他也不喜歡跟不如自己聰明的人一起工作。

但在章之奇的眼中，跟他一樣聰明的人實在太少了。

所以他成了同行口中的「獨行俠」，不過他更喜歡自己在警隊工作時獲得的那個外號——獵犬。

一隻從來不會錯過任何獵物的獵犬。

章之奇的收費價格要比其他大型事務所貴上一倍，加上他那副平平淡淡的長相，就像個扔進人群裡都找不回來的普通大叔，讓不少委託人提前就打起了退堂鼓。

章之奇一點都不介意這種狀況，他甚至覺得這樣也挺好的，能替自己過濾掉不少不夠聰明的客戶——笨蛋總是特別麻煩，乾脆全心全意去賺聰明人的錢。

這裡的營業時間也很隨緣，沒有調查工作的時候，章之奇每天早上睡醒了就跑過來，待在小小的辦公室裡上網、聊天、玩遊戲，覺得累了或者睏了，就馬上關門，回家睡覺。

「準備回家吃飯吧……」章之奇伸了個大大的懶腰，正準備關上電腦離開的時候，有一男一女頗為無禮地直接推開玻璃門，闖入了他的領地。

「對不起，這裡剛剛關門了。」章之奇微微皺起眉頭，語氣依然平靜。

「前輩您好，我之前跟您見過一次……」童瑤忙不迭地說。

「我記得你，童瑤對吧？」章之奇打斷童瑤的話，站起身，並沒有招呼兩人的意思，「那你也應該記得我上次說過，凡是警方正在偵查的案件，我都沒有興趣摻和。」

「這次不一樣。」童瑤直接將手機擺在章之奇面前，螢幕上是警方的最新懸賞公告，「這次可是有三十萬獎金的大單子。」

章之奇看了一眼，嗤之以鼻，「警方的套路我還能不懂嗎？這裡寫獎金最高三十萬，又不是保證能給三十萬。」

「你幫我們抓住汪冬麟，我保證懸賞能給足三十萬。」進門後一直沒說話的路天峰終於開口了。

章之奇上下打量著路天峰，嘿嘿一笑，「請問你是哪位呢？」

「路天峰……」

「D城刑警隊第七支隊副隊長，正停職接受調查。」沒料到章之奇替他說完了後半句話。

路天峰愣了愣。

「你認識我？」

童瑤碰了碰路天峰的手肘，在他耳邊輕輕說：「他的駭客技術很厲害，應該能夠進入我們的內部資料庫。」

「那麼誇張？」路天峰咋舌。

「這不都是基本操作嗎？」章之奇不以為然地擺擺手，「路天峰，我關注過你負責的案件，不得不承認，我根本猜不到你在辦案過程中，是怎麼獲得那些幾乎不可能外洩的絕密情報。」

對這種問題，路天峰自然是避而不答。

章之奇又在自己的電腦上認真看了一下汪冬麟逃脫的相關新聞和公告，隨後陷入了沉思。

良久，章之奇才問：「警方已經發布了全城通緝令，怎麼還會派你們兩個人來找我這個不入流的偵探？難道局長覺得我們幾個人比全市的警察加起來還厲害嗎？」

「我是以個人身分來這裡的。」路天峰不得不簡明扼要地說了一遍今天發生的事情，只隱去了關於時間倒流的部分。

章之奇安靜地聽著，一直沒有打斷路天峰的敘述。更難得的是，他全程連表情都沒有發生任何變化，好像根本沒有任何事情值得他驚訝。

「難道你從來沒想過，汪冬麟可能會獨自逃跑嗎？」

「一開始我是提防著他，但後來就……」路天峰歎了口氣，原來當他覺得自己開始獲取汪冬麟的信任時，實際上正好落入了汪冬麟設下的陷阱。

「這個男人居然能騙過你？有意思，很有意思。」在聽路天峰說話的同時，章之奇已經打開了警方內部關於汪冬麟連環殺人案的檔案，不慌不忙地看著。

童瑤的猜想完全正確，這個男人不知道透過什麼手段，可以輕鬆進入警方的資料庫系統。

路天峰看了一眼手錶，距汪冬麟逃走已經整整一個小時。

「事不宜遲，如果你願意幫忙，我們馬上開始行動，最終能夠抓住汪冬麟的話，所有的懸賞獎金都歸你；如果你沒興趣，我們就此告辭，不再打擾。」

章之奇淡淡地說：「還說什麼廢話呢，我不是已經在研究汪冬麟的檔案了嗎？不過我事先聲明，就算最後我們拿不到警方的懸賞，你也得支付聘請我的酬金。」

「沒問題。」路天峰一口答應。

「你最好先瞭解一下我這裡的價格。」章之奇扔過來一張護貝過的Ａ４紙，正是事務所的價目表。

路天峰只是隨意瞄了一眼，就說：「這個價格很合理。」

「哦？」

「你有驚人的記憶力，能夠記住只見過一面的童瑤，還能在茫茫的警員資料中記住我的個人資料；你有超乎尋常的駭客技術，可以在警方資料庫裡來去自如；你的心態很穩定，跟我們說話的時候情緒幾乎沒有波動；另外你的相貌很平凡，平凡到能夠出現在任何地方都不突兀。你是一名天生的調查員，這個收費標準可以說是很優惠了。」

「路隊過獎了。」章之奇仍然是那副寵辱不驚的樣子，但語氣明顯客氣了不少。

「希望我們能夠合作愉快。」路天峰伸出手，跟章之奇快速地握了握。

站在一旁的童瑤偷偷地笑了起來，想起上次自己在章之奇這裡吃過的閉門羹，心裡就更佩服路天峰了。

「那麼，接下來我們應該去哪裡呢？」路天峰問。

「就留在這裡。」章之奇指了指電腦螢幕，「我們要先徹底瞭解汪冬麟這個人，才能預測他的行為軌跡，而想查清楚一個人的底細，網路就是最好的工具。」

「好，聽你的。」

「不過，網路上倒是剛蹦出來一條關於你的新聞，看看吧！」

路天峰定睛一看，那是一篇社交網站的熱搜文章，標題為「汪冬麟逃獄案，竟有警方內部人員暗中協助？我們還能相信Ｄ城的警察嗎？」。

點開文章，裡面不但有福和路案發現場的圖片，還有路天峰的資料照。文中指名道姓地說，汪冬麟能夠順利逃脫，跟正在接受停職調查的路天峰有莫大關係。

文章的下方，一大堆不明真相的網友群情激憤地留言評論，要求警方高層出面澄清事件真相，盡快捉拿凶手。更有人評論道，如果路天峰跟案件無關，請他立即露臉，以打消大家的疑慮。

「這招真狠。」路天峰苦澀地搖搖頭。

「你知道是誰幹的？」章之奇問。

「應該就是想殺死汪冬麟的那夥人吧……」

「我想起來了，汪冬麟逃脫的消息同樣是被匿名網友搶先爆料的。」童瑤拍了拍腦袋，恍然大悟，「原來敵人一直在暗中放槍，真是卑鄙。」

章之奇敲打著鍵盤，若無其事地說：「放心吧，有我在，一定能把他們查出來。對了，這可是要另外收費的。」

6

五月三十一日，下午五點三十五分，路天峰家。

陳諾蘭睡了個心滿意足的午覺，精神抖擻地走出家門。她準備開車前往摩雲鎮，雖然明知路天峰不在那裡，但如果她不在七點鐘「赴約」，警方一定會生疑。

只是她沒料到剛下樓，就有一個戴著眼鏡、手裡拿著麥克風的男人竄了過來，粗魯地將麥克風遞到她面前。

「陳小姐，請問路天峰先生在家嗎？」

怎麼回事？陳諾蘭莫名其妙地瞪了一眼這個男人，不加理會，轉身就走。

然而一個身材矮小、文質彬彬的女生又擋住了她的去路。

「陳小姐，我想問一下，你今天見過你的男朋友路天峰嗎？」

陳諾蘭皺起了眉頭，她已經看見至少有十個人從四面八方湧過來，他們手中拿著麥克風、手機或者DV，自己一下子就被團團圍住。

「網上的傳言是真的嗎？」

「路天峰為什麼會被停職調查？」

「據傳路天峰是因為不滿停職處理，所以故意放走汪冬麟，以報復社會？」

「陳小姐，你知道些什麼，請正面回應！」

七嘴八舌的聲音吵得讓陳諾蘭的腦袋都大了一圈，她還沒看到網上傳播的消息，也搞不清楚為什麼記者會圍堵她。但從這亂七八糟的隻言片語之中，她大概猜到發生了什麼。

「對不起，我什麼都不知道。」陳諾蘭扔下這句話就想突圍而去，但哪有那麼容易？有人甚至放肆地伸手拉住她的上臂，阻止她離開。

「陳小姐，你現在要去哪裡？」

「你是否正在接受警方的調查？」

「有什麼話想對網友說的嗎？」

陳諾蘭連連搖頭，但這幫人還是像蝗蟲一樣纏著她，害她一時之間無法脫身。

這時候，突然有人大喝一聲：「幹什麼呢？要不要跟我回警局慢慢聊？」

眾人被嚇了一跳，回頭一看，一個男人正氣勢洶洶地往這邊衝過來。

陳諾蘭看到來者是余勇生，提著的一顆心終於放了下來。

「散開，都散開，我要帶陳諾蘭回去問話。」余勇生扮演起老本行，毫無破綻。

「這位警官，你不能干涉我們的採訪權……」有個膽大的記者抗議道，然而余勇生狠狠地瞪了他一眼之後，他就把後半句話吞回肚子裡了。

「你們這些傢伙，誰有正經的記者證？有就拿出來，沒有就請自覺散開，別逼我來真的，可以嗎？」余勇生強硬地說，目光一一掃過眾人的臉。

他看準了這些一窩蜂跑來挖料的所謂記者，基本是沒什麼資格的網路媒體，哪可能有什麼記者證。

果然，此言一出，一群人的氣焰頓時消了下去。余勇生趁勢分開人群，幫陳諾蘭脫困。

「什麼情況？」陳諾蘭小聲地問。

「邊走邊說。」余勇生腳下沒有停步，「來這裡的路上，我用手機刷了一下新聞，發現有人在網上抹黑老大。」

「難道是把他跟汪冬麟硬扯在一起了？」陳諾蘭聰慧過人，一點就透。

「是的，恐怕這下子逼著警方把老大也列為通緝犯了。」余勇生歎氣道。

「那你沒事吧？」陳諾蘭知道余勇生的任務，也知道出事後警方肯定會對他好好審問一番，沒想到他那麼快就能全身而退。

「我是誘餌。」余勇生苦笑了一下，指了指腳下，「他們在我身上問不出什麼東西，乾脆放我出來，指望我會去找老大接頭，現在我的鞋底就有個追蹤器。」

「你明知道有追蹤器，幹嗎不拆掉？」

「我故意按兵不動，讓他們覺得我只是個莽夫。」余勇生聳聳肩，「諾蘭姐，你覺得我跑去什麼地方比較好呢？」

陳諾蘭眼珠一轉，笑道：「真巧，你正好可以跟著我一起去摩雲鎮。」

五月三十一日，傍晚六點，摩雲鎮，貓窩咖啡館。

程拓坐在幾小時之前路天峰和汪冬麟坐過的卡座上，心不在焉地看著窗外。夕陽西下，夜色將至，摩雲鎮的街道也慢慢熱鬧起來。

但眼前的熱鬧，卻驅不散程拓心頭的冷意。

他覺得自己很可能上當了。

貓窩的老闆娘一眼就認出了照片和通緝令上的兩個男人曾經在這裡喝過咖啡、密聊了一個多小時，並說他們倆看起來關係很好，像是相識多年的老朋友。

而派到附近調查的同事們也有所斬獲，戶外用品店的老闆說路天峰曾經來買過帳篷，麵包店的服務生見過汪冬麟，說他買了一大堆麵包，書店店員則說有個很像汪冬麟的人在店裡買了一本越野專用的摩雲山詳細地圖冊。

種種跡象表明，路天峰和汪冬麟準備潛入摩雲山地帶，而他們一旦進入這片山脈的未開發地區，那麼想要找出兩人，無異於大海撈針。

「程隊，陳諾蘭正在開車前來摩雲鎮，另外，我們發現余勇生也在她的車上。」一名年輕下屬急匆匆地跑過來彙報最新情況。

「他們倆怎麼一起過來了？」程拓的眉頭鎖得更緊。

「大概是要跟路天峰碰頭吧？我們正好將他們一網打盡。」

「陳諾蘭明知道我們一直在盯梢，還大搖大擺地跟路天峰見面？再說，余勇生也不是傻子，我們在這個節骨眼上放了他，到底是什麼原因他會不明白嗎？」程拓長歎一聲，「這地方越來越不對勁，我們很可能又要白跑一趟了。」

「程隊……」年輕人似乎還想說點什麼，但又不敢說。

「繼續搜索吧，我聯繫一下總部，其他部門的工作也不能停歇，別光指望我們這裡收網抓人。」

程拓的手機響起，他一看，是羅局，趕緊接通電話。

「羅局，請指示。」

「最新消息，路天峰和汪冬麟兩個人已經不再一起行動。汪冬麟很可能不在摩雲鎮，而是在D城。」

「羅局，您的消息來源可靠嗎？」程拓背後驚出了一身冷汗，他在前線指揮依然感覺迷霧重重，坐在辦公室裡頭的局長怎麼會有如此精確的情報呢？

「絕對可靠，馬上調整人手安排。」

「明白！」

程拓掛斷電話，無奈地搖搖頭，摩雲鎮的行動已經是箭在弦上，不得不發，他又能怎麼調整安排呢？

這件事真是水太深了。

五月三十一日，傍晚六點十分，群賢大廈，章之奇偵探事務所。

章之奇在劈里啪啦地敲打著鍵盤，切換操作著螢幕上同時打開的四個不同程式視窗，此刻他絕對不希望被其他人打擾。

因此路天峰和童瑤都很自覺地坐在一旁，默不作聲，各拿著一本過期雜誌，漫無目的地翻看著。鍵盤敲擊的聲音突然停了下來，路天峰下意識地抬起頭，正好迎上章之奇的目光。

「怎麼樣？」路天峰問。

「有點眉目了。」章之奇的語氣依然平靜。

「說說看！」路天峰有點激動。

他非常清楚追查汪冬麟的難度，而章之奇只不過用了大半個小時，便能夠氣定神閒地說出「有點眉目」，已經很不簡單了。

「其實只要找對了突破口，這事並不算很難。」章之奇的臉上終於露出了一絲笑意，「兩位覺得，突破口在哪兒？」

沒想到章之奇還會賣關子，路天峰愣了愣，看了一眼童瑤，童瑤也是一臉無奈。

章之奇繼續說：「突破口其實就在路隊身上。」

「在我身上？」

「沒錯，路隊這次行為是早有準備的，然而汪冬麟並沒有準備啊。一個沒準備的人，怎麼會突然拋棄有充分準備的同伴，獨自逃亡？他身上連一分錢都沒有，可以往哪裡逃呢？」

路天峰突然想明白了為什麼自己對汪冬麟的戒心一直不重，因為他覺得汪冬麟必須依附於自己，才能順利逃亡。

只是汪冬麟用實際行動告訴路天峰，他想錯了。

「所以我的推論有兩點：第一，一定有個汪冬麟絕對信任的人，讓他可以放心去投奔；第二，汪冬麟必須解決交通問題，或者弄到一點應急的零錢。」

「相較之下，還是零錢稍微好解決一點。」童瑤說。

章之奇點點頭：「我也是這樣想，路隊，如果你遇到類似情況，會怎麼解決？」

「我大概會想辦法偷一點錢吧。」路天峰訕訕地說。

「汪冬麟也很可能用類似的辦法，不過從他之前的犯案記錄來看，他更習慣利用個人魅力去達成目標。如果我是汪冬麟的話，我會想辦法哄騙一個小孩子，拿走他的交通卡。」

路天峰不由得暗暗稱奇，這方法不但更安全，而且成功率也高，確實很符合汪冬麟的風格。

「汪冬麟逃跑的時間，恰逢附近兩所小學和一所中學的放學時間，因此我搜索了一下城市交通卡的資料庫，列出那三所學校當中所有申請了學生優惠卡的人員名單，一共八百三十五人。」

普通的交通卡是不記名的，但學生卡因為乘車時有半價優惠，所以需要實名申請，以保證使用者是學生。章之奇的這個思路，一下子將調查範圍明確下來了。

「在下午四點半之後，有使用記錄的學生卡一共有一百七十三張。我提取了這些交通卡的使用資料，再對比卡主的家庭住址和歷史使用記錄，基本上能夠確認其中的一百七十張交通卡並無異常，可疑的就這三個。」

章之奇說起來輕描淡寫，但實際上他需要翻查好幾個地方的資料庫，再用巧妙的方法做出對比篩選，才能那麼快地鎖定目標。輕鬆完成這一切的他，真不愧獵犬之名。

路天峰看了看，其中一張交通卡是在地鐵上使用的，從黃家村入站，在D城大學出站；另外兩張交通卡是在公共汽車上使用的，兩人乘坐的都不是平日乘坐的線路。

「這兩個人好像乘坐的是同一輛公共汽車？」童瑤問。

章之奇定睛一看：「是的，二三八路，是同一輛。」

「看一下交通卡的登記資訊。」

「楊建、龐菲菲，兩人都是黃家村中學的初三學生，同班同學。」

「一男一女嗎？那會不會是小情侶一起偷偷溜出門玩耍？」童瑤笑著說。

路天峰指著那一條乘坐地鐵的使用記錄，說：「還是這個最可疑，別忘了，汪冬麟跟D城大學可是有千絲萬縷的關聯。」

童瑤猶豫了一下，說：「但他應該知道，自己工作和生活的地方會受到嚴密監控，跑回大學未免太危險了吧？」

「兵行險著，我們首先要確認一下，使用這張交通卡的人是不是汪冬麟。」

路天峰看了一眼章之奇，章之奇則聳聳肩，做了個無奈的手勢。

「別催，我正在想辦法看地鐵上的監視器，再給我五分鐘……」

話音未落，室內的燈光突然全滅了，眼前頓時漆黑一片。

停電了。

「你這裡經常停電嗎？」路天峰警覺地問。

「不，第一次。」章之奇拉開了抽屜，拿出某件東西遞給路天峰，「我知道你在擔心什麼，拿好了，電棍。」

「小心點。」路天峰叮囑童瑤，而童瑤更是將佩槍拔了出來。

群賢大廈內部幾乎沒有自然採光的設計，停電之後到處都是黑忽忽的，走廊上連最基本的應急燈都沒有。雖說現在已經六點多，但不少公司的員工還在加班，於是抱怨的聲音此起彼伏，還有些人不知道為什麼相互吵起架來。

「安全出口在哪裡？」路天峰壓低聲音問。

「有兩個，出門左拐、右拐都可以，一直走就是。不過現在外面似乎有點混亂，我建議先按兵不動。」章之奇冷靜地說。

「不，我們去隔壁。」路天峰當機立斷，領著兩人出門。

隔壁是一家電子商務公司，面積有章之奇事務所的三倍大小，章之奇認識他們的前台，簡單打個招呼後，也不管對方介不介意，徑直走進去。

「奇哥，這是怎麼回事啊，突然之間就停電了？」年輕的前台妹子問。

「我也不知道，不過我需要暫時借用一下你們的辦公室。」章之奇故作神祕地說：「我這兩位顧客都是貴人，我那邊地方太小了，一停電沒了空調就特別憋悶。」

章之奇邊說邊塞了點什麼東西給前台，那女孩笑了笑，就當什麼都沒看見。

走廊上人聲鼎沸，吵吵鬧鬧，依稀還能聽到有人在斥罵。

「你瞎啊你，怎麼走路的！」

「喂，有沒有水準？」

然而被責罵的人卻什麼都沒說。

「小心點，很可能是敵人。」路天峰提醒道。

三道手電筒的光芒來到走廊處，緊接著，耳邊傳來玻璃碎裂的聲音，來者直接踢開了事務所的玻璃門。

「這玻璃門的錢還要另外算啊！」章之奇小聲嘀咕著。

來者面對空無一人的事務所，竟然一聲不吭。沉默過後，又迅速撤退。

路天峰並不願意輕易放過他們，向童瑤打了個手勢後，悄然無聲地回到走廊上，借助黑暗和混亂跟了上去。

「這個時機選得真好。」章之奇輕聲讚揚了一句，竟也躡手躡腳地跟在後頭。童瑤當然不可能一個人留在這裡，只好一起行動。

漆黑的走廊上，三道來勢洶洶的影子分開人群，往安全出口方向奔去。

毫無徵兆地，其中一道影子不再移動。

路天峰知道幾公尺外的敵人大概是察覺到自己正被跟蹤，但他卻毫不猶豫，以原先的速度繼續向前走著，邊走邊說：「勞駕，請讓一下，謝謝。」

那男人的身高和路天峰差不多，幾乎是下意識地往旁邊挪了挪身子，好讓路天峰通過。

而就在路天峰與男人擦肩而過的瞬間，路天峰猛地出手，直取對方喉頭。

昏暗光線之下，電光石火間，男人竟然沒被一下子擊倒，而是用粗壯的手臂格擋住路天峰的攻擊。

一流的身手，專業的招式，路天峰幾乎可以斷定這就是下午在鐵道新村襲擊自己和汪冬麟的那夥僱傭兵。

說時遲，那時快，其他人可都沒有閒著看熱鬧。章之奇反應最快，滑步上前，一記掃堂腿，攻擊的正是對方最難防備之處；而童瑤和另外兩個僱傭兵，不約而同地擺出準備射擊的姿勢。

路天峰怕誤傷群眾，連忙大喊：「快躲開！」

童瑤當然不會隨便開槍，然而對方可不管那麼多——「砰！」

在這狹窄而封閉的走廊上，子彈出膛的聲音震耳欲聾。

與此同時，章之奇恰好將敵人掃倒在地，路天峰不等對方有掙扎的機會，狠狠地踢在那傢伙的後腦勺上，直接把對方踢暈過去。

「躲開！」

「砰！砰！砰！」

又是三槍，路天峰和章之奇狼狽地往兩旁打滾，以求自保。

童瑤開槍還擊。她的優勢在於敵人的位置更接近安全出口，環境光線相對要充裕一些，有利於她瞄準。

但另外一把衝鋒槍的聲音打破了看似均衡的局勢。

「突突突——」

尖叫聲、哀號聲、玻璃碎裂聲、物品摔破聲，彷彿是無數個聲音同時響起，充斥了整個空間。

路天峰將身子緊貼到牆邊，等待一輪子彈掃射完的空隙，他才卯足勁，將手中的電棍飛甩出去。

「咣當——」電棍重重地砸在安全出口的鐵門上。

雖然沒有擊中敵人，但對方為了閃避，暫時讓出了最有利的攻擊位置。

敵人攻勢一緩，路天峰和章之奇立即心意相通，同時伸出手抓住那個昏迷倒地的男人的腳踝，用力將他往回拉。

只要能抓住活口，好好審問，一定可以查出對方是什麼來頭。

「童瑤，掩護我們。」

「收到！」

童瑤不再吝嗇子彈，連連開槍，實行火力壓制，好讓路天峰和章之奇能夠順利帶走嫌犯。

對方很清楚此地不宜久留，於是也拚了命似的開槍還擊。一輪槍林彈雨過後，兩名雇傭兵從安全出口逃跑，而路天峰也不敢追趕，趕緊打開手電筒，查看四周狀況。

到處都是玻璃碎片，不少人倒在地上，臉上和手腳都沾有鮮血。但幸運的是，傷者似乎只是被碎玻璃劃傷，並沒有人中槍。

唯一中槍的人，是那個失手被他們抓住的男人，他的胸前有兩個黑黝黝的彈孔，大腿上也中了一槍，渾身是血，看樣子已經沒救了。

「下手真狠。」路天峰知道，這是另外兩名雇傭兵撤退時，將子彈全部往同伴的身上招呼，殺人滅口。

章之奇探了探那人的鼻息，又摸了摸脈搏，搖頭道：「死了。」

「報警，叫救護車，然後我們趕緊走。」路天峰的胸口突然一緊，討厭的陣痛真是如影隨形，揮之不去。

「接下來去哪兒？」童瑤問。

「D城大學。」路天峰心想，現在得分秒必爭了。

7

汪冬麟的回憶（三）

或許我就是一個被詛咒的人，幸福這種東西，註定與我無緣。

在別人眼裡，我已經從幾年前父母雙亡的陰影之中完全走出來了，有了一份穩定並受人尊敬的工作，住在學校分配的房子裡，有一個對我千依百順、已經談婚論嫁的女朋友。在工作之餘，我利用大量的閒置時間，重新拾起了荒廢多年的西洋棋，甚至在一些低級別的業餘比賽裡斬獲過冠軍。

他們說，這樣的生活，真是羨煞旁人。

而只有我最清楚，真正的陰影一直不曾散去。

每次跟小棉在一起，我都要去回想母親溺亡的那一幕，才能成為真正的男人。但隨著時間推移，那一幕的記憶也在漸漸褪色。

小棉也察覺到我對她的「興趣」似乎在逐漸降低，不過她以為我只是有點厭倦而已，所以她使出渾身解數，想重新激發起我對她的熱情。

可一旦她發現問題出在我身上，她會怎麼想？

當年茉莉說過的刻薄之詞，依然在我耳邊迴響著。

我絕對不能破壞自己在小棉心目中的完美形象，但我又有什麼辦法呢？

我只能眼睜睜地看著我們之間的裂隙越來越大，再這樣下去，我會失去她。

更可怕的是，我擔心她知道了我的祕密後，會將這件事當作茶餘飯後的笑話一樣，告訴其他人。那樣一來，全世界就會知道我只是個懦弱、無能的男人。

我開始借助酒精來麻醉自己，小棉每隔一兩個週末就會回一次住在鄰市的父母家，而每當她不在家，我就會一個人開著車，去到離學校很遠的地方喝酒。

酒後駕駛當然是件危險的事情，但每次我都只喝一兩杯，不讓自己失去意識。這種違反規則的快感，能讓自己感受到莫名的刺激。

我需要刺激，需要更強烈的刺激。

命運女神終於給了我一次機會。

那天，小棉不在家，我跑到南郊一家剛開張的夜店嘗鮮。那裡的年輕人比較多，音樂也有點吵鬧，我只點了一杯莫吉托，就慢騰騰地喝了一整夜。

當我離開時，才發現天空飄著細細的雨絲，露天停車場的地面變得泥濘不堪，我不禁咒罵自己，明明全市有那麼多酒吧、夜店可以挑選，為什麼今晚非要來這裡呢？

然後，我得到了答案。

我遠遠地看見一個身穿紅色襯衫、牛仔短裙的女生，一手拿著雨傘，另外一隻手扶著我車子的後視鏡，姿勢彆扭地踮起腳尖，好像要趴到引擎蓋上一樣。我估計她已經醉得差不多了，雨傘根本就沒能遮住身子，上半身的衣物幾乎濕透了。

「這位小姐……」我還是客客氣氣地向她打了個招呼。

「啊，老師，果然是你！」女生回過頭來，是張有點熟悉的面孔，但我一時記不起她的名字了。

「你好……」我猶豫地說。

即使是在如此昏暗的光線下，也能看出女生的臉紅撲撲的，她笑著說：「我就記得老師的車子是這個顏色的，然後看到那個……我們學校的通行證……」

我順著她的手指看過去，哦，原來是Ｄ城大學的內部停車證。

「你也是我們學校的吧？我好像見過你！」

「嗯，哲學系大三學生，江素雨，去年在學生處勤工儉學。」說著說著，她身子打了個哆嗦。

我連忙打開車鎖，邀請她上車，「很晚了，你要回學校的話，我送你一程吧？」

江素雨也不跟我客氣，點了點頭就開門上車。讓我沒想到的是，她剛在副駕駛座上坐穩，眼淚就劈里啪啦掉下來了。

「嗚嗚嗚——」她不停地哭，我一邊開車一邊勸她，卻毫無效果。

沒辦法，我只好找了個偏僻的地方將車子停下來，好好勸慰她。十分鐘後，她終於稍微平復了心情，斷斷續續說出了自己今晚為什麼會出現在這裡。

原來江素雨突然被相戀多年的男朋友拋棄，在狠狠罵了一頓渣男之後，傷心欲絕的她跑出校門，隨便跳上一輛公車，一口氣坐到了終點站，又剛好看見這家燈紅酒綠的夜店，於是人生第一次踏入酒吧的大門。她數了數身上的現金，將酒單上的雞尾酒都點了一遍，把自己這個月的生活費都喝光了。

喝得半醉半醒的她，才發現公車早就已經停駛，身上的錢又不夠搭計程車回學校，更倒楣的是，早先跟男朋友翻臉時她摔壞了自己的手機，連開機都開不了。大概是酒後壯膽的緣故，她居然冒雨跑到停車場裡，準備隨便搭訕某個司機，哀求人家送她回學校，正是這時候，她認出了我的車子和學校的通行證。

「素雨，你的運氣真好啊！」

「嗚嗚嗚……運氣好……就不會……遇到渣男了啊……嗚嗚嗚……」她大概是哭累了，加上酒精的作用，說話的聲音漸漸低了下去。

「別哭了，休息一下，這裡回學校還要大半個小時呢。」

「嗯……嗚嗚……」

「你冷嗎？」我看她在瑟瑟發抖，順手將我的外套披到她身上。

江素雨沒有回答，她已經歪著腦袋，靠在座椅上睡著了。

我的耳邊突然響起另外一個聲音，聲音的主人是一個男人，一個冷靜、無情、惡魔般的男人。

「帶她回家吧。」那個男人說。

「不，我對她沒興趣。」我爭辯道。

「你沒有，但我有。」

接下來，我似乎成了旁觀者，眼睜睜地看著那個男人開著車，將昏睡的江素雨帶到自己家裡。

我完全阻止不了那個男人。

我曾經抱怨過學校分配給我的房子在宿舍區的最角落，還是最為潮濕的一樓，還抱怨過上一任屋主在面積並不大的浴室裡裝了個華而不實的浴缸。

沒料到這一切，反倒成就了那個男人的邪惡計畫。

他將車子停在家門口的棚子底下，這樣就可以在不被任何人看見的情況下，把江素雨帶到屋內。

換了別的男人，可能會將昏迷不醒的女生抱到床上，但那個男人卻毫不猶豫地直奔浴室，托著她的腋下，吃力地將她放進浴缸裡。

江素雨夢囈般哼了兩句，沒有醒來。

那個男人開始脫掉她的衣服，再整齊地疊在一旁，而她渾身軟弱無力，下意識地配合著男人的動作。

女孩很快就恢復了出生時不著一物的狀態。浴缸一直在放水，水溫不冷不熱，正適合泡澡，睡夢中的她大概也感受到了舒適和溫暖，紅著臉，露出幸福的笑容來。

那個男人也綻放出燦爛的笑容。

「不要，不要這樣！」

我拚盡全力吶喊著，卻沒能發出任何聲音。

浴缸的水位越來越高，那個男人也越來越興奮，越來越激動。

他溫柔地撫摸著少女的身體，又拿來沐浴液，替她仔細地擦拭著每一寸肌膚。他的動作很輕很輕，生怕會弄醒熟睡的她，從而破壞了美好的氣氛。

終於，浴缸的水滿了，少女也洗得乾乾淨淨，一塵不染。

他吻了吻她的額頭，然後按住她的雙肩，將她整個人壓到水面以下。

水流湧入呼吸道的瞬間，少女驚醒了，她恐懼地睜開雙眼，無法相信面前正在發生的一切。她胡亂地蹬著雙腿，試圖掙扎，但尚未開始真正發力，無助的掙扎就宣告結束了。

少女瞪圓雙眼，靜靜地泡在水中。

她好像在問我——為什麼不救她？

「我沒有辦法啊！」

因為我就是那個男人，那個男人就是我啊！

我終於長舒一口氣，殺死江素雨的過程，比當初殺死母親要刺激一百倍。

我希望這一劑猛藥，足夠我跟小棉好好過完這輩子。

於是我坐到浴缸邊上，拉著少女餘溫尚存的手，輕聲地說：「謝謝你，江素雨同學，我會永遠感激你的。」

8

五月三十一日，傍晚六點二十分，摩雲鎮，警方指揮車上。

程拓愁眉深鎖，一直在想著羅局對自己的叮囑，卻越想越覺得不對勁。羅局那句「馬上調整人手安排」，可以有很多種不同的理解方式，上司該不會是想要撤銷在摩雲鎮的行動吧？

「程隊，陳諾蘭的車子到摩雲鎮了。」下屬的彙報讓程拓回過神來。

「具體位置！」

「她在酒吧街附近放下了余勇生，然後……往老區方向去了。」

摩雲鎮的新區是熱鬧的遊客聚集地，而老區那邊則都是居民住宅，程拓沒想到陳諾蘭和余勇生會兵分兩路，更沒想到陳諾蘭會直奔老區。

「她是不是有什麼親戚朋友住在老區？趕緊查一下！」程拓心中暗暗叫苦。

「陳諾蘭有兩個姨媽住在摩雲鎮……」

「糟糕！」程拓狠狠拍了拍大腿，「立即派人去她姨媽家，嚴密監視。」

另一邊，跟蹤余勇生的同事回報，余勇生好像是隨意挑選了一家酒吧，坐下來點了一杯啤酒，正慢條斯理地喝著，一點也不像在等人。

「程隊，陳諾蘭已經到她姨媽家，我們用望遠鏡可以看得很清楚，屋內一共有四個人，陳諾蘭、她的姨媽姨丈，還有一個小男孩，應該是陳諾蘭的表弟。沒有發現路天峰或者汪冬麟的蹤影。」

彙報訊息接踵而至，但都不是好消息。

完全上當了。這時候，程拓懷裡的手機振動起來。

「我是程拓，請說。」

「程隊，出事了，黃家村的群賢大廈剛剛發生槍戰。」電話那頭是吳國慶。

「槍戰？」程拓還沒搞懂這跟自己有什麼關係。

吳國慶飛快地說：「是的，有監視影片可以證實，當時路天峰出現在槍戰現場。」

程拓自嘲地笑了，他在摩雲鎮布下的天羅地網，最終還是竹籃打水一場空。

那條狡猾的魚兒早就溜走了。

五月三十一日，傍晚六點四十五分，D城大學，教職員工宿舍區。

「汪冬麟的家就在那邊。」童瑤指著不遠處的那棟樓說：「一樓最角落的那間，在大路這邊看不見。」

路天峰觀察著四周的狀況，目光最終停留在路邊一輛白色麵包車上，說：「這樣一來，可以選擇的監視地點並不多啊。」

章之奇同樣盯著那輛車，對他們這些經驗豐富的警察而言，只要看一圈現場，就能猜到警方布置盯梢的位置。換句話說，他們也能夠對此做出戰術布置。

「所以，我們要嘗試進去嗎？」童瑤問。

「汪冬麟的妻子王小棉應該還住在這裡，汪冬麟跑來這裡，會不會就是去找她呢？」章之奇推測道。

路天峰搖搖頭：「汪冬麟應該很清楚，自己的妻子一定會被嚴密監視，去找她的話等於自投羅網。」

「或者他們之間有某種特殊的通信方法？」

路天峰和童瑤對視一眼，確實，汪冬麟這個人有可能足夠聰明，早就準備好跟妻子祕密通信的辦法了。

這時候，章之奇有意無意地說了句：「王小棉這個女孩子也不簡單，汪冬麟鬧出那麼大的事情來，她不但沒有變成他的前妻，居然還敢繼續住在殺人現場，真是了不起啊！」

路天峰心中泛起一股怪異的感覺，章之奇的話真是一針見血，王小棉的所作所為確實不是普通女生能做到的。如果說她會捨命保護汪冬麟，那也很合理。

看來，他們必須想辦法會一會王小棉。

幾分鐘後，童瑤敲了敲那輛白色麵包車的車窗。

車內兩名年輕的警員看見一張陌生的臉孔，頓時緊張起來。

「刑警大隊第一支隊，童瑤。」童瑤出示了警官證，「汪冬麟的妻子出過門嗎？」

這種沒有任何解釋，一上來就直奔主題的氣勢，反而讓兩名年輕人放下了戒心。其中一人老老實實地答道：「她一直待在家裡，沒有出門，也沒有可疑人物靠近過。」

「那就好……」

童瑤話音未落，突然有一輛自行車飛快向她衝來，眼看就要撞上她。童瑤驚叫一聲，猛地往旁邊跳開，自行車的騎手也失去了平衡，跌倒在地，自行車則狠狠地撞上停在路邊的麵包車。

「你搞什麼啊！」童瑤怒斥。

自行車騎手唯唯諾諾地向童瑤點頭哈腰，嘴裡不停說著對不起。而這冒失的男人正是章之奇。

接二連三的意外變故分散了兩位年輕警察的注意力，雖說他們很快就重新投入監視工作之中，但路天峰已經抓住這小小的空隙，溜到宿舍樓裡頭。

路天峰輕輕敲了敲門，很快，一位面容憔悴、身材嬌小的女子打開了門。

「誰啊？」

「警察，來找汪太太瞭解一些情況。」路天峰揚了揚證件。

王小棉也沒細看，垂著頭應了一聲「哦」後，就請路天峰進門。也許是因為她接受了太多次警察的盤問，對此早已麻木了。

「汪太太最近過得還好嗎？」

王小棉愣了愣，沒想到這位警察會以這樣一句話作為開場白。

「還可以。」她猶豫著回答。

「今天壓力應該挺大的吧？」

王小棉看不穿眼前這位警察的來意，越發謹慎了起來，一言不發地咬著嘴唇。

路天峰又拋出一個假魚餌：「汪冬麟今天逃跑後，警方目前能夠掌握的訊息顯示，他最後一次出現的地點是 D 城大學。」

出乎意料地，王小棉聽了這話，臉上流露出一絲恐懼的神色。

「他回來幹嘛？」

「有可能是想聯繫你，因為他身無分文，根本跑不遠。」

王小棉向後縮了縮身子，連連搖頭。

「不，他不可能來找我……就算找我，我也不會幫他！」她有點歇斯底里地喊道。

「為什麼？他畢竟還是你的丈夫——」

「我恨他！」王小棉咬牙切齒地打斷路天峰的話，「難道你們不明白嗎？他根本不愛我，他只想要一個對他死心塌地的女人，『娶妻生子』是他自認為需要完成的人生成就，而我不幸成了犧牲品。」

「那你為什麼不離開——」

「離開？我能去哪？」王小棉淒然地笑了起來，「那傢伙被抓起來的時候，我們才結婚不到半年，我的父母原本就反對這門婚事，東窗事發後更是不再認我這個女兒；親戚朋友都把我當作瘟神一樣，避之唯恐不及。我連一份穩定的工作都找不到，想出去另租一個房子，避開媒體的關注，卻根本拿不出那個錢來。你以為我喜歡住在這裡嗎？浴室裡面可是有三個無辜女生的冤魂未散啊……」

王小棉越說越激動，不僅面紅耳赤，胸部還不停地起伏著，像是壓抑了很久的話終於能夠一吐為快。

路天峰心裡有點相信她的話是真的，汪冬麟應該沒有回來過。

但他為什麼要特意跑到D城大學地鐵站？

胸口忽然一陣發悶，路天峰想到了一種更可怕的可能性——汪冬麟正在模仿自己的戰術，他只用了短短幾個小時，就在自己身上學會了所有逃脫警方追捕的思路精髓。

他出現在附近的唯一原因，就是要誤導路天峰。

「如果真是這樣，這個男人實在太恐怖了……」路天峰自言自語道。

「不對，我覺得他根本不是人。」王小棉流著淚，冷冷地說。

五月三十一日，晚上七點，D城北郊。

僻靜的河邊，有一輛紅色小轎車歪歪扭扭地停在公路橋底，四下無人，車子則在不停地微微晃動著。

終於，晃動停止了。

衣冠不整的女人喘著大氣，癱在後座上，滿臉紅暈。

「壞蛋，剛才還騙人家，說你想去酒吧散散心，結果——」女人嬌嗔著說。

「在這裡散心也不錯嘛。」汪冬麟笑著，把手探入女人的上衣。

「嗯……可人家還是想去摩雲鎮見識見識呢。」

「好啊，我保證，等會兒就帶你去。」汪冬麟邊說，邊低頭親吻懷裡的女人。

他早就知道，自己的外在魅力就是最大的武器，千萬不要隨便浪費。

一陣熱吻過後，女人渾身發軟，嬌滴滴地呢喃道：「夠了……快上路吧……」

「真的夠了嗎？」汪冬麟壞壞地盯著她。

女人羞澀地轉過頭去，「嗯，夠了，換你來開車吧？」

「好的，讓我來送你上路。」

女人欣喜地點了點頭。

汪冬麟心中暗暗歎息，這世界上的笨女人怎麼那麼多？

趁著女人低頭扣鈕釦的機會，汪冬麟舉起右手，用手掌邊緣狠狠地砸向女人頸脖後方。

「嗚——」女人怪叫一聲，整個人向前撲倒，腦袋撞在前座椅的後背上。

她只覺得一陣天旋地轉，還沒搞清楚到底發生了什麼，後腦勺又被砸了一下，隨即眼前一黑，失去了知覺。

汪冬麟扶著昏迷不醒的女人，將她拖下車，再慢慢帶到河邊。

晚上的河水看上去是黑色的，比夜更黑。

「下輩子可不要輕易相信男人了哦。」汪冬麟蹲下身子，湊在女人的耳邊，用最溫柔的語氣說。

女人似乎意識到什麼，右手掙扎著抓住了汪冬麟衣服的一角，身體動了動，但沒能醒過來。

而且再也沒有醒來的機會了。

汪冬麟用力將她的腦袋按到河水裡頭，然後哼起了兒歌：

「一閃一閃亮晶晶，滿天都是小星星……不對，今晚可沒有星星呢。」

沒有星星，沒有月光，頭頂的天空和汪冬麟的內心一樣，只有一片黑暗。

沒多久，女人的手漸漸鬆開，無力地垂入河水之中。

四周一片寂靜，襯托得汪冬麟的呼吸聲格外粗重。

第三章　兩個變數

1

五月三十一日，晚上七點三十分，D城大學，教職員工宿舍區。

已經退休的袁成仁在樓下散完步，回到自家剛坐下不到兩分鐘，一壺熱茶尚未泡好，門鈴就響了。

「誰啊？」袁成仁一邊問，一邊慢吞吞地踱步去開門。

「袁老師，是我，章之奇。」

袁成仁打開門，看著門邊的章之奇，先是愣了愣，然後哈哈大笑起來。

「哎喲，幾年沒見，怎麼成熟了那麼多呀！」

章之奇訕訕地笑著說：「老師，我這不叫成熟，叫老了。」

「胡說八道，在我面前你有資格說『老』這個字嗎？」袁成仁拍著章之奇的肩膀，師徒兩人有說有笑地走進屋內。

袁成仁是國內排得上名號的犯罪心理學專家，當年章之奇在D城大學心理學系就讀時，袁成仁是系主任，同時也任教本科生的犯罪心理學課程。

那時候的章之奇別的科目成績平平，唯獨犯罪心理學學得特別帶勁，每次課堂討論和做課題論文時，總是能拿出讓人眼前一亮的觀點。

有一次課間休息，章之奇拿著一個美國案例找袁成仁討論。袁成仁說了一番自己的觀點後，又隨口問道：「章之奇，你對這門課程特別感興趣嗎？」

「是啊，我的夢想就是當犯罪側寫師。」

「呵呵，可是國內現在還沒有專業的犯罪側寫師啊！」

「那就讓我來當第一個唄！」章之奇的回答充滿了年輕人特有的自信和激情，也讓袁成仁記住了這名學生。

因此時隔多年，兩人相見仍然十分親切，沒多少客套和寒暄，就直奔主題。

「之奇，你今天特意跑來這裡，不會只是想跟我這個老頭子敘舊吧？」

「實不相瞞，我現在靠幹私家偵探的活兒混飯吃，而我今天接到的委託，是要追查這傢伙。」章之奇把汪冬麟的照片擺出來，「警方的懸賞金額已經到三十萬了，這可不是一筆小錢啊！」

「汪冬麟？」袁成仁皺起了眉頭，他也在電視上看到了汪冬麟逃脫的新聞，只是沒料到自己的學生會加入追捕行動。

「袁老師，我看過汪冬麟的檔案，他被國內三家專業機構鑒定為重度精神分裂、人格分裂、妄想症。其中一家鑒定機構，正是我們學校的犯罪心理學研究室——」

「我知道你想問什麼，我確實參與了鑒定工作，在不涉及機密資料的前提下，可以回答你的某些問題。」袁成仁沏了兩杯茶，笑著說：「當然了，這要看你提問的技巧如何。」

章之奇不由得想起當年那個喜歡在課堂上用各種刁鑽問題來鍛鍊學生的老師。

「以前都是您來提問，今天總算輪到我了啊！」章之奇想了想，才說：「我的問題只有一個，假如現在由您來擔任追捕行動指揮官，您會怎麼辦？」

袁成仁先是愣了愣，然後哈哈大笑起來，為自己學生的狡黠而感到自豪。這只是一道情景模擬題，無論怎麼說都不可能直接洩密，但要想好好解答的話，又需要有意無意地使用自己掌握的內部資料，真是個怎麼都不會虧的提問。

章之奇正是看準了袁成仁對犯罪心理學的敬畏，還有他那老頑童一樣的個性，無論如何也不會含糊應付自己。

「我這把老骨頭，還當什麼指揮官啊！」袁成仁一口喝完手中的茶，歎氣道。

章之奇自然聽得出老師話中有話，也不多嘴，只是微微一笑。

袁成仁放下茶杯，眼中閃露出氣勢逼人的鋒芒。像他這樣的人，必須要投入工作和思考之中，才能實現真正的自我價值。

「我覺得，在這種緊急情形下，汪冬麟會按照他的思維慣性行動，甚至很可能再次犯案，因此我會根據以下幾個關鍵字去追查——第一個關鍵字是『水』，汪冬麟只以溺斃的方式殺人，他對『水』有著絕對無法釋懷的執念。」

「那意味著河流或者湖泊，不過循著河流逃跑的可能性更大，畢竟這樣能跑得更遠，也更難被發現。」章之奇的腦海中已經浮現出整座城市的地圖，按照袁成仁的推論，汪冬麟最有可能選擇的路線莫過於沿著橫貫D城的白雲河逃亡。

「第二個關鍵字，是『人』，汪冬麟的個人魅力極強，口才出眾，選擇人口密集的地方，不僅易於隱蔽行蹤，並且可以利用周邊的人群替他掩護。」

袁成仁邊說邊閉上了眼睛，他的腦海裡面也像章之奇那樣「掛起」一張地圖，而在這張虛擬的地圖上，白雲河流域的人群密集點都被標上了記號。

「第三個關鍵字，你覺得是什麼？」袁成仁還故意賣了個關子。

章之奇有著過目不忘的能力，汪冬麟的檔案資料他記得一清二楚。四名受害者之中，有三人是在醉酒狀態下被汪冬麟帶走的，剩餘一人則是喝下了摻有安眠藥的雞尾酒。

「是『酒』，汪冬麟喜歡在酒吧物色作案對象。」章之奇打了個指響，白雲河沿岸、人來人往的場所、酒吧集中地，這三條線索都指向同一個地方。

摩雲鎮。

章之奇露出了恍然大悟的神情，袁成仁也贊許地點了點頭。雖然師徒兩人什麼都沒說，但他們都很清楚，對方已經懂了。

「老師，我還有一個疑問，您為什麼覺得汪冬麟會繼續按照固有模式犯案，而不會遠遠躲開呢？」這是袁成仁分析推論的大前提，但章之奇對此並未能完全信服。

袁成仁豎起了大拇指，「我之所以會做出這樣的判斷，是因為我在鑒定的過程中跟汪冬麟聊過好幾次，很清楚他是個非常奇怪的病例。」

「奇怪？」

袁成仁一時半會兒沒說話，似乎在斟酌著用詞，過了好一陣子才再次開口：「你還記得課本上關於人格分裂的描述嗎？」

「解離型間歇性人格分離，患者體內存在超過一個以上的人格，表現特徵通常有奇異的觀念行為、反常癖好、言語怪誕、超自然感覺、冷漠、缺乏情感體驗、孤僻等等。」

「不錯，你還記得人格之間能夠相互感知和溝通嗎？」

「在大部分情況下，每個人格會在特有時間段內占有主導地位和控制權，此時其餘人格將形同消失；原始的第一人格或稱主人格，很可能不知道其餘次人格的存在，但次人格則通常都知道主人格的存在。次人格之間相互溝通交流的情況比較常見，但主人格與次人格之間的溝通則較為罕見。」

袁成仁點點頭，「但汪冬麟的情況不一樣，他身上有兩個人格。主人格缺乏自信，比較懦弱、友善，我將其稱為『天使』；次人格則極度狂躁、性格暴虐、破壞欲強，我將其稱為『惡魔』。他能夠同時喚醒自己的兩個人格，因此每次犯罪，都像是『天使』與『惡魔』的合謀，這就是他能夠騙取女性信任的重要原因。」

章之奇驚愕萬分，說道：「之前有過這樣的案例嗎？」

「美國曾經有過類似的案例，但最終未能得到確切證實，因此我對汪冬麟這個案例也很有興趣。」

「那……他會不會只是假裝自己具有多重人格，以逃避法律懲罰？」章之奇的這個疑問，其實也正是網上一直流傳的說法，雖然有點譁眾取寵，但乍聽之下又似乎不無道理。

「不可能，汪冬麟的『天使』人格甚至要求法官判決自己死刑，堅決否認另外一個人格的存在，實際上他又能和『惡魔』人格溝通……這種混亂的分裂導致他的精神狀態極度不穩定，但光看外表的話，他比大部分人都更彬彬有禮、斯文優雅，具有很強的迷惑性。」

「所以目前他的狀態已經是徹底失控了？」即使章之奇見慣了大風大浪，想到這裡時仍然難免心頭一凜。

「是的，我覺得他會繼續殺人，直到被警察抓住，或者被別人殺死為止。」袁成仁重重地歎了一口氣，不知道是不是因為無奈。

章之奇猛地站起身，堅定地說：「老師請放心，我一定會將汪冬麟繩之以法。」

袁成仁笑了起來，用力拍了拍章之奇的肩膀，說：「加油，我相信你，相信這個世界一定是邪不勝正。」

章之奇點點頭，笑容裡卻有種莫名的傷感。

五月三十一日，晚上七點四十分，摩雲鎮，酒吧街。

余勇生喝完了今晚的第三杯啤酒，放下杯子的時候，才發現自己對面的座位上多了一個人。

程拓沉著臉，冷冷地盯著桌面上的空杯子。

「執行任務時，不該喝酒。」

余勇生啞然失笑，「程隊，你怎麼沒喝酒反倒醉了？現在我既不是警察，也不是在執行任務。」

「路天峰交給你的任務呢？」

余勇生向酒保比了個手勢，示意再來一杯，然後說：「程隊你誤會了，我今天晚上來這裡，純粹是為了喝酒散心，根本沒有什麼任務。」

「那你為什麼跟陳諾蘭一起行動？」

「她要來摩雲鎮，我搭個順風車唄。」

「大概一小時前，在黃家村群賢大廈發生激烈槍戰，情報顯示路天峰似乎也在現場。」

余勇生的表情毫無變化，「哦，是嗎？」

程拓知道自己無法從對方口中套取情報，歎了口氣道：「勇生，你沒必要對我充滿敵意，你們到底有什麼想法，也可以跟我說……」

「程隊，我真的只是來喝酒。」余勇生敲了敲面前的酒杯。

「勸你們一句，收手吧，趁事情還沒發展到不可收拾的地步。」程拓站起身來，余勇生卻是安坐原位，一動也不動。

程拓走出酒吧大門，守候在一旁的一名年輕警察立即上前，低聲詢問：「程隊，還需要繼續盯梢嗎？」

「留兩個人在這裡待命，其他人收拾一下，全部跟我走。」

「我們去哪兒？」

「立即趕回Ｄ城。」程拓咬牙切齒地說。

2

五月三十一日，晚上七點四十五分，D城大學後門外。

路天峰一行三人坐在一家生意冷冷清清的奶茶店裡，每人面前都擺著一杯珍珠奶茶，卻幾乎沒有動過。

童瑤一邊聽著路天峰和章之奇兩邊打探回來的消息，一邊用吸管不停地攪動著她的那杯奶茶。

「所以袁老師認為，汪冬麟很可能往摩雲鎮方向逃去，並再次犯案，而這個可能性也完全符合路隊的分析——他在模仿路隊的逃亡戰術。」

兩個男人不約而同地點了點頭。

「那麼問題來了，我們為什麼不立即動身趕往摩雲鎮？」童瑤略帶焦急地說。

「有兩個原因，第一點，我想等程拓的人收隊了再過去，他們誤以為我約了諾蘭七點鐘在摩雲鎮碰頭，諾蘭也肯定會配合我演戲。而當程拓發現上當後，他應該會將主力部隊帶回D城，再留下幾個人在摩雲鎮繼續監視。」

「有道理。」章之奇表示認同。

「第二點，我希望從這一刻開始，將我們跟汪冬麟之間的較量視為一盤棋。在棋局對戰之中，不僅要看清楚對手走出了哪一步，還得想明白這步棋的用意；現在，我們除了要推測汪冬麟『在哪裡』之外，還需要努力思考一下，他到底想『做什麼』。」

「在哪裡？做什麼？」童瑤輕輕重複了一遍，臉上露出思索的表情。

章之奇哼了一聲，說：「我覺得事情很簡單，他只是想殺人，因為他知道自己身上有精神鑑定結果這道免死金牌，就算再多殺幾個人，被警方抓回去，也不會被判死刑。」

「所以他逃跑的目的，只是為了再次作案？」路天峰搖搖頭，表示不同意，「我覺得汪冬麟的所作所為並沒有那麼簡單。」

「路隊認為他別有所圖？」章之奇問。

「我一直很在意之前案件中那兩件不知所終的『紀念品』，汪冬麟死活不肯說出把東西埋在哪裡，證明那對他有著非常特殊的意義。這次他選擇冒險逃跑，會不會跟『紀念品』的下落有關？」

童瑤插話道：「難道他把東西埋在摩雲山裡了？」

「汪冬麟之前埋藏『紀念品』的地點都在湖邊……」章之奇顯然也想起了什麼，若有所思地說。

「摩雲山腳下，有白雲河的源頭，白雲湖水庫。」路天峰頗為肯定地說：「我猜汪冬麟的目的地可能在那裡。」

童瑤面露難色，「可白雲湖水庫面積有數百平方公里之大，湖岸地形複雜，光憑我們三個人怎麼可能找到汪冬麟。」

「不管他想去哪兒，也一定要等白天才能行動。」章之奇打了個清脆的響指，「白雲湖水庫是重要水源保護區，晚上實施清場管理，人跡罕至，因此無論是開車還是步行靠近，都非常容易被發現。我覺得以汪冬麟小心謹慎的性格，他一定會等到天亮再以遊客身分進入湖區範圍。」

路天峰連連點頭，「有道理，因此今天晚上，汪冬麟畢竟還是需要找個地方過夜，但他身上應該沒有任何證件，也沒有現金。」

「所以最方便的辦法，還是去摩雲鎮的酒吧街上泡一個妹子。」

童瑤皺皺眉，露出厭惡的神色。但她也不得不承認，章之奇所說的辦法，是最符合汪冬麟性格特點的。

路天峰歎氣苦笑道：「現在我倒希望程拓能多留點人手在摩雲鎮了。」其實他還有一點擔憂沒說出口，他知道陳諾蘭也在摩雲鎮，原本想讓她遠離旋渦中心，沒想到陰錯陽差之下，反倒令她置身最危險的境地。

窗外的空氣極其悶熱，一場真正的暴風雨即將到來。

五月三十一日，晚上八點。

城際高速公路上，幾輛警車正在往D城方向疾馳。

程拓托著下巴，把手肘支在車窗邊，出神地看著無數雨點碰撞在玻璃上。他一言不發，其餘下屬更不敢輕易開口，車廂內的氣氛冷到了冰點。

這時候，程拓的手機突然響起。他的嘴角抽搐了一下，是羅局的來電。

「羅局，請指示。」

「你的位置在哪裡？離小石橋有多遠？」羅局直截了當地問。

小石橋並不是一座橋，而是D城北郊的一處地名。程拓看了一眼車內的GPS導航，快速地估算了一下時間，然後回答。

「八分鐘內可以抵達。」

「很好，你親自過去一趟，我把具體的定位資訊發給你。」

「羅局，到底是怎麼回事？」程拓忍不住發問。羅局說話沒頭沒尾的，可一點都不像平日的作風。

「小石橋附近發現了一具年輕女性的屍體，死亡時間在一小時內，死因初步判斷為溺斃，屍體身上沒有施暴痕跡。當地的派出所民警勘察現場後，聯想起汪冬麟一案，因此第一時間將案件上報到市局了。」

程拓的嘴角連連抽動，「汪冬麟竟然還敢殺人？」

「先去現場看看，隨時彙報情況。」

「收到！」程拓掛斷電話，向司機大喝一聲，「下高速，立即趕去小石橋！」

遠方天邊劃過一道長長的閃電，雨勢漸漸變大。

五月三十一日，晚上八點十分，D城北郊，小石橋。

程拓趕到案發現場，眼見一片紅藍相間的警燈在不停地閃爍著，忍不住低聲罵了一句。

「難道不能低調點嗎？」

吐槽歸吐槽，程拓的行動可絲毫不敢怠慢，手裡隨便扯了件拋棄式雨衣套在身上，就急匆匆跳下車，顧不上滿地的泥濘往前跑去。

守著警戒線的當地民警，一看程拓的架式就知道是刑警大隊的人，連忙客氣地上前迎接。

「什麼情況？」程拓直奔主題。

「一具年輕女性的屍體，是路人偶然發現的……」

程拓看了看周邊環境，僻靜的公路、冷清的橋底涵洞、黑漆漆的河水，又是晚上，屍體應該很難被發現才對。

「屍體死亡時間只有一小時左右，這路人來得也很湊巧嘛。」

民警尷尬地撓了撓頭，「是附近鎮子上的一對小情侶，本來是想來這個隱蔽的地方卿卿我我一番，沒料到……」

「行了。法醫怎麼說？」程拓的腳步一直沒慢下來，這時候已經能夠看見幾名穿著黑色警用雨衣的身影，在河岸邊上忙碌著。

「法醫剛到，我不太清楚……」

「行了，我自己問吧。」程拓撇下那個民警，直接上前朗聲道：「我是市刑警大隊程拓，請問哪位可以彙報一下這裡的情況？」

一名中年男子轉過身來，向程拓點點頭，「我是小石橋派出所的肖冉，我們在七點四十二分接到報警電話，一對年輕情侶聲稱在橋底涵洞的河邊發現了一具女性屍體，七點四十九分，我們抵達現場並進行了封鎖。證據保全狀態良好，死者身上衣物完好，沒有明顯的暴力痕跡，也沒有能夠證明她身分的資料。經法醫初步鑒證顯示，死者的死亡時間在七點前後，死因為溺水引起的機械性窒息，屍體後腦部位有撞擊痕跡，非致命傷，但有可能導致昏迷，目前的判斷是凶手先打暈了死者，再將其摁入河裡淹死。」

程拓一邊聽，一邊彎下腰，近距離觀察著屍體上的細節。

整齊的衣物、沒有明顯外傷、溺斃的殺人手法，還有……程拓的目光鎖定在女屍的左手手腕處，那裡的皮膚有一道顏色稍淺的印痕，從形狀看來，死者應該有長期佩戴手錶的習慣。

「在附近發現死者的手錶了嗎？」

「已經仔細搜索過一遍，並未發現。」

紀念品。程拓的腦海裡浮現出如同魔咒一般的三個字。

「你覺得是汪冬麟幹的嗎？」

肖冉愣了愣，沒答話，他知道自己只是個派出所民警，不該對案情胡亂發表意見。

程拓苦笑了一下，又問：「現場還有什麼線索指向汪冬麟嗎？」

「暫時沒有，需要等待進一步的鑒證結果。」

程拓拍了拍肖冉的肩膀，以示感謝，他知道接下來的工作重任就落在自己身上了。然而，他始終無法相信，汪冬麟在倉皇出逃的過程中還會出手殺人。

除非那傢伙有一個不得不殺人的理由。

如果有，那到底是什麼呢？

程拓默默地站在河邊，陷入了沉思，夜風裹著冷雨撲打到他的臉上，他卻巋然不動。

五月三十一日，晚上八點十五分，城際高速公路，D城往摩雲鎮方向。

路天峰全神貫注地開著車，副駕駛座上的章之奇在低頭玩手機，而童瑤坐在後排，打開了車內的夜燈，正認真地閱讀著汪冬麟一案的相關資料。

大家都是一副心事重重的樣子，車廂內除了汽車引擎的轟鳴聲之外，就只有雨點打在車頂的劈里啪啦聲響。

突然，章之奇「咦」了一聲，但當路天峰把詢問的目光投向他的時候，他卻沒吭聲。

「怎麼了？」路天峰問。

「我正在努力整理思緒，要不然，你在前面出口下吧。」章之奇指著高速公路的出口標誌牌答道。

路天峰知道章之奇並不是那種吞吞吐吐故弄玄虛的人，因此也不多說話，方向盤一轉，車子就順勢駛入匝道，離開城際高速公路。

直到汽車拐進公路旁的加油站，在休息區停下來後，章之奇才將手機螢幕朝向路天峰，緩緩地說：「剛剛在警隊內部系統裡發布的最新公告，汪冬麟出逃事件升級，有一名疑似受害者出現。」

路天峰和童瑤根本沒空追究章之奇是怎麼進入警隊內網的，兩人異口同聲地反問：「受害者？」

「是的，汪冬麟好像還沒到摩雲鎮，就已經動手殺了一個人。」

路天峰心頭一緊，問：「案發地點在哪裡？」

「小石橋，離這兒並不遠。」章之奇敲了敲車窗，「現在的問題是，我們到底要不要過去一趟？」

「即使去了現場，我們也無法進行調查工作吧？」童瑤不解地問道。

章之奇神祕地笑了笑，「放心吧，小石橋發生命案，地方派出所很可能會由所長親自出馬，湊巧的是，小石橋派出所所長肖冉正是我的好哥兒們。」

路天峰眼前一亮，雙手緊握方向盤，沉默不語。

「路隊？」童瑤不無擔憂地看向路天峰。

路天峰心情沉重地說：「一般而言，凶手犯案越頻繁，就越容易落網，因為會留下更多線索，但我很擔心汪冬麟正是利用了這一點，來拖延警方的追捕進度。」

「什麼意思？」

「他可以在殺人後，故意在犯罪現場留下誤導警方調查的線索，從而為自己爭取更多的時間和空間。」

「這……有可能嗎？」童瑤覺得簡直是匪夷所思，汪冬麟是有多大的勇氣，才敢以殺人的方式來干擾警方的追捕工作？

但看著路天峰一臉嚴肅的表情，再看看章之奇的臉上同樣寫滿了不安，童瑤心裡也不禁動搖起來。

「所以我們是繼續趕往摩雲鎮，還是去小石橋？」章之奇淡淡地問了一句。

「兵分兩路。」路天峰終於做了決定，「我和童瑤繼續趕往摩雲鎮，你去小石橋探查一下情況。」

「可我們只有一輛車。」章之奇看著窗外的雨簾，愁眉苦臉道。

說話間，正好有兩輛鳴著警笛的警車，一前一後地從他們身邊疾馳而過。

「警方會對小石橋周邊進行嚴密搜查，我不能接近那裡。」路天峰道。

章之奇聳聳肩，勉強一笑，「希望你們能說話算數，把懸賞獎金留給我。」說完這句話，章之奇從副駕駛座前方的儲物櫃裡拿出一把破舊的黑色雨傘，然後打開車門，頭也不回地衝進雨中。

「他能打探到消息嗎？」童瑤憂心忡忡地問。

「當然可以，要不怎麼配得上『獵犬』的稱號？」路天峰突然歎了一口氣，「我倒是有點擔心摩雲鎮那邊的情況，或者，我應該先提醒一下諾蘭注意安全。」

童瑤反應稍微慢了半拍，但很快就明白了路天峰的意思，「但他們一定還在監控諾蘭姐的手機通訊。」

「所以還得想想辦法……」路天峰沉吟道。

遠處灰沉的天邊，傳來一陣轟隆隆的悶雷。

3

五月三十一日，晚上八點三十分，摩雲鎮，酒吧街。

即使是滂沱大雨，也無法澆滅這條街道上的熱鬧氣氛。

原本最受青睞的露天座位無法使用，讓顧客都擠到室內去了，反而讓不少店家的生意看起來比平日更為興隆。

不過人氣這種東西也是挺玄妙的，即使在遠近聞名的摩雲鎮，依然有些生意普普通通的店家。

比如轉角處有一家叫「黑與白」的酒吧，門外塗刷成鋼琴黑白鍵相間的圖案，看似是走音樂主題的路線。不過當你推門進去，就會發現裡面錯落有致地鋪設著黑磚和白磚，牆上掛著歐洲中世紀風格的鎧甲和武器，服務生則打扮成堡壘、騎士、兵等不同棋子的模樣，這裡真正的主題是西洋棋。

大概是門外招牌比較低調的緣故，店內的客人並不多，直到這個時間還有不少空位。而酒保也閒得有點發慌，不停地擦拭著櫃檯上十分乾淨的玻璃杯。

一個男人推門而入，手裡拿著一把跟他不太搭的大紅色雨傘。他環顧四周，最後選擇了一個角落的位置坐下，這個座位正對著掛在牆上的液晶電視，畫面播放著本日最熱門的話題：汪冬麟出逃案。

而這位剛進來的顧客，正是汪冬麟。

「先生，請問要喝點什麼？」一名打扮成棋子「騎士」的男服務生上前招待汪冬麟。

「來一杯蘇打水。」

「好的。」服務生的語氣難免略為冷淡，在酒吧喝水的客人始終有點格格不入。

然而正當服務生轉身準備去吧台拿蘇打水時，汪冬麟突然又問了一句：「你們酒吧那位美女調酒師呢？」

「朱迪嗎？她今天晚上九點上班，應該差不多要到了。」

「好的，謝謝。」汪冬麟沒再說什麼，服務生撓撓頭，走開了。

汪冬麟掏出口袋裡的女式手錶看了一眼，現在剛過八點半，最多也就等半小時罷了。反正這裡客人並不多，光線也比較昏暗，總算是個藏身的好地點，唯一的問題是不知道除了正門之外，還有沒有別的出入口。

他決定再坐一會兒，然後趁著去洗手間時再考察周邊環境。

汪冬麟不經意間抬起頭，看著大螢幕上自己被捕時的檔案照片，不禁笑了起來。

這照片拍得他目光呆滯，一副傻乎乎的樣子，跟現實中的自己相差太遠。

「……特別提醒，逃犯汪冬麟是高度危險人物，身負多條人命，而且精神狀態極不穩定。勸告各位市民一旦發現他的行蹤，立即報警並遠離此人，保障自身安全，切勿嘗試跟蹤或對峙……」

「先生，您的蘇打水。」服務生回來了。

「謝謝。」他接過杯子，彬彬有禮地說。

那一瞬間，一束燈光恰好打在汪冬麟的臉上，雖然只有短短一秒，但汪冬麟感覺到服務生的動作似乎停頓了一下。

「請慢用。」服務生轉身離去的步伐看起來有點僵硬。

汪冬麟緊緊盯著那名服務生的背影，突然冷哼一聲。

「老子連警察都不怕，還怕你嗎？」

汪冬麟一想到自己布下的層層迷局，成就感油然而生——最笨的警察，大概還在D城大學附近折騰；悟性稍高一點的，也許注意到小石橋的女屍跟自己有關了，正在那附近進行地毯式搜索；再進一步，足夠聰明並懂得所謂犯罪心理學的人，能夠追蹤到摩雲鎮已經是他們的極限了。

追蹤者的目光應該會聚焦在「紀念品」上面，而不可能猜到他的真正目的，只是來這家酒吧見一名女調酒師。

正如在錯綜複雜的棋局之中，有顯而易見的意圖，也有隱藏的後手，更有對手幾乎無法提前意識到的真正撒手鐧。

能夠徹底看穿棋局的人，才能躋身絕頂高手之列。

汪冬麟覺得，在這盤棋局中，沒有人夠資格充當自己的對手。

也許路天峰原本有成為挑戰者的潛力，但他已經是自己的手下敗將了。在黃家村小旅館裡的那場正面交鋒，肯定會對他心理有巨大的打擊。

「我一定會是贏家。」汪冬麟想到這裡，一口氣喝掉了半杯蘇打水。

他放下杯子的時候，恰好看見一個男人推門進入黑與白。一個他今天早上曾經見過的男人。

汪冬麟全身上下的血液凝固了。

五月三十一日，晚上八點四十分，摩雲鎮，酒吧街。

余勇生推門走進了黑與白酒吧。

二十分鐘前，陳諾蘭突然跑到酒吧街找他，說有緊急狀況需要和他商量，根本顧不上兩人身後還有虎視眈眈的盯梢者。

「出了什麼事？」余勇生未曾在陳諾蘭的臉上見過如此嚴肅的表情。

「我收到了這樣一條訊息。」

余勇生一看，螢幕上是一串數字：

29.11.6
98.3.5

「這是你跟老大約定的密碼？」

「是的，暗號翻譯過來就兩個字。」陳諾蘭輕輕地說：「回家。」

「回家？」這兩個字太過簡單，反而讓余勇生一時沒反應過來，「老大的意思是讓你回D城嗎？」

「應該是的。」

「那我們現在就走吧。」余勇生一邊說，一邊急匆匆地起身。

「我看到訊息後的第一反應也是立即離開，但仔細一想，他為什麼要讓我這樣做呢？他讓我來摩雲鎮就是為了迷惑警方，拖延時間，可我們現在就馬上折返 D 城，豈不是前功盡棄？」

余勇生默不作聲，他還是第一次真正見識到陳諾蘭的聰慧，也更明白路天峰為何深深迷戀著眼前這位女子了。

「諾蘭姐，你有什麼建議？」

「我覺得最大的可能性，就是他覺得我留在摩雲鎮會有危險。」

「危險？我們可是警方的監視對象，比普通人要安全多了，除非是……」余勇生說到一半的話卡住了，他已經想到了那個最可怕的可能性。

「那個惡魔來了摩雲鎮。」陳諾蘭沉聲說出自己的推測。

「老大怎麼會知道……唉，不管那麼多了，如果汪冬麟真的在這裡，老大肯定也會趕過來，我們應該留下來幫忙才對。」

「我有個大膽的想法。」陳諾蘭看了一眼不遠處盯梢自己的便衣警察，「你猜汪冬麟會躲在哪裡？」

「人多眼雜的地方，比如……這條酒吧街就挺不錯的。」

「我們有沒有辦法把他唬出來呢？比如說，假扮成便衣警察進行搜查。」

余勇生皺起眉頭，「諾蘭姐，這也太危險了吧？」

「大庭廣眾之下，他還能動手殺人嗎？如果汪冬麟發現有警察，只會灰溜溜地逃跑，這就是他露出馬腳的時候。」

余勇生雖然心裡覺得還是有點不妥，但實在說不過陳諾蘭，更何況他也不怕跟汪冬麟正面交鋒。一個只會欺負女人的傢伙，算什麼男人呢？

於是余勇生按照陳諾蘭的建議，專門找那些生意一般的酒吧，以「便衣警察」的身分，拿著汪冬麟的照片詢問店員有沒有見過這個人；陳諾蘭則埋伏在門外，留意觀察有沒有人偷溜出來。萬一有意外發生，兩人身後還有真正的警察在盯梢追蹤呢，他們還能向警方求助。

黑與白是余勇生走進去的第四家酒吧。

店裡客人稀少，余勇生隨便掃一眼，就知道汪冬麟不在這裡。但他依然習慣性地拿起照片，詢問一名裝扮成棋子「騎士」的服務生。

「我是警察，你見過這個人嗎？」

服務生看著照片，神色有點不自然。

余勇生原本只是隨口一問，但對方的反應讓他察覺到情況有異，連忙追問道：「你見過他？這傢伙是個極度危險的人物，如果你有什麼線索千萬不要隱瞞。」

「剛剛有個客人……看起來樣子有點像……」服務生怯生生地說。

「他在哪兒？」余勇生頓時警覺起來。

「就在那邊的角落裡……咦？人呢？」

服務生所指的方向，只有一張空蕩蕩的桌子，桌面上放著半杯蘇打水，椅子旁還擺著一把紅色雨傘。

「奇怪啊，一分鐘前他還在這裡的。」服務生自言自語地說。

「你們酒吧有後門嗎？」

「那邊的走廊通往洗手間，再往後走就是員工通道和員工專用的出入口……」

沒等服務生說完，余勇生已經一個箭步追了過去。

「剛才有人走過來嗎？」余勇生衝到洗手間門前，逮住一個清潔大嬸就問。

「有個奇怪的傢伙，硬闖到員工通道那邊去了，現在的年輕人啊，真是很沒品……」

余勇生哪裡還有耐心聽大嬸吐槽，趕緊大步流星地奔向員工通道，而當他遠遠看見員工專用出入口那扇鐵門時，正好有個黑色人影閃出門外，關上鐵門。

「別跑！」余勇生大喝一聲，便以百米衝刺的速度衝上前，一把拉開鐵門。

門外是撲面而來的狂風暴雨，前方那個沒撐傘的人影已經拐進一條小巷。

余勇生來不及多想，拔腿就追。地上坑坑窪窪全是積水，但絲毫不影響他奔跑的速度。

「啊！救命！」

巷子裡隱隱約約傳來了一個女生的呼救聲。

余勇生咬咬牙，汪冬麟你這個變態，這種時候還敢傷害無辜女性嗎？

他循聲追進那條燈光昏暗的小巷裡，看見有個嬌小的身影蹲在牆腳處，瑟瑟發抖。

「你沒事吧？」余勇生看不見汪冬麟逃向何方，只好先把那個女生攙扶起來。

「剛才有個男人把我撞倒了，膝蓋好痛，嗚嗚……」女生幾乎要哭出來了，那張精緻的臉龐看上去楚楚可憐。

「別害怕，你看見他往哪裡逃跑了嗎？」

「我不知道，嗚嗚，好痛啊……」

「來，扶著我的手臂——」

讓余勇生始料未及的是，女生順勢撲入他的懷裡，緊緊摟住他。他感受到了年輕女性溫熱的身體、清幽的髮香，還有對方身上幾乎濕透的衣物。這突如其來的舉動令他有點手足無措。

余勇生下意識地想推開她，但又覺得這樣做有點過於粗魯。正在猶豫之際，胸膛處突然傳來一陣冰冷的刺痛。

「啊！」余勇生驚呼一聲，正想出力掙脫她的懷抱，沒想到她竟然手足並用，整個人貼上前，像毒蛇一樣緊緊纏繞住他的身子，鮮豔的紅唇更是用熱吻封住了他的嘴巴。

即使有路人注意到屋簷下的這對男女，也只會以為他們是在雨中纏綿。

余勇生腦海裡一片天旋地轉，雙眼發黑，他感到自己的胸口處好像破了個洞，渾身上下的力氣全部被抽空，很快連站都站不穩了。

他用盡最後的力氣，狠狠地咬住對方濕滑的舌頭。女生痛叫一聲，往後退縮，這記毒蛇之吻才告一段落。

「哎喲，小帥哥，你還真不給面子哦。」女生擦了擦嘴角上的血跡，咯咯咯地笑了起來。

余勇生努力張了張嘴，卻說不出任何話來，最終只噴出一大口鮮血，身體頹然向前撲倒。

「真的是，這種時候還想著占我便宜啊！」她笑咪咪地扶住余勇生，讓他的腦袋靠在自己胸前，又伸手揉了揉他的一頭亂髮。

眼前這番景象，就像一名善解人意的女孩在安慰自己喝醉酒的男友一樣，看上去頗為溫馨浪漫。只有余勇生真切感受到，此時此刻是一種怎樣的絕望和無能為力。

他視線朦朧，注意到女生胸前名牌上的字，Judy。

他還認出了女生衣服上印著黑與白酒吧的LOGO。

黑與白，這是余勇生這輩子所看到的最後兩種顏色。

五月三十一日，晚上九點，摩雲鎮，酒吧街。

幾輛警車停靠在某條後巷的巷口處，車頂的警燈瘋狂閃爍著，透露出一股肅殺的氣息，讓路人不自覺地繞道而行。

百公尺外，路天峰停下了車子。

「我們還是來遲了一步嗎？」路天峰狠狠地拍了一下方向盤。

童瑤卻是若有所思地說：「按道理來說，汪冬麟不該那麼頻繁出手殺人吧？他要是在這裡犯案，小石橋的案件就立即失去干擾作用了啊！」

「難道我們想錯了？」

「別擔心，也許只是碰巧遇上別的案件呢？我去看看吧。」童瑤提議道，如今路天峰的身分是逃犯，不能隨意在警方面前出現。

路天峰點點頭，心內不祥的預感越來越強烈。

他原本是個非常有耐性的人，但童瑤只離開了五分鐘，他卻覺得自己好像在車裡等了好幾個小時，每一秒都是煎熬。

而童瑤回來時臉上悲傷的表情，更讓路天峰的不安到達了頂點。

「怎麼回事？」他迫不及待地問。

童瑤沒回答，而是用雙手輕輕捂住臉，低下了頭。

「對不起，老大。」

路天峰的心臟似乎被什麼東西攥住了，因為童瑤以前從來不會用「老大」來稱呼自己，都是規規矩矩地喊他「路隊」。

「到底怎麼了？」

「是勇生出事了。」童瑤深深地吸了一口氣，「胸口中了一刀，已經救不回來了。」

路天峰呆住了，他覺得一定是自己的耳朵有問題。

余勇生為什麼會出現在摩雲鎮？又為什麼會出事？以他的身手，別說汪冬麟了，即使是遇上白天那幫凶殘的雇傭兵，應該也不會落下風，怎麼可能那麼輕易地被人刺中要害？

最令人難以接受的是，為什麼死去的人是余勇生？

路天峰艱難地開口了，他的聲音變得異常乾澀，「原本在今天死去的人，應該是汪冬麟。」

童瑤沉默不語。

「但我卻救下了汪冬麟，讓一個又一個無辜者犧牲。」

童瑤輕聲說：「暫時還不能確定勇生的死和汪冬麟……」

「別騙我，也別騙你自己。」路天峰厲聲打斷了童瑤的話，「勇生的死，一定跟汪冬麟脫不了干係。」

「但光憑一個汪冬麟，能在正面搏鬥中殺死勇生嗎？」童瑤也提高了音量，迎上路天峰的目光。

路天峰的嘴角抽搐了一下，歎道：「勇生用自己的生命，給我們傳遞了一條非常關鍵的訊息——汪冬麟的背後還有人。」

「那會是誰呢？」

「無論是誰，我們一定要把他查出來。」路天峰緊握方向盤的雙手顫抖起來，「一定要……」

「老大……」童瑤想伸手去拍一下路天峰的肩膀，但又覺得不太適合，一隻手尷尬地懸在半空中，也不知道該怎麼安慰他。

「我沒事，只是——」

這時候，突然有人敲了敲車窗玻璃。

站在雨幕之中的，是連傘都沒打的陳諾蘭。

五月三十一日，晚上九點零五分，摩雲鎮，酒吧街附近。

車內後座，渾身濕透的陳諾蘭蜷縮著身子，低著頭，一言不發。而一向對女朋友關懷備至的路天峰，竟然連一句最基本的問候都沒有。最後還是童瑤看不下去了，轉身將自己的外套遞給陳諾蘭。

「諾蘭姐，冷嗎？披上吧。」

陳諾蘭搖搖頭，並沒有接過衣服，只是呢喃著道了句謝謝。

車廂內再次沉默。

「老大，接下來……」

童瑤原本想問的是「我們去哪兒」，結果一句話沒說完，路天峰卻毫無徵兆地開口了。從他嘴裡發出的聲音是冷冰冰、硬邦邦的。

「我的訊息，你收到了嗎？」路天峰雖然眼睛盯著正前方，但這個問題明顯是拋給陳諾蘭的。

「嗯。」她低聲而清晰地回答。

「根據我們之前約定的密碼，訊息的內容是什麼？」

「回家。」

「對，你應該回家。」路天峰只是歎了一口氣。

陳諾蘭咬著嘴唇，雙手十指交叉緊扣著，肩膀微微顫抖，但她總算是忍住了，沒有哭出來。

童瑤看著這兩人，感覺壓抑極了。要是他們倆能夠不那麼克制自己的情緒，無論是痛哭流涕，還是破口大罵，又或者是透過肢體語言把內心的憤怒爆發出來，應該都會比眼前的情況要好受一些。

然而路天峰並未指責陳諾蘭，也沒有繼續追問下去，而是突然轉移話題，向童瑤說：「開車，回去接章之奇。」

「但汪冬麟可能還沒跑遠……」童瑤驚愕萬分地說。

「這一回合下來，我們損失慘重，而汪冬麟一方的底牌尚未知曉，如果冒進，很可能會全軍覆沒。」路天峰大口大口地吸著氣，竭力讓自己的情緒平靜下來，「接下來，即使再不情願，我們也只能選擇撤退，跟章之奇會合後再做打算。」

「好的，我明白了。」

「還有一件事……童瑤，你來開車。」路天峰說完這句話，眼前一黑，暈了過去。

五月三十一日，晚上九點十五分，小石橋派出所。

肖冉回到自己的辦公室，一屁股坐在椅子上，長舒一口氣。

今晚的案件已經完全移交給市刑警大隊跟進，他反而樂得清閒，不過放鬆之餘，心裡也有一點小小的不甘。

如果不是他觸覺足夠敏銳，將案發現場的蛛絲馬跡與汪冬麟串聯起來，偵查的進度能有那麼快嗎？可是自始至終，居然沒有任何人表揚一下他的專業素質，這讓他頗為不爽。

「肖大哥，你終於回來啦？」

肖冉嚇了一跳，立即坐正，定睛一看，這位敢直接推門闖進來的傢伙，原來是章之奇。

「章之奇？什麼風把你吹到這裡來了？」

「我是來替肖大哥排憂解難的。」

雖然章之奇在路天峰面前誇下海口，說肖冉是自己的哥兒們，但實際上兩人只是曾經在某起案件中合作過，並無深交。不過那一次，章之奇還算是立了功，替肖冉找到了殺人潛逃的嫌犯，因此這次他很有信心自己不會被肖冉拒絕。

「我最近好得很，並沒有什麼憂心事啊。」肖冉說這話時難免有點底氣不足。

章之奇一針見血地說：「今天晚上不是剛出了個命案嗎？」

「呵呵，你這傢伙真不愧是『獵犬』啊，聞風而動的速度也太可怕了吧？不過案件已經移交到市刑警大隊，跟我沒什麼關係了。」

「怎麼效率那麼高？一般來說，這種案件都會拖上半天才上報市裡面的吧？」

肖冉正巴不得章之奇問這個問題呢，他乾咳一聲，清了清喉嚨，才說：「因為現場情況有點詭異，看上去可能是『紀念品殺手』汪冬麟所為……」

「誰的眼光那麼毒辣？我看應該就是肖大哥你吧，哈哈！」

「別亂拍馬屁。」肖冉雖然口頭上這樣說，但臉上還是露出了笑容。

章之奇察言觀色，立即順著話題說下去：「明明是肖大哥轄區裡的案子，幹嘛要讓市局的人獨占功勞？」

肖冉瞇起眼睛打量著章之奇，有點猜不透他的用意何在。

「小弟除了擅長找人之外，也略懂一些推斷死者身分的技巧。如果肖大哥能搶在市局之前做到……」

章之奇明白，話說到這一步就夠了。

果然，肖冉的眉頭上挑，有點猶豫地說：「先別說讓你參與調查是否合規定，現在屍體和現場證據都已經送到市局裡了，你就算是有通天的本領，也無從查起。」

「肖大哥開玩笑了，我可沒有什麼本領。我只會靠這裡。」章之奇指了指自己的眼睛，「現場的圖片證據你肯定留有一份吧？」

「光看圖片，能行？」肖冉將信將疑地問。

「試試看唄，反正你只不會有任何損失，對吧？」章之奇笑道。

「不能帶走，只能在我的電腦上看。」肖冉最終還是鬆了口。

「沒問題！」

章之奇大大咧咧地坐了下來，在鍵盤上運指如飛。肖冉雖然還是有點擔心，但一想到這可能是個能讓自己吐氣揚眉的機會，也就不再糾結了。

「呀，這女生家境不錯呢。」章之奇指著螢幕說：「你看，她穿的上衣是時尚高級品牌，裙子是訂製品牌，內衣是……肖大哥，這些牌子你都不知道對吧？」

「是的。」肖冉只好老老實實地承認。

「沒關係，現在大大小小的服裝品牌都有會員制，受害者身上一共有五個不同品牌的服裝，因此我可以比對一下這五家的客戶資料庫……」章之奇一邊說著，一邊飛快地操作電腦，只見螢幕上打開了若干個不同的視窗，無數行代碼飛快占滿螢幕。

「等等，你操作的是什麼玩意兒？我的電腦上有這種軟體嗎？」肖冉其實不太懂電腦，但自己的電腦上到底安裝了什麼軟體他還是能認得出來的。

「別慌，這是我專用的資料庫提取軟體，全程雲端操作，絕對不會影響你電腦上的資料……看，有了！」章之奇興奮地大喊道：「同時在五個品牌開通會員卡的手機號碼，一共有二十九個。」

「不多嘛，逐一排查也花不了多少時間。」肖冉也難免興奮起來。

「放心，有我在嘛。」章之奇越發信心十足，「首先排除掉年紀超過三十歲的這幾個，然後你看看受害者的鞋碼，是三十八，可以將這幾個人排除了……然後可以透過衣服的尺碼繼續排除……嗯，很好，最後剩下來的人選只有兩個。」

「兩個人？」肖冉看了一眼時間，章之奇一共才花了不到十分鐘，就把原本是大海撈針的局面變成了二選一，真是名不虛傳。

「再稍等一下，這兩個人當中，有一個人名下沒有汽車，沒有考取駕照，根據案發現場的線索顯示，受害者和凶手是一起乘車抵達現場的，既然汪冬麟不可能有車，那麼車屬於受害者。綜上所述，受害者有非常大的可能性是這位——」

電腦螢幕上，顯示著一張身穿學士服的畢業照，照片上的女孩笑得非常燦爛。雖然已經是好幾年前的照片了，但從眉目間依稀可以認出，她跟今晚慘遭殺害的女生相似度極高。

「楊雅姿，二十七歲，畢業於Ｄ城大學，兩年前嫁給了一位房地產商的兒子，現在是自由工作者，偶爾做做網路直播，還註冊了兼職順風車司機。目前看起來她完全符合受害者的特徵。」

「我立即聯繫市局。」肖冉轉身衝出辦公室，然後就像想起了什麼似的，又折返回來，一臉嚴肅地說：「章之奇，你也該走了吧？」

「那當然，我的任務已經順利完成了。」章之奇微笑著站起身來，伸了個懶腰。此時他懷裡的手機，正在不停振動著。

5

汪冬麟的回憶（四）

這個世界上，是否真的有幸運女神呢？

如果有的話，我倒想問問她，為什麼在我生命中的前二十多年，要給予我那麼多虛假的幸福，而在此之後，又給予我那麼多的苦痛和磨難？

我以為江素雨是徹底改變我命運的一劑良藥，而且很幸運的是，我的殺人拋屍過程出奇順利，完全沒有人將她的失蹤與死亡跟我聯繫起來。警方似乎一直在錯誤的方向進行偵查，而我卻從未進入他們的視線範圍。

提心吊膽地過了一段日子後，我那顆懸在半空的心放下來了，我確信自己的罪行永遠不會暴露。

但倒楣的是，原來這一劑「特效藥」是有時間限制的。

三個月後，我的精神開始逐漸低落，對小棉的興趣也直線下降。我只好以胃部不適為由，暫時推搪過去，可是我很清楚，找藉口只能拖延一時半會兒，真正要解決問題，我得想辦法吃「藥」。

我是病人，不吃藥又怎麼會好起來呢？

然而「藥」可不是那麼容易找到的，我的行動需要保證自己絕對安全，不能因為急躁而犯下任何錯誤。

天時、地利、人和，缺一不可。

所以我很有耐心，一直潛伏在燈紅酒綠之中，尋找下一劑「特效藥」。

我知道，耐心總是有回報的。

同樣是一個下雨的週末，凌晨時分，我在一間酒吧的後門外遇到了宋玥。

清秀可人的宋玥是那家酒吧的駐場歌手，偶爾也會幫忙推銷一下啤酒，賺點外快，而推銷的過程中，難免會被別有用心的客人灌酒。她其實不太會喝酒，但越是這樣，客人就越是刁難她。

那一天，她喝多了，站在後門外的雨棚下，扶著牆壁吐了一地。

「你還好嗎？」我注意到四下無人，才敢上前跟她搭話。

她看了我一眼，大概覺得我沒有惡意吧，只是禮貌地笑了笑，又搖搖頭。

「來，擦擦嘴角吧。」我遞給她一塊潔白的手帕。

「謝謝。」這次她開口說話了，清脆悅耳的聲音，就像她唱歌時一樣好聽。

「剛才灌你酒的人其實是我朋友，很抱歉沒能阻止他……」我撒了個無傷大雅的謊，主動把責任攬到自己身上，因為我知道女人天生就對「道歉」這種事情缺乏免疫力。

「沒關係，又不是你的錯。」她果然上鉤了，臉上的表情緩和不少。

「要不，我送你一程？別擔心，我是D城大學的老師，絕對不是什麼壞人。」我乾脆把工作證拿出來給她看。

宋玥只是隨意瞄了一眼，擺擺手，「證件沒準是假的，但我覺得你這個人挺真誠。我們走吧！」

「嗯，你可以拍個照片，發個朋友圈之類的，更能保證自己的安全。」我很清楚女孩子的心態，要是你這樣說了，她肯定不會照做，否則就太沒面子了。

「哼，別磨磨蹭蹭了，你的車子呢？」宋玥打了個酒嗝，歪歪斜斜地邁步往前走。

「在那邊……你還能走路嗎？」

「當然……能……」宋玥嘴上逞強，身體卻不停地往我這邊靠。於是我乾脆環抱著她的腰肢，攙扶她前行。

「小心點，地上有積水。」

「我沒事啦……在酒吧混的人……怎麼可能喝不了這幾杯啤酒……哈哈……」

我沒再說話，而是警惕地打量著四周。之前試過好幾次，獵物已經乖乖上車了，卻被偶爾路過的人碰見，一旦發生這種情況，我就會安份地將她們送回家，絕不碰她們一根毫毛。

然而今天，我的運氣終於來了，沒人看到我們倆一起上車。

宋玥坐在副駕駛座上，滿臉緋紅，看她的樣子雖然迷迷糊糊，但尚未完全醉倒。

不過我自然是早有準備，遞給她一瓶礦泉水。

「喝點水清清喉嚨，會舒服一點。」

混跡酒吧的宋玥也並不傻，先是警惕地檢查了一下瓶蓋，確認沒被打開後，才擰開瓶蓋，咕嚕咕嚕地喝了一大口水。

「感覺如何？」

「嗯，好多了……」

她萬萬沒想到的是，我事前用最細小的針筒，透過瓶身往水裡注射了足量的安眠藥。

我邊開車，邊跟她有一搭沒一搭地閒聊著，一開始她還對答如流，幾分鐘後，整個人恍惚起來，說話前言不搭後語，腦袋不停左右搖晃著。

「我……有點頭暈……」她按住太陽穴，吃力地說。

「酒勁還沒過去吧？要不要再喝兩口水？」

「嗯……好……」她將水瓶舉到嘴邊，正想再喝一口時，突然手一軟，瓶子滾落，冰涼的礦泉水灑了她一身。

而她只是輕輕哼了一聲，就這樣渾身濕漉漉地昏睡過去了。

「睡吧，親愛的寶貝。」我愛憐地摸了摸她的頭髮。

一小時後，當我把沉睡的宋玥輕輕抱出浴缸時，注意到她的臉上還掛著幸福的微笑，美得讓人心碎。

我又服下了寶貴的「特效藥」，頓感身心舒暢。

有了上一次的經驗，這次我把宋玥的屍體處理得更加天衣無縫，直到一個星期後，才在報紙的角落裡看到一篇小小的新聞報導，說城西的湖裡發現了一具無名女屍。

警方依然不曾懷疑我，我就像個沒事人一樣，每天正常上班工作，下班就回家跟小棉過我們的兩人世界，商量去登記、結婚、喜宴、度蜜月等各種大小事宜。

我的生活看起來幸福美滿，波瀾不驚，而只有我自己才清楚，最大的危機正在快速迫近。因為我察覺到，宋玥帶來的「藥效」以飛快的速度在減退，短短一個月內，「藥效」就幾乎完全消失了，而之前江素雨的「藥效」可是持續了將近三個月。

這意味著我必須提高狩獵的頻率，同時也會面臨更大風險。而我最擔心的事情是，如果「藥效」持續時間越來越短，後果不堪設想，我總不可能隔三岔五就出門狩獵吧？

這病到底有沒有根治的辦法？

在百無聊賴刷朋友圈的時候，我從一個不太熟悉的學弟那裡，得知了茉莉即將嫁人的消息。那一瞬間，我突然想起一句話：解鈴還需繫鈴人，心病還需心藥醫。

我很清楚自己的病灶在什麼地方，治好它，也許需要的不是「特效藥」，而是真正的「心藥」。

於是我開始策畫一場真正的救贖行動，目標是我那個負心的前女友，茉莉。

我非常清楚，茉莉一旦遇害，我很可能成為警方調查的對象，因此這次行動要比之前兩次凶險得多，不容有失。

我按捺住動手的衝動，讓自己冷靜下來，仔細策畫行動的每一個環節。我要在適當的時間和地點，製造一場偶遇，讓茉莉毫無戒心地跟我走。最後還決定，借助小棉讓我的計畫變得更加天衣無縫。

行動的那一晚，天空飄著細雨，我知道茉莉在D城大學附近的KTV與同學敘舊聚會，而我則在那裡假裝偶遇她，並巧妙地把話題引向婚禮籌備方面。我向她重點介紹了我和小棉去拍攝婚紗照的工作室，吹得天花亂墜，她也聽得興致勃勃，主動提出要跟我回家看照片。

我假裝不樂意，她還笑起來，說我是不是怕老婆，所以不敢把前女友帶回家。這一下正合我意，我也挑釁地問她敢不敢不告訴其他人，偷偷溜出去跟前男友幽會，她果然中了激將法，一把扯著我的手就往外走。

我小心翼翼地選擇了一條沒有治安監視器的小路，將茉莉帶回家。出門前，我在家中的茶壺裡倒入了安眠藥，因為小棉每晚都有喝茶的習慣，所以當我回家時，她已經睡著了，根本不知道我多帶了一個人回來。

茉莉也同樣毫無戒心地喝下加料的茶水，沒一會兒就捧著精美的婚紗相冊，靠在沙發上昏睡過去。我將茉莉抱進浴室，卻沒有急著動手，而是先返回臥室強行叫醒了小棉，趁著她迷迷糊糊之際，和她發生了關係，並特意跟她提及了現在是晚上九點半。

纏綿過後，小棉在藥效的作用下再次陷入夢鄉，這時候我才返回浴室，將茉莉放進浴缸，把她的腦袋摁到水中——溫水湧進呼吸道的瞬間，她猛然清醒過來，拚命掙扎，但我緊緊按住了她瘋狂扭動的身子。

很快，茉莉就安靜了。

她的一雙大眼睛瞪得渾圓，那表情既有驚愕，也有恐懼。

結束了。

我疲憊地靠在牆壁上，大口大口地喘著氣。休息了片刻，我再次回到臥室，將呼呼大睡的小棉弄醒。

「好睏……別吵我……」小棉連眼睛都沒睜開，夢囈一般說著。

「親愛的，現在是晚上十點半。」

「嗯，我知道……」

「來，跟老公親熱一下吧。」

「不，不要……」小棉想拒絕，但是拗不過處於極度興奮狀態的我，最終還是乖乖就範了。

這一次，我感覺自己發揮得淋漓盡致。

也許困擾我多年的魔咒，今天才真正藥到病除。

小棉再次乏力地昏睡過去，而我並沒有掉以輕心，趕緊跑到浴室裡頭，以最快的速度繼續進行善後工作。

兩小時後，完成了拋屍工作的我氣喘吁吁地趕回家，第一時間再次弄醒了熟睡的小棉。這一晚多次被我打斷了睡眠的她，顯然已經有氣無力，但我根本不在乎這些，我只要她記得，她被我折騰了一整晚，這就是我的不在場證明。

第二天，是我徹底重生的第一天。

6

五月三十一日，晚上九點三十分，摩雲鎮，某廉租公寓內。

汪冬麟坐在硬邦邦的摺疊椅上，雙手神經質地擱在膝蓋附近，時不時地用力搓手，一副坐立不安的模樣。

耳邊傳來嘩啦啦的水流聲，有人在浴室裡洗澡。

浴室、洗澡。

一想到這兩個詞，汪冬麟就渾身發燙，心內有什麼東西在蠢蠢欲動。他只好閉上眼睛，強迫自己深呼吸。

水流聲終於停止了，一陣窸窸窣窣的布料摩擦聲過後，朱迪穿著運動T恤和牛仔褲，一邊用毛巾擦著頭髮，一邊念念有詞地走出浴室。

「總算是洗乾淨了，真麻煩。」朱迪甩了甩頭，拿起桌面上的杯子，咕嚕咕嚕地喝了一大口涼開水。

汪冬麟目不轉睛地看著她濕漉漉的頭髮和玲瓏有致的身段，不禁用力吞了吞口水。不過他也很清楚，眼前這個女人絕非善類，他惹不起。

朱迪似乎習慣了男人這種目光，笑了笑，放下杯子後毫不在意地坐在床邊，從櫃子底下拉出一個行李袋，開始收拾行裝。

「你準備帶我去哪裡？」汪冬麟忍不住開口問。

「什麼？」朱迪瞪大眼睛反問，「我要帶你去哪裡？」

「你……難道不是『組織』安排的接頭人嗎？」

「為什麼……」汪冬麟話說到一半，心念一轉，硬是把問題吞回肚子裡。

朱迪臉色一寒，沉聲道：「如果你還想活下去，就不要隨便說出『組織』這兩個字。」

他之前就已經察覺到氣氛的不尋常，這時候說錯一句話，很可能會丟了命。

見汪冬麟不再說話，朱迪倒也不理不睬，彎下腰自顧自地繼續收拾行李。

汪冬麟低垂著頭，腦袋卻飛快地瘋狂運轉著。「那個人」明明和我說好了，只要來這家酒吧，找到這個人，說出接頭暗號，她就能帶我去安全的地方，但為什麼她好像完全不知情？

難道我被「那個人」欺騙了？

但如果只是普通的騙局，何必搞那麼複雜，騙我去找一個根本不存在的人不就可以了嗎？

「如果你還想活下去，就不要隨便說出『組織』這兩個字。」朱迪的這句話，在汪冬麟的耳邊不斷地迴響著。

到底是哪裡出錯了？

「好了，我要走了，你也趕緊離開吧。」朱迪提起行李袋往肩膀上一甩，大步流星地往門外走去。

汪冬麟依然坐在原處，一動也不動，他目不轉睛地看著朱迪，留心觀察她的每一個動作細節。

這時候，朱迪懷裡的手機響起訊息提醒鈴聲，她只是低頭看了一眼，又把手機收了回去，嘴裡嘀咕了一句，「煩人的廣告。」

汪冬麟心頭一緊，他注意到，朱迪看手機時，雖然臉部表情毫無變化，但瞳孔一下子擴大了不少。他曾經為了能夠在下棋時讀出對手的心思而特意潛心鑽研過微表情觀察術，很清楚這是朱迪看到了重要訊息時的反應，絕對不可能是什麼廣告。

那句欲蓋彌彰的解釋，更證實了汪冬麟心裡的疑竇。

「那個人」安排他到這裡來，並不是為了幫助他逃脫，而是想控制他的逃跑路線。

「組織」的真正目的是要他的命。

汪冬麟頓時明白了一切，今天上午的襲擊者很可能也是「組織」派來的。殺人滅口。

因為對「組織」而言，他已經失去利用價值了。

汪冬麟抬起頭來，目光鎖定已經走到門邊，下一秒就能離開的朱迪。現在她依然猶豫不決地站在門前，大概在思考到底怎樣才能安全穩妥地幹掉自己。

「你不是要走嗎？」他主動出擊。

「我仔細想想，還是把你一起帶走更安全一些，要是你落入警方手中，我可就難辦了。」朱迪故作輕鬆地說：「來，跟上。」

「好，我們去哪兒？」汪冬麟毫不遲疑地說。

「跟我走就是了。」朱迪沒多做解釋，推門離去。

汪冬麟懵懵懂懂地緊隨其後，看上去一點戒心都沒有。

這棟廉租公寓並未安裝電梯，樓梯上的燈也是時亮時滅，閃動著詭異的光芒。朱迪在前方帶路，頭也不回地走得飛快，完全不管汪冬麟是否能夠跟上。

「嘿，能慢點嗎？」汪冬麟喘著大氣喊。

朱迪冷哼一聲，沒搭理他，反倒又加快了速度，拐進一條幽暗的小巷內。

汪冬麟只好氣喘吁吁地跑了起來。

然而他剛拐進巷子，就看到朱迪站在拐角處的牆邊，等他一出現就飛撲上前。如果沒有提前準備，大概沒有幾個男人能躲開這位美女突如其來的熱情擁抱，更無法躲開她藏在手中的鋒利匕首。

汪冬麟也沒躲開。

「咚！」朱迪清晰地感覺到，直取胸膛的匕首並未刺入汪冬麟的身體，而是插在一塊硬邦邦的東西上，震得她手腕一麻，匕首隨即脫手掉落。

朱迪反應奇快，也不管到底發生了什麼，身子立即往後一跳，避開了汪冬麟對準她下巴的一記上勾拳。

「身手很不錯嘛！」汪冬麟冷笑著，從地上撿起了匕首。

朱迪倒也不慌不忙，慢條斯理地說：「你身上居然還藏著一塊鐵板？太誇張了吧！」

「在你洗澡的時候，我閒得發慌，就提前做了點準備。」汪冬麟從衣服下方拿出一個餅乾罐的蓋子，扔到一旁，「畢竟你之前那殺人不眨眼的手段讓我挺害怕的。」

「你以為你拿著匕首，我就打不過你？」朱迪咄咄逼人地說：「汪冬麟，就憑你也想和我們作對，太天真了啊！」

「誰要跟你們作對？但你不給我活路走，我也不會讓你好過。」汪冬麟咬牙切齒地說：「想耍老子？沒那麼容易。」

「那就試試看唄。」朱迪舉起雙手，擺出了作戰架式，「我今天就讓你死得明明白白。」

「帶我去見『組織』的人，我可以考慮放你一馬。」汪冬麟冷冷地說。

「笑話！」朱迪嬌叱一聲，正準備衝上前用空手入白刃的手法奪回匕首，腳下卻絆了個踉蹌，差點摔倒在地。

她尷尬地扶著牆邊，驚訝地發現自己的身體有點不受控制，頭昏昏沉沉，四肢軟弱無力。

「怎麼……回事……」

「知己知彼，百戰不殆。」汪冬麟咧開嘴巴笑了，「你知道我是誰，就應該知道我之前是怎麼樣殺人的。」

朱迪先是愣了愣，然後臉上浮現出驚恐的表情來。

「想起來了嗎？你從浴室出來之後喝了一杯水，那裡面有安眠藥。」

「不……不可能……」

「你一定不明白，那時候我應該有求於你，為什麼會在你的水裡下藥呢？這不符合邏輯吧？」汪冬麟伸出手，托著朱迪的下巴說：「因為我這輩子都不會再相信女人了。」

朱迪倒退兩步，避開汪冬麟的手，但她再也站不穩了，背靠著牆慢慢坐了下去。

「你……逃不了的……」

「我給你最後一次機會，把關於『組織』的事情告訴我，我可以饒你一命，否則的話——你還記得其他女人是怎麼死的嗎？」

朱迪不禁打了個冷戰。

汪冬麟把匕首架在朱迪的脖子上，問：「想清楚了嗎？」

「汪冬麟……你會後悔的。」

朱迪說完，身體猛地向前一撲，用自己雪白的脖子迎上鋒利的匕首。汪冬麟連忙縮手，卻還是遲了一步，匕首割開了朱迪的喉嚨，她的頸脖上先是出現了一道暗紅的血痕，幾秒鐘後，血如泉湧，她也隨之頹然倒地。

朱迪很快就氣絕身亡，而汪冬麟呆呆看著她的屍體，覺得自己彷彿也死了一大半。

因為他終於感受到，朱迪背後的「組織」到底有多可怕，也意識到自己之前到底犯下了怎樣的錯誤。

最大的錯誤，就是他背叛了唯一一個真心實意想幫助他的人，路天峰。

五月三十一日，晚上十點，市郊，某汽車旅館。

路天峰緩緩睜開眼睛，看著陌生的房間，回想起失去知覺前最後的畫面，有點茫然。

他感到口乾舌燥，艱難地說了一句：「這是哪兒？」

「一家汽車旅館，很安全。」

路天峰沒想到會有人立即回答他的問題，更讓他驚訝的是，坐在自己床邊的人，竟然是章之奇。

「是你？」

「是我。」章之奇乾淨俐落地答道。

「她們呢？」

「在隔壁房間，你女朋友也已經平靜下來，剛剛睡著了。」

路天峰掙扎著坐直身子，揉了揉發痛的太陽穴，說：「現在情況如何？」

「你倒是先說說自己的情況吧。」章之奇拍了拍路天峰的肩膀，「怎麼突然之間就暈倒了？」

「大概是太累了……」其實路天峰一直懷疑自己喝下的神祕藥水有問題，但找不到實質性的證據。

「不要給自己太大壓力，很多時候命運並不會給我們選擇的機會，別責怪自己了。」

路天峰臉色一變，章之奇這句話是為了安慰他，沒想到卻反倒在他的心窩裡狠狠捅上了一刀。而章之奇也敏銳地捕捉到路天峰的表情變化，愕然地問：「我說錯什麼了嗎？」

「沒有，錯的是我，不是你。」路天峰長歎一聲，閉上了眼睛。

章之奇當然聽得出路天峰是有心事瞞著自己，但也很清楚，想撬開他的嘴巴就絕對不能硬來。

「我總覺得，你跟別人不一樣。」

路天峰詫異地睜開眼睛，望向章之奇：「有什麼不一樣？」

「你特別有責任感，一種超越了普通人認知的責任感。有時候我會覺得，你就是蜘蛛人。」

「蜘蛛人？」路天峰皺起眉頭，沒有聽懂這個哏的意思。

「能力越大，責任越大嘛，哈哈！」章之奇輕鬆地笑了起來，也許是受到了感染，路天峰臉上的表情也緩和了一些。

「說正事吧，小石橋的案子是怎麼回事？」

「很可能是汪冬麟做的。死者的資料我查到了，跟汪冬麟並無任何牽連，我認為是汪冬麟隨機勾搭上的姑娘而已。」

路天峰一陣胸悶難受，嘴角抽搐起來，「唉，又一個被我害死的無辜者……」

「誰知道事情會發展成這樣呢。」

「我知道。」路天峰一字一頓地說，然後又補充道：「確切地說，我知道事情本來不該發展成這樣。」

「難道你會算命？」

「不，我親眼見證過未來。今天、明天和後天，我曾經經歷過……算了，你就當我是胡說八道吧。」路天峰苦笑著搖了搖頭，他並不指望章之奇能理解這些東西，只不過是頭腦一熱就說出來了。

沒想到章之奇的臉色變得前所未有地沉重，他甚至伸出了雙手，緊緊搭上了路天峰的雙肩。

「你剛才說什麼？」

「你就當我是胡說八道……」

「不是這句，是前面一句。」

「……我親眼見證過未來。」

章之奇額頭上瞬間冒出了冷汗，「你的意思是不是指你能夠穿越時間？」

「具體情況有點複雜，但你可以這樣理解。」

章之奇的臉色越發難看，他用力地吞了吞口水，罕見地流露出緊張的神情，一副欲言又止的模樣。

路天峰的好奇心完全被勾了起來，這可是面對山崩地裂都能面不改色的「獵犬」章之奇啊，為什麼像是被這一句看似異想天開的話奪走了魂魄？

「我想跟你分享一個故事，一個悲傷的故事。」章之奇過了好一陣子才恢復常態，卻隨即說出一句莫名其妙的話來。

「謝謝你。」路天峰也給出了一句莫名其妙的回答。

然後兩個人就像相識多年的老友一樣，微微相視一笑。

7 章之奇的故事

我出生在一個普通的家庭，父親是一名刑警，母親則體弱多病，生下我之後更是長年與中藥為伴，最後乾脆放棄出門工作，當上了全職家庭主婦。

在我十歲那年，母親終於還是熬不過病魔，撒手人寰。父親為了能夠有更多時間照顧年幼的我，主動請調到清閒的文員職位上，從而放棄了他最擅長的刑警工作。

我們父子倆相依為命，在某次飯後閒聊時，他說希望我長大之後能報考警校，繼承他的衣缽。但當時的我根本不喜歡警察這個職業，父親的提議讓我反感，甚至說出了絕對不會當警察的狠話。

高一時，我從影視作品中接觸到微表情學，並為之著迷，後來便開始鑽研那些大部頭的心理學書籍，立志要當一名心理醫生。

然而在高三下學期，聯考前幾個月，我家突生變故，父親在公園散步時被身分不明的歹徒襲擊，後腦重傷，陷入昏迷狀態，成了植物人。警察調查之後抓獲了行凶者，審問後得出的結論卻是行凶者仇視社會，所以隨機襲擊路人。我雖然無法接受這個解釋，但也束手無策。

沒多久，行凶者在拘留所內莫名暴斃，父親也被醫生宣告腦死，我只好選擇放棄治療，這起案件就這樣草草結案了。

那是我這輩子第一次感覺到，一起案件的真相到底有多重要。人死不能復生，但假若案件最終能夠水落石出，對受害者的家屬而言就是最大的安慰。

我改變了志向，決心專攻犯罪心理學，希望自己能夠成為國內最頂尖的犯罪側寫師。我成功考上了D城大學的心理學系，從入學第一天開始就玩命一樣瘋狂學習，兩年之內，所有本科的基礎課程我都已經自學完畢，然後我再轉攻更高深的學術領域，甚至捧著字典去讀那些尚未有中譯本的國外最新研究成果。

當時我的目標，是要考上國內犯罪心理學第一人——「犯罪建模」理論創立人袁成仁的研究生。沒想到在我大四那年，袁老師因為身體原因申請提前退休，不再帶研究生。我在失望之餘，也留意到在公務員招聘資料中恰好有警察局的資料分析員一職，對應專業為心理學。

於是我決定踏入實戰領域，以筆試、面試均為第一的成績順利考進了警隊，從而實現了自己和父親的心願。

接下來這幾年關於日常工作的東西就不多說了，我想說的是，為什麼我最終選擇離開警隊。因為發生了一件詭異的事情，動搖了我的信念。

我有個關係很要好的表妹，是我姨媽的女兒，比我小四歲，自幼就是個聰明伶俐、能歌善舞、同時學習成績優異的標準好學生。她大學畢業後順利進入了一家本地的大企業工作，雖然起始職位並不高，但發展前景無可限量。

然而某一天，表妹突然哭著打電話給我，說她不想活了。我一聽她的聲音都變了調，心知事情不妙，一邊好言勸慰，一邊拿著電話飛奔前往她家。

「別哭啊，你哥可是警察呢，放心吧！」她一直喊我哥而不是表哥，這也讓我們之間的關係顯得特別親密。

「嗚嗚……哥，這一次……連警察也沒用……嗚嗚嗚……」

「我馬上到，你千萬別掛電話！」

「嗚嗚嗚……哥……我想去死……」電話那頭的她已經是泣不成聲。

我像個瘋子一樣一路衝刺，以最快速度趕到表妹家中，看見她的那瞬間，我整個人都呆住了。

這還是我那個活潑可愛、聰慧迷人的表妹嗎？

眼前的她，臉上兩道淚痕，眼圈又紅又腫，一張原本俏麗的臉龐更像是瘦了兩圈似的，蒼白得不見半點血色。

「哥……」她直接撲入我的懷裡，淚水打濕了我的衣襟。但數秒之後，她又猛力推開了我，驚恐地往後退縮。

「不！你別過來！」

那一刻，我恨我曾經學過的心理學知識，因為我幾乎馬上猜到了表妹應該是受到了男人的侵害。

「乖，沒事的，哥在，乖……」

「嗚嗚嗚！」她失聲大哭，怎麼勸都勸不住。

不知道過了多久，直到她哭累了，才有氣無力地垂著頭，用幾不可聞的聲音說：「哥，我被人侵犯了……但我沒有任何證據……」

我抱著她，輕輕拍打著她的後背，讓她冷靜下來，「沒事的，你能夠說出來就是很勇敢的行為，再也沒人能夠傷害你。」

「不，哥，你聽懂了嗎？我沒有證據……因為，因為那個男人，是在另外一個時空侵犯我的……」

我愣住了，下意識地打量著她的臉，以判斷她的神志是否清醒。

雖然她面無表情，卻不像是失去了邏輯思維能力，但說出來的每句話，我都聽不明白，「那個人是我的老闆……時間會在同一天內多次迴圈，因此他一次又一次地污辱我、傷害我……可是在最後一次迴圈的時候，他又會恢復衣冠楚楚的模樣，扮演一個好人的角色……我受不了這種生活了……」

「妹妹，別激動，慢慢說，一句一句說。」

「哥，你不相信我，對吧？我就知道沒人會相信我。」她沒能平靜下來，反而越來越激動，聲嘶力竭地大喊著，空洞無神的眼睛裡布滿了血絲。

「我相信你，但我真的聽不明白……」

「那傢伙是個超能力者，他將我帶到了不存在的時空內，接二連三地對我施暴，但在現實世界裡，我卻沒有受到任何傷害。」她一本正經地說著。

「所以說，如果你報警，讓法醫驗傷的話……」

「哥，在這個時空裡，我還是處女。所以我才說，我沒有任何證據。」

我沉默了，表妹的言辭是典型的被迫害妄想症，但她似乎比一般妄想症病人更清醒，言論也更奇怪。我不知道在她身上到底發生了什麼，才變成現在這個樣子。

我只知道這個問題很棘手，絕對不是三言兩語就能解決，我得勸說她去找正規的心理醫生進行治療。

「妹，要不這樣子，週末我帶你去看一下醫生……」

「不，我不需要醫生，我需要你保護我。」她緊緊抓住我的手，「哥，我要辭職，我不想再見到他了。」

「沒問題，辭職就辭職，在家休息一段時間也好。」我雖然這樣說，但心裡還是非常納悶，平日完全沒聽她說過工作上有什麼特別不順心的地方，按道理不該給她帶來那麼大的心理壓力啊。

「哥……我該怎麼辦……現在我晚上根本睡不著，還有，這種事情我沒辦法跟父母開口說……」

「還是去看一下醫生吧！可以給你開點安眠藥，幫助你入睡。」

「我不要！」她的反應非常激烈，「醫生會把我當作神經病，關進瘋人院，我絕對不去看醫生！」

我苦笑著，她說得沒錯，換了我是心理醫生，大概也會做出同樣的診斷，因為她的病情已經不適宜在家治療了。

我花了好幾個小時陪她聊天，才穩住了她的情緒，然後哄她吃下一些安神鎮定的藥物，讓她好好睡一覺，放鬆緊繃的情緒。趁著她睡覺的時機，我聯繫了幾位頗有經驗的心理醫生，向他們簡單說明了一下情況，每位心理醫生都認為表妹需要立即進行心理治療，讓我盡快安排時間帶她去醫院。

沒想到表妹一覺睡醒後，還是堅決不肯去醫院。我有點束手無策了，又擔心使用過於強硬的手段會有適得其反的效果，只好暫時放棄，準備第二天繼續勸說她。

這可能是我人生中犯下的最大錯誤。

第二天一大早，表妹的電話又來了，她的聲音格外平靜。

「哥，我又陷入了時間迴圈，這已經是我第五次經歷今天，也是我第五次打這個電話給你了。」

「是嗎？很抱歉，我並不記得……」

「哥，謝謝你。」她說完，竟然直接掛斷電話，我再回撥時，她已經關機了。

我心神不寧，立即趕往表妹家，在那裡等待我的是一具懸在半空、早已冰涼的屍體。一向愛美的她，選擇了自縊這種極其難看的死法。

書桌上，有表妹寫下的遺書，只有短短一行字：「其實死亡並不痛苦，因為我已經嘗試過了。哥，請相信我，我說的一切都是真的。」

淚水模糊了我的雙眼，也許我該相信她，因為我是她在這個世界上唯一能夠信任的人。但我又能怎麼做呢？

表妹出事後，我將自己關在房間內，思考了兩天兩夜，最終決定向單位提出辭呈。離職後，我把所有時間和精力都投入對表妹老闆的調查上。

那是一般人想像不到的艱辛，我每天跟蹤他，觀察他的一舉一動，調查他所接觸過的每個人，逐項分析他的履歷，還收買了他身邊的人，獲取關於他個人隱私的情報。為了更進一步調查，我還認真去學習各種最先進的駭客技術，在那幾年，我甚至歪打正著，在國內最大的駭客社群裡頭混成了別人眼中的「前輩高人」。

我的調查工作足足持續了三年，一千多個日日夜夜，足以發掘出一個人內心深處最為陰暗的祕密。我找出了那個男人包養的三個情婦，另外還有十四個跟他有過曖昧關係的女人；我翻出了他旗下三家公司的隱藏帳本，裡面有多年來合計逃稅上億的證據，至於內幕交易、賄賂、違反勞動法等大大小小的問題更是層出不窮。

但即使我把他的公事私事查了個底朝天，卻依然找不到能夠證明表妹指控的蛛絲馬跡。那傢伙雖然風流成性，不過從來不用暴力手段強迫女性就範，也許，是因為他根本不需要使用暴力。

我嘲笑著自己，這個世界上怎麼可能有什麼超能力、時間迴圈之類的東西？表妹所說的，只不過是她的妄想而已。

三年的時間，終於讓我接受了這個現實。雖然心有不甘，但我結束了對那個男人的調查，用匿名的身分將一切資料公之於眾，然後冷眼旁觀網路輿論那瘋狂的力量，將那個男人吞噬。

可惜他的身敗名裂也換不回我表妹的性命。

我開辦了自己的事務所，連續解決了數起錯綜複雜的事件後，在這行的名氣越來越響亮，大家都將我稱為「獵犬」，將我的搜查技巧吹捧得神乎其神，而我為了包裝自己，也坦然接受這一切讚美。

但我非常清楚，表妹之死是我這輩子都無法解開的心結。

8

五月三十一日，晚上十點三十分，城郊汽車旅館。

路天峰一直安靜地聽著章之奇的敘述，沒有打斷和提問，直到章之奇以一聲長歎結束了這個傷感的故事，他仍然不曾開口。

房間內，只剩下兩個男人的呼吸聲。

良久之後，還是章之奇首先打破沉默，「你真的能穿越時間嗎？」

「我可以替你解開心結。」路天峰緩緩地說：「你的表妹並沒有妄想症，也沒有騙你，她所說的一切應該都是真的。」

「是嗎？」章之奇輕輕地反問了一句。

「這個世界上，確實有極少數人可以感知時間迴圈，而每當時間迴圈發生時，同一天就會重複五次……」

路天峰對章之奇的理解能力很有信心，因此沒有過多的停頓，一口氣把關於時間迴圈的祕密和盤托出，包括自己之前如何通過這種感知能力破案，又是如何遇上了同樣具有感知能力的駱滕風，以及兩人之間針鋒相對的激烈較量。當然，他也把自己初次接觸時光倒流的經歷簡要地說了一遍。

章之奇聽得瞪大了眼睛，不知道該擺出怎樣的表情來面對這一切。路天峰的描述雖然匪夷所思，違反科學常識，但跟表妹當年所說的細節完全吻合，而且可以清楚解釋自己這些年來對表妹之死的所有疑惑和困擾。

最後，章之奇只能再長歎一聲，感慨道：「如果能夠早點認識你就好了。」

「所以你表妹的老闆是利用感知者的特殊能力，在那些不會留下任何痕跡的迴圈時空當中，侵害女性，以滿足他那變態的欲望。」

「但……既然不會留下任何痕跡，我表妹……又為什麼會記得被侵害的經過？」

「我不知道……我懷疑你表妹也可能在這個過程中成為了感知者，而她無法承受這種變故，獲得感知時間迴圈的能力，反倒將她推上了絕路。」

「這種奇怪的能力到底是怎麼出現的？」章之奇說話的速度越來越慢，他的心中充滿了匪夷所思的可怕答案。

路天峰停頓了一下，道：「我也想知道。」

章之奇沉默良久，最後只能再長歎一聲，感慨道：「如果能夠早點認識你就好了。」

「那樣的話，你也未必會相信我所說的話。」

「不，我會相信。其實當初在瀏覽警方資料庫時偶爾看見了你的資料，我的第一反應就是，這傢伙該不會是有超能力吧？從那時開始，我就對你的名字留下了印象，只不過沒主動去找你罷了。」

「難怪你會毫不猶豫地接下我們的委託。」路天峰恍然大悟，「除了錢之外，還有這一層的原因吧。」

「老實說，我並不太在乎錢，想認識你才是唯一的原因。」

路天峰主動伸出了右手，「很高興認識你！」

「我也是。」章之奇用力握著他的手，「對了，如果今天還會重來一次的話，希望你能夠繼續來找我。」

「但今天並不是會發生時間迴圈的日子……咦？」路天峰像是想起什麼似的，整個人愣住了。

「怎麼了？」

「讓我整理一下思路——」路天峰舉起右手，做了個暫停的手勢，然後閉上眼睛，無數思緒的火花在他的腦海裡閃過。

他很確定，今天，五月三十一日，並不會發生時間迴圈。

不過他是從六月二日「穿越」回來的。

六月二日晚上出現的那夥神祕人，不知是什麼來頭，他們手中有一種藥水，可以讓人獲得感知時光倒流的能力。

但光有感知能力顯然不夠，還需要時間真的發生倒流才行，而當時那個威脅自己的歹徒信誓旦旦地說，他們能夠啟動時間倒流。

這樣說來，如果找出那幫人，迫使他們再次啟動時間倒流呢？余勇生和今天死去的其他無辜者，是否就可以逃過一劫？

路天峰猛地睜開眼睛，目光如炬。

「想到什麼了嗎？」章之奇問。

「長話短說，我想請你幫我找一個人。」

「汪冬麟？」

「不，另外一個人，一個我也不知道他是誰的傢伙。」

章之奇先是愣了愣，然後反倒笑了，「那肯定很有意思。」

「是的，真正的關鍵人物並不是汪冬麟。」路天峰突然恢復了信心和體力，從床上一躍而起，在房間內興奮地來回踱步，「但我們還是得先找到汪冬麟，因為他是最有用的誘餌。」

「沒問題，不過現在有件更重要的事情需要你去做，那就是休息。」章之奇搭著路天峰的肩膀說，「童瑤跟我說了，你今天一整天身體狀況都不太正常。」

「那是藥水的副作用……」

「現在已經是深夜時分，汪冬麟肯定正躲在某處過夜呢，我們也需要養精蓄銳，才能迎接後續的挑戰，你總不可能連續幾天不眠不休吧？」

路天峰想起之前每次遇上時間迴圈，自己都可以完全不睡覺硬撐下來，因為每當「一天」結束，他的精力和體力似乎都會補滿。

然而他不得不承認，這次是章之奇說得對，他和大家一樣，都需要休息。

「休息對我而言，是奢侈品。」

「那就奢侈一晚吧，明天早上幾點起床？」

「我習慣了六點半起床。」

「真是個工作狂，我習慣睡到自然醒，那才是最符合人體工學的作息時間。」章之奇笑著說。

「開什麼玩笑，調個七點的鬧鐘吧。」

「沒問題。」

路天峰重新躺倒在床上，他突然覺得腦袋很沉，而身體變得輕飄飄的，看來自己的體力確實是嚴重透支了。

意識漸漸模糊，陷入夢鄉的那一瞬間，他好像聽見了敲門聲。

但他實在是太累了，累得已經沒辦法睜開眼睛去看一看。

整個世界安靜了下來。

五月三十一日，晚上十一點，D城警察局，會議室。

程拓面無表情地看著大螢幕上的三張案發現場圖片，心裡一陣陣說不出口的鬱悶。

第一張圖片是在小石橋發現的女屍，稍早時已經確認了死者身分，楊雅姿，衣食無憂的富家少奶奶；第二張圖片是余勇生，程拓之前的下屬，同時也是身上帶著警方追蹤器的「魚餌」；第三張圖片上的死者是一位叫朱迪的女調酒師，在黑與白酒吧工作，然而經初步調查發現，朱迪的所有身分文件都是假的，暫時不清楚這女人的真實來路。

這三起案件中的任一起，都足以引爆目前有關汪冬麟出逃事件的輿論，更何況是在數小時內連續死了三個人。

「關於下一步的調查方向，各位有何建議？」羅局的問話讓程拓稍稍回過神來，他看了看四周，只見會議室內的每位同僚都和自己一樣，心事重重，沉默不語。

「程拓，你來說幾句。」羅局眼見大家都不說話，只好點名。

「目前還沒有證據證明後兩起案件跟汪冬麟有關，我們是否併案調查，需要謹慎考慮。」程拓心內苦笑，是福是禍，該來的總是躲不過。

「我支持併案處理。」開口說話的是嚴晉，他曾經抓過汪冬麟一次，也躍躍欲試地想抓第二次，「最新得到的消息，黑與白的服務生證實余勇生出事前曾在酒吧內打探關於汪冬麟的消息，而當時汪冬麟恰好在酒吧裡面！服務生還說，余勇生得知汪冬麟可能剛剛離開，匆匆忙忙地從後門追了出去，幾分鐘後，他就在後巷內遇襲身亡了。」

「那個女調酒師是怎麼回事？」羅局又問。

嚴晉胸有成竹地說：「汪冬麟剛進酒吧時，曾向服務生打聽朱迪的消息，他好像就是為了尋找朱迪才來到黑與白。」

羅局眉頭緊皺，事態越來越失控了。

「程拓，你主要負責跟進小石橋的案件，讓當地派出所的肖冉配合你的工作，要知道死者身分還是靠他提供的線索才那麼快查出來的；嚴晉，你派人去摩雲鎮，深入調查酒吧街的兩起案件。你們保持聯繫，所有線索第一時間共享，我們最主要的目標還是要找出汪冬麟。」

「遵命！」程拓和嚴晉異口同聲地說。

程拓很清楚，這個命令等於是把前線指揮官的位置交給嚴晉了，但他並沒有絲毫不快，反而感到鬆了一口氣。

再看看嚴晉，雖然表情依然平靜，但眼中似乎有一道火焰在燃燒。

「二十四小時內，能找到汪冬麟嗎？」

羅局並沒有向特定的人提問，但只有嚴晉擲地有聲地回答道：「我用我的警徽保證，十二小時內將汪冬麟捉拿歸案。」

眾人一陣譁然，隨著嚴晉這句豪言壯語，會議室內的士氣似乎一下子高漲了不少。

程拓暗暗叫苦，居然連一貫穩如泰山的嚴晉也沉不住氣了，要用這種極端的方式來激勵團隊，可見當下的形勢有多麼惡劣。

「路天峰，我們可被你坑慘了啊！」

此時程拓懷裡的手機輕輕振動了一下，他低頭一看，是一條來自陌生號碼的六合彩廣告訊息，但訊息開頭含有看似亂碼的四個英文字母T、I、M、E，讓程拓頓時變得心驚膽戰起來。

因為他已經有好長一段時間沒收到來自「組織」的訊息了。

五月三十一日，晚上十一點十分，城郊公路旁，紅峰加油站休息區。

汪冬麟坐在剛剛租來的共享汽車裡，低頭翻看朱迪的行李袋。其實裡面東西並不多，但竟然有五套不同的身分——五個錢包、五張身分證，還有信用卡和手機等相關物品。原來「調酒師朱迪」只是那個女人其中一個身分，這輛共享汽車正是用朱迪另一個錢包裡的信用卡刷卡解鎖的。

汪冬麟估計一時半會兒應該還不會被警方追蹤到，但現在最關鍵的問題是，接下來他要去哪兒？朱迪手機上的訊息非常少，乾淨得不合常理，能夠看到的唯一一條訊息是「把垃圾處理掉」，聯絡人姓名是空白，連發送號碼也是由一長串數字組成的虛擬位址。汪冬麟很清楚，這意味著他已經被「組織」無情地拋棄了。

不，這不僅僅是分道揚鑣，各走各路，而是「組織」想要殺人滅口，徹底封住自己的嘴巴。

「難道我所掌握的資料，對他們而言很重要？」汪冬麟默默看著車窗外，回想著自己與「組織」打交道以來的點點滴滴，只可惜他完全想不出自己掌握了什麼關鍵資料。

如果壓根不清楚自己擁有什麼底牌和籌碼，就無法跟對方進行博弈。

汪冬麟心裡泛起一股強烈的挫敗感，就像以前在棋盤上遇到一流高手時，完全看不穿對方意圖的那種感覺。

「但底牌一定在我手中！」他自言自語地說。

汪冬麟回憶起小學時代那次參加全國大賽的經歷，其中有一盤對壘讓他印象深刻，當時他的局勢非常差，子力全面落後，處處被動挨打，眼看對方可以輕而易舉地將他一舉擊潰。但很奇怪的是，對手卻連出緩招，讓他有了喘息的機會。

那時候汪冬麟不斷反問自己，對手為什麼要這樣小心翼翼，他到底在防備什麼？是不是有哪一步關鍵招數自己看漏了？

順著這個思路，汪冬麟經過一番冥思苦想後，終於想出了最關鍵的那一步棋，並順利贏下了比賽。這也是他在那次全國大賽上的最後一盤勝利。

今天的狀況跟當年非常相似，他必須搞清楚自己對「組織」的重要性到底體現在哪裡，否則只會糊里糊塗地送命。

現在有一條顯而易見的活路擺在眼前——立即聯繫警方自首，但如果今天上午路天峰告訴他的情報無誤，這條活路最終會變成死路。

另外一條路，就是自己一個人孤身逃跑。借助朱迪那些不同身分的信用卡，他應該能夠遠走高飛，不過到底要逃到多遠才夠呢？如果朱迪的幾個身分都是「組織」替她提前安排好，那麼即使逃到天涯海角也是白搭。

第三條路是走回頭路，想辦法聯繫上路天峰，但汪冬麟並不確定他是否還願意跟自己合作。

「真難辦啊！」汪冬麟狠狠地拍了拍方向盤。

但即使是這樣，他也絕不能坐以待斃。

現在的狀況等於棋盤中最為複雜的中盤階段，犬牙交錯，牽一髮而動全身，一著不慎就可能導致滿盤皆輸。

遇到這種情況，穩打穩紮的棋手會主動追求局勢的簡單化和明朗化。但對形勢落後的棋手而言，通常會選擇兵行險著，令局勢進一步混亂。

只有製造混亂，才能誘使對方出錯，從而找到翻盤的機會。

汪冬麟靈光一現，拿起朱迪的其中一支手機，登錄了微博。

汪冬麟被拘捕後，王小棉就接管了他日常使用的微博，並且清空了之前所有了內容，只發了一條向所有人道歉的微博——「對不起」。這條微博禁止所有人評論和轉發，因此一直孤零零地掛在個人主頁上，下面的瀏覽資料卻顯示有接近五千萬的點閱量。

幸好，小棉並沒有改掉他慣用的密碼。

汪冬麟進入撰寫新微博的頁面，飛快地輸入五個字，停頓了一下後，果斷按下發布按鈕。

這五個字，將會在轉眼之間傳遍整個網路世界。

「快來抓我吧！」

發布地點定位：X25省道，紅峰加油站。

汪冬麟看著「發送成功」的提示，忍不住笑了起來。

貓鼠追逐的遊戲，現在才開始慢慢步入高潮呢。

9

五月三十一日，十一點四十分，一條無人的小巷內。

程拓戴著一頂棒球帽，帽簷遮住了半張臉，躲躲閃閃地來到牆角處。黑暗的角落裡，早就站了另外一個人。

滿頭白髮的周煥盛。

「你來了？」周煥盛的聲音平靜之中帶有一絲不容拒絕的威嚴。

「周老師，今天警局那邊的事情很多，我不好脫身……」程拓忙不迭地解釋道。

「今天可出了大亂子啊！」周煥盛歎道。

「是的，汪冬麟的逃脫讓我們很是頭痛……」

周煥盛卻擺了擺手，打斷了程拓的話，「不，真正的亂子比這嚴重得多，今天出現了罕有的時序失控現象。」

「時序失控？」程拓的反問並不是因為他聽不懂，而是因為他過於驚訝。

作為「組織」的成員，他很清楚什麼叫時序失控——

干擾時間的正常運作，這可是彌天大罪。

「在正常時間流的六月二日，背叛者們啟動了時間流退回，強行讓時間倒退到五月三十一日，即今天凌晨時分。因此我們正處於一段不合法的時間流之內，而且時序失控現象越演越烈，多處出現了時間紊亂……」

「我們該怎麼辦？」程拓並非感知者，因此直到這一刻才意識到情況有多嚴峻。

「找出關鍵變數，盡快將其去除。」

「是汪冬麟嗎？」程拓臉上露出了難色，如今有上千名警察在追捕汪冬麟，卻依然不見其蹤影，光憑他的力量也很難成事。

「關鍵變數有兩個，除了汪冬麟之外，還有路天峰。」周煥盛頓了頓，說：「兩個人都要斬草除根。」

「他們非常狡猾，我今天追查了一整天，卻連他們的影子都見不著。」程拓自嘲地苦笑著。

「你做不到的事情，還有『組織』在幕後替你撐腰。」周煥盛遞給程拓一個文件袋，拍了拍他的肩膀，「裡面有追逐汪冬麟的關鍵線索，抓緊時間去辦。」

程拓掂量了一下文件袋，沉甸甸的，裡面至少有上百頁資料，也不知道到底是什麼。

「我立即就去。」

「記住，一切都要乾淨俐落。」周煥盛做了個劈掌的手勢，「絕對不能留有後患。」

「明白。」程拓低頭應道。

因為在「組織」面前，無論是誰，都只能選擇低頭。

但並不是每個人都會心甘情願地低頭。

第四章 獵人們

1

六月一日，凌晨三點，汽車旅館。

路天峰睡得迷迷糊糊的，只聽見耳邊時不時傳來一陣劈里啪啦的聲音。

這是什麼聲音？

敲擊鍵盤的聲音。

我在什麼地方？在做什麼？

一想到這個問題，路天峰立即清醒了不少。

「別跑！」路天峰猛地從床上坐了起來。

「你沒事了？」章之奇淡淡地問了一句。

路天峰揉了揉發痠的眼睛，又用力眨了眨，只見章之奇在另外一張床上盤膝而坐，大腿上擺著筆記型電腦，應該是在連夜搜集資料。

「你不是說要睡到自然醒嗎？」路天峰調侃道。

「確實是自然醒，醒來了就工作唄。」章之奇打了個哈欠，「既然你睡夠了，要不換我睡一下？」

路天峰注意到章之奇的眼中布滿血絲，看來他應該是一分鐘都沒合眼。

「行，你去歇會兒吧……不過先說一下最新的情況怎麼樣了。」路天峰看了看時間，原來他已經睡了四個多小時。

「你睡著後不久就有一齣大戲上演了，汪冬麟的微博帳號突然更新，發布了一條挑釁警方的訊息。」

章之奇轉過螢幕，好讓路天峰看得更清楚一點。

「快來抓我吧……」路天峰邊讀邊皺眉，這種失去理智的舉動，不太像他所認識的那個汪冬麟，「這支手機立即就被警方定位追蹤了吧。」

「沒錯，但現場可是人來人往的加油站，汪冬麟也不是傻瓜，還會把手機帶在自己身上嗎？零點二十五分，警方在一輛長途客車的行李架上找到了那支手機，但沒有汪冬麟的蹤影，他只是趁著客車停靠在加油站讓乘客們去上洗手間的空檔，把手機偷偷放到車上而已。」

路天峰苦笑，「這傢伙還真是原封不動地抄襲我啊！」

「哈哈，名師出高徒！」章之奇打趣道。

汪冬麟使用的招數，跟昨天上午路天峰借助電子腳鐐定位器誤導警方的手法如出一轍，真讓人頭痛不已。

章之奇又打了個大大的哈欠，「嗯，資料都在這裡，你慢慢看，我年紀大熬不住了，先睡一會兒啊！」

路天峰點點頭，調暗了床頭的燈光，眼看章之奇似乎一倒下就睡了過去，又想起了他表妹的遭遇，不由得感慨萬千。

「還是認真研究一下吧……」路天峰低聲嘀咕著，將注意力重新放到螢幕上。

「快來抓我吧！」

微博內容截圖放大後，看著這五個黑色大字，加上一個大大的感歎號，路天峰卻突發奇想，這句話裡頭會不會隱含著什麼重要訊息呢？

汪冬麟是個冷靜得有點可怕的人，為什麼他要蓄意挑釁警方？

除非他有一個不得不這樣做的理由。

然而短短的五個字之中，還能藏著什麼資訊呢？

「不對，還有其他東西……」

汪冬麟發布的微博包含了地理訊息，這讓警方能夠更方便鎖定他的位置，從而增加了被補的風險，但他依然選擇了這樣的發布方式。

因此這個地理訊息也非常重要。

X25省道，紅峰加油站。

路天峰下意識地胡亂晃動著滑鼠，看著游標在螢幕上跑來跑去。

「逃跑就逃跑唄，為什麼非要留下地理位置？莫非他希望除了警方以外的人也能知道他在哪兒？」

但路天峰隨即否定了自己的這個想法，無論汪冬麟躲在哪裡，都不可能停留在這個加油站附近。

「莫非是……」

章之奇剛才說過的話，迴響在路天峰耳邊——名師出高徒。

汪冬麟現在所做的一切，都是對路天峰的刻意模仿。

「他還知道我的另外一種手法……」

數字索引密碼表，最簡單而有效的密碼手法。

定位資訊裡面，只有兩個數字，2和5。

對應「快來抓我吧」這句話，結果就是「來吧」。

來吧？去哪裡呢？

路天峰覺得自己離真相只有一步之遙了，到底還有什麼訊息被忽略了嗎？

「來吧，來吧……」

路天峰一邊自言自語，一邊隨手在搜尋引擎裡面輸入這兩個字。

歌曲、漫畫、電影……一大堆毫無關聯的搜索結果當中，有一個網址令路天峰眼前一亮。

「來吧烤串」，位址在華聯路，離D城大學校區只有不到一公里。

這應該算是汪冬麟最熟悉的區域了。

路天峰連忙打開網址，那是一個美食點評平台，除了位址、電話、平均消費、推薦菜式等店家資料外，還有不少顧客留言。

其中最新一條留言發布在一小時前，內容為：

好難找的地方啊！差點就迷路！

找了我大半天！

幸虧最後還是順利吃上了，東西非常讚，可以說是本地烤串店的巔峰！

P. S.：老闆說上午十一點開門，那時候顧客少，不需要排隊，推薦大家這個時間過來哦！

前三行的最後一個字連起來，就是「路天峰」，這絕對不可能是巧合。

「汪冬麟，你要跟我見面嗎？」路天峰沉吟道。

上午十一點，這就是汪冬麟指定的時間。

雖然不知道汪冬麟為什麼膽敢主動找自己，但路天峰相信，這是只有他才能解讀出來的訊息。

他猶豫了一下，放棄了回覆這條留言的念頭，強迫自己躺回床上，閉上眼睛，盡可能地放鬆身體。

現在他最需要的就是休息，徹底的休息。

因為他的身體又開始莫名地疼痛起來了。

六月一日，凌晨三點三十分，摩雲鎮酒吧街。

馬不停蹄地連續勘察了好幾個現場的嚴晉回到警車內，一屁股重重地坐了下來，又長歎一聲。

「情況如何？」後座上，一個蒼老的聲音問道。

「一團糟。」嚴晉從口袋裡掏出香菸，看了一眼，又塞了回去，「老戴，這次案情過於棘手，才需要麻煩你親自出馬。」

「嚴隊言重了，我現在已經是半個廢人，參與行動時不拖累大家就好。」原來車內的另外一人正是第四支隊的老刑警，處於半退休狀態的戴春華。他一邊揉著自己的大腿，一邊說：「這條腿每逢風雨天就隱隱作痛，真讓人不得不服老了啊！」

「老戴，這車裡就我們倆，我就直說了。」嚴晉回過頭，一臉嚴肅地看著戴春華，「當初要不是靠你的火眼金睛，我們根本就抓不住汪冬麟。」

戴春華淡淡笑了笑，說：「功勞是大家的，我只是出了一份力。」

「老戴，論查案，你永遠是我的老師。」

「行了，說案情吧。」

嚴晉點點頭，說道：「先說余勇生的案子吧，現場沒有任何搏鬥的痕跡，他被一把尖細匕首之類的銳器一下刺穿心臟，隨後大出血而死。根據傷口的角度和深度推測，凶手是在極近的距離內行刺，而且凶手的身高在一米五到一米六之間……」

「女人。」戴春華言簡意賅地說。

「為什麼這樣說？」

「佘勇生是隊內的格鬥好手，放眼整個刑警大隊也沒幾個人敢說單挑穩贏他，要是他在毫無反抗的情況下被刺中心臟，那一定是對方讓他完全放下了戒心。」戴春華輕輕歎了一口氣，「比如說，對方是個柔弱的女子，結合你剛才說的凶手身高，我覺得很有可能是一個女人下的手。」

「老戴，你真不應該退休。」嚴晉翻開檔案的某一頁，「鑒證的同事已經證實，刺殺佘勇生的凶器，就是在另外一起案件現場發現的、殺死女調酒師朱迪的那把匕首。根據目前的線索推測，朱迪很可能就是殺害佘勇生的凶手，但她卻不知何故，被同伴所殺。」

「她的同伴就是汪冬麟？」戴春華瞇著眼，看著車窗上的雨滴。

「匕首上除了朱迪的指紋，還有汪冬麟的指紋。」

「割喉，這不符合汪冬麟的『殺人哲學』啊……」

「從傷口分析的狀況看來，這一刀似乎是朱迪主動迎上去送死的。」嚴晉停頓了一下，「一個身世成謎、身分資料全是虛構、視死如歸的女人，讓你想起了什麼嗎？」

「職業殺手、雇傭兵，反正不是等閒之輩。昨天上午在鐵道新村的行動中，也發現了一具雇傭兵的屍體，對吧？」戴春華邊說邊用力地捶著自己的大腿，「你還記得我們上次順利拘捕汪冬麟之後，我說過的話嗎？」

嚴晉正色道：「當然記得，你說汪冬麟最後一次的犯案模式有不合常理的變化，案子並沒有那麼簡單。」

「這些神祕的雇傭兵讓我更加肯定自己的猜測，汪冬麟和他們之間到底有何瓜葛，將會是案情的重要突破口。」

這時候，嚴晉突然拍了拍腦門，「對了，我想起一件令人費解的事情。」

「哦？說說看！」

「就是路天峰跟童瑤說過，他之所以選擇劫囚車帶走汪冬麟，是想查明汪冬麟一案背後隱藏的真相。」

戴春華的眼中閃過一道光芒，「路天峰也覺得案件有隱情？」

「是的，奇怪的是，他又沒有參與汪冬麟案的偵查工作，為什麼能夠斬釘截鐵地說出案件背後有問題？而且昨天上午他劫囚車的行動時間點，也掐得太巧妙了，巧妙得就像……」

「未卜先知。」戴春華說出了嚴晉心中的疑惑，警隊內部也有不少人對路天峰那位深藏不露的「線人」相當好奇，甚至流傳著路天峰的真正身分其實是算命先生這樣的玩笑。

當然，他們都很清楚路天峰的情報絕對不是靠算命得來的，這才更讓人覺得可怕。

「話題別扯遠了，我們還是要專注於追捕汪冬麟。」戴春華閉上眼睛，用手指按壓著太陽穴，「你覺得他為什麼要發條莫名其妙的微博？」

「擾亂我們的視線，趁亂逃跑？」

戴春華搖搖頭，「那個加油站本來就不在我們的重點搜查範圍之內，他跑到那裡再發一條微博就有點畫蛇添足了。而我堅信，汪冬麟絕對不會做沒有意義的事情。」

「是的，我知道你一直對那兩件至今仍未發現的『紀念品』耿耿於懷。」

「所有看起來是『多餘』的東西，都是破案關鍵，消失的『紀念品』是，汪冬麟所發的微博也是。」

戴春華慢慢睜開眼睛，嘴唇翕動著，反覆默念那五個字。

「快來抓我吧……快來抓我吧……」

戴春華冷哼一聲，用幾乎只有他自己才能聽見的音量說：「讓我來滿足你的願望吧。」

2

六月一日，早上七點，D城郊外，TeeMall，露天停車場。

這座身處郊區卻二十四小時營業的大型購物中心坐落在高速公路旁，每當入夜，整棟建築物燈火輝煌，被附近的居民戲稱為「大燈塔」。

雖然現在天色剛亮，卻正好是超市部門把新鮮蔬菜和肉類更新上架的時間。熟悉門路的家庭主婦掐著時間，結伴而來。

在一輛灰色小轎車上，汪冬麟伸了個懶腰，揉了揉因為在駕駛座上趴著睡了一整晚而隱隱作痛的腰眼位置。

他半夜離開紅峰加油站後，把車子開到了最近的共享汽車租車點，又換了另外一張身分證租了輛新車，然後一口氣開到TeeMall這裡，在停車場待了一整晚。他不敢去旅館投宿，因為即使是非法的小旅館，也很可能是警方搜索排查的重點對象，反倒是睡在車裡更安全一些。

汪冬麟拍打著自己的臉頰，好讓自己更快清醒過來。他聽見自己的肚子在咕嚕咕嚕地抗議著，於是在朱迪的包裡翻出一點零錢，跳下車，跑到TeeMall門外的速食店買了一份三明治。

由於擔心被路人認出來，他不敢坐在速食店裡吃東西，買好早餐後又急匆匆地折返車內，直到重新鎖好車門，才放心地咬了一大口三明治。

然而他還沒把嘴裡的早餐嚥下去，就感到一個硬邦邦的東西頂著自己的後腦勺。

「不許動！」一個低沉而冷酷的聲音從後座傳來。

汪冬麟全身上下的血液一瞬間凝固了，他不知道來者是誰，更不明白自己到底在什麼環節犯了錯。剛才去買早餐的時候，他明明已經鎖好了車子啊。

「雙手放在方向盤上……你要敢亂動，腦袋馬上開花。」

「你是什麼人？」汪冬麟終於艱難地擠出一句話來。

「刑警大隊，程拓。汪冬麟，你被捕了。」

「警察？」汪冬麟的頭腦飛速地運轉著，整件事有太多不可思議的地方，他必須盡快找到突破口。紛繁複雜的局勢之中，一定會有最關鍵的一步棋，你能想出這一步，就贏；想不出，就要輸掉。

「咔嗒」，手槍的保險被打開了。

「等等，別開槍！」汪冬麟一個激靈，大喊起來，「我們可以談一談！」

「呵呵！」程拓冷笑一聲，「我們之間有什麼可談的？」

「你到底是什麼人？」汪冬麟突然想明白了到底有什麼不協調的地方，「我是重刑犯，警方要逮捕我怎麼可能只派你一個人過來？」

程拓倒吸了一口氣，卻沒吭聲。

「你一定是調查了我租車的證件，追蹤我使用的手機，但這些東西原本屬於另外一個女人，警方不可能知道這些資訊。」

「你倒是挺聰明的嘛。」程拓也不得不佩服汪冬麟，能夠在被槍口指著腦袋的情況下保持如此清晰的思緒。

「那幾個假身分都是『組織』提前準備的，所以只有『組織』內部的人員能夠藉此追蹤到我。」

「太聰明的人，往往不會有好下場。」程拓將槍口頂得更近了一些。

汪冬麟聳聳肩，笑著道：「程警官，你如果只是『組織』的一條走狗，那麼早就該開槍了。既然你沒有選擇開槍，那麼我們應該坐下來好好聊一下該如何合作。」

「你憑什麼跟我談合作？」

「那你知道『組織』為什麼非要除掉我不可嗎？」

程拓沒答話，他並不敢肯定地說自己知道真正的理由，畢竟「組織」下達任務時，很少把事情的來龍去脈和盤托出。

他們只追求結果，不問過程，更不願意多透露半句資訊。

汪冬麟嘿嘿一笑，接著說：「看來你在『組織』內部也不受重視啊！」

「少廢話，把你知道的東西統統說出來。別忘了，你的命還在我手上。」

「程警官，不知道你有沒有興趣和我一起合作，扳倒『組織』？」汪冬麟緩緩地轉過身去，兩人的目光第一次對上。

「就憑你？」

「我還有個夥伴，是你的老朋友，路天峰。」

「你們之間到底是什麼關係？」程拓不禁皺眉，雖然槍在他手中，但談判的主動權卻一直被汪冬麟牢牢把控著。

汪冬麟扭過頭，重新看向正前方，「程警官，我之前並不認識你，現在也談不上信任你，如果你希望加入我們的話，請努力贏取我對你的信任——最起碼，你不該用槍口對著自己的盟友。」

「我們現在並不是盟友。」程拓冷冰冰地回答道，他不能再讓汪冬麟牽著自己的鼻子走，「我建議你跟我回警局一趟，如果你拒絕，我會以拒捕為由向你開槍。」

「然後你就可以向『組織』交差了是吧？」汪冬麟誇張地搖頭歎氣起來，「那你一定會後悔的，因為你根本不知道我有多重要。」

「有話直說，不要故弄玄虛。」程拓心裡確實有點七上八下，汪冬麟有恃無恐的態度讓他感到不安。

「程警官，如果你可以有一點點耐性的話，就等到今天中午吧。」汪冬麟心知自己極有可能說服程拓，「只要你能夠掩護我跟路天峰順利見面，我保證你會得到想要的回報。」

「我想要的回報？」

「破案，升職，平步青雲，更重要的是，你還可以擺脫『組織』對你的控制。」

程拓還是沒有正面回答，但他的槍口下意識地離開了汪冬麟的腦袋。

汪冬麟鬆了一口氣，輕輕拍了拍胸口。

這關鍵的一步棋，他總算是走對了。

六月一日，早上七點三十分，汪冬麟追捕行動小組的指揮車內。

忙了一整晚的嚴晉和戴春華兩人正在趁著難得的閒置時間，閉目小寐，但一通電話打破了車廂內的安寧。

「我是嚴晉，請說。」

「嚴隊，我是總部技術分析小組的小黃，在治安監視中發現了疑似汪冬麟的人物。」

嚴晉立即精神一振，「辛苦了，麻煩把資料發給我。」

隨著科技的發展，城市治安監視錄影在追捕逃犯中起到越來越大的作用。高清拍攝和人臉識別技術被廣泛應用，加上性能越來越強大的硬體設備，讓人工智慧追蹤逃犯成為現實。D城早在三年前就啟用了能夠收集五千個城市治安監視器資料，並自動進行臉部特徵分析，以精確鎖定逃犯的「追捕者」系統，而經過三年的實戰磨練和系統擴充，目前已經有兩萬多個監視器的資料納入系統，每秒鐘可以分析超過一千張人臉的特徵資料。

正是這個不知疲倦的「追捕者」，今天凌晨時分在一家自助式租車店門外，捕捉到一名可疑人物的身影，技術分析小組透過反覆重播，並對比在紅峰加油站獲取的監視影片，確認了有人當時駕駛著一輛白色小轎車由紅峰加油站前往租車店，然後透過自助設備又租用了另外一輛灰色小轎車。那輛白色小轎車則被隨意停在路邊，鑒證人員在車內提取指紋後，確認了司機是汪冬麟。

因此汪冬麟目前應該正駕駛著那輛灰色小轎車潛逃，相關的車牌資料已經上傳到資料庫，分析小組正全力以赴在全市的停車場和路面搜索這輛汽車。

「搜索結果剛剛出來了，那輛灰色小車在城郊 TeeMall 的停車場有進場記錄，但沒有出場記錄。」嚴晉的語氣裡帶著興奮，「凌晨兩點多進去，到現在還沒出來，有可能是躲在車上睡覺了。」

戴春華倒是顯得很淡定，「我們離 TeeMall 有多遠？」

「現在路上車不多，五分鐘內能趕到。」

「嚴隊，我建議汪冬麟的行蹤暫時不要上報局裡，由我們直接去處理。」

嚴晉愣了愣，一時沒反應過來，「老戴，這可不是小事情啊。」

「為了追捕汪冬麟，我們警方幾乎是全市總動員，這種部署能夠將他逼到無路可走的地步，但缺點在於資訊共享得太即時了，行動洩密的機會大大增加。」戴春華若有所思地說：「我擔心我們隊裡有內鬼。」

嚴晉略一思索，點頭表示同意，反正汪冬麟的位置已經鎖定了，TeeMall 四周一片荒涼，不開車的話他根本跑不了。

嚴晉決定暫緩上報，改用內部通話頻道對自己的小分隊下達了指令。

「所有人立即前往 TeeMall，封鎖停車場出入口，我要找一輛灰色小轎車，車牌號碼為 DV116，重複一次，DV116。無論如何都不能讓這輛車離開停車場，明白了嗎？」

「收到！」

「明白！」

五分鐘後，嚴晉和他的下屬已經將目標車輛團團包圍。

但他們還是來晚了，車內空無一人，而且一打開車門，就傳來一股濃烈的異味，有人在車廂內灑滿了漂白劑，指紋痕跡被破壞得一乾二淨。

嚴晉環顧四周，發現這個位置剛好是監視死角，估計查錄影也查不出什麼端倪，但還是派人去找商場的保全人員，拿到監視錄影來取證。

戴春華則是拖著沉重的步子，繞著汽車轉了幾圈，眉頭緊鎖，低頭不語。

「老戴，有什麼發現？」

「我在想漂白劑的問題。」

「這是破壞犯罪現場的常用手段，有什麼不妥嗎？」嚴晉反問。

「這車我們已經基本可以確定是汪冬麟開過來的，他還有必要再用漂白劑毀滅證據嗎？再回想一下他出逃後涉及的幾起案件，現場都沒有遭到任何破壞。」

嚴晉心內一驚，沒錯，汪冬麟根本就是明目張膽地挑釁警方，灑漂白劑可不像是他的手段。

「車內還有另外一個人，正是那個人接走了汪冬麟。」嚴晉說出了自己的推理。

「而且是一個對我們警方現場勘察工作非常瞭解、行事小心謹慎的人。」

雖然戴春華沒把話挑明，但嚴晉立即就想起了這位老刑警幾分鐘前的推理。

警隊裡，真的有內鬼嗎？

嚴晉突然想起，他該向上級彙報最新情況了。

3

六月一日，上午八點，汽車旅館的房間內。

陳諾蘭做了一個很長很長的夢，在夢中，她身處風騰基因的辦公大樓內，被一群蒙面人不停地追殺，一顆又一顆的子彈擦過她的耳邊，幾乎要了她的命。

但這時候，路天峰出現了，他拿著一把銀色小手槍，卻擁有無窮無盡的子彈，一槍一個敵人，槍槍爆頭。

「諾蘭，跟我來。」

路天峰拉著她的手，溫暖而有力。

「峰，前面沒路了。」兩人跑到一座大廈的天台最邊緣處。

「有我在，就有路。」路天峰攬住她的腰肢，「閉上眼睛吧。」

陳諾蘭閉上眼睛，只聽見陣陣呼嘯的風聲，她忍不住睜開眼，原來路天峰抱著自己，正在天空中飛翔。

蒙面人卻並未放棄，有些人背後長出了翅膀，更有些人乾脆變身成烏鴉，窮追不捨。

黑色的羽毛像利劍一樣飛向陳諾蘭，但就在即將刺中她的瞬間，所有的羽毛都懸浮在半空中，停住了。

路天峰向她露出一個充滿自信的微笑。

「看，時間停止了。」

「但時間不會永遠停止啊！」陳諾蘭不無擔憂地說。

「放心吧，只要有我在，沒人能夠傷害你。」路天峰輕輕吻了吻她的額頭。

可是她總覺得不安心，於是用力握緊路天峰的手，彷彿只有這種真實的觸感，才能讓她靜下心來。

一道閃電劃過天空，天色不知道何時變得陰沉灰暗。

那些懸停在半空的黑色羽毛突然之間動了起來。

「峰！小心！」陳諾蘭大驚失色，拚命地喊道……

陳諾蘭猛地從床上跳了起來，滿頭大汗，驚魂未定。

她首先感覺到的是，有人溫柔地握住自己的手，定睛一看，原來是路天峰正坐在床邊，關切地看著她。

「做噩夢了嗎？」他輕輕替她擦去額上的汗水。

「峰……」陳諾蘭並未回答，一下撲進路天峰的懷裡。

兩人之間無需過多的言語，就這樣緊緊擁抱了好一陣子，陳諾蘭才依依不捨鬆開手，紅著臉問：

「怎麼是你在這裡？童瑤呢？」

「她和章之奇在隔壁房間，剛才警方發布了新的動態，他們倆正在跟進調查呢。」

「那你呢？」

「我現在的任務是要好好保護你。」路天峰摸了摸陳諾蘭的頭。

陳諾蘭心頭一熱，隨即想起了因自己決策失誤而死的余勇生，不禁愧疚地垂下頭，抽泣著道歉：

「峰，對不起，昨晚我……」

「那只是一場意外，不能怪你。更何況我已經想出了解決問題的方法。」

「解決問題的……方法？」陳諾蘭一時沒反應過來。

「人死不能復生，但我可以讓時間重來一次。」路天峰看著陳諾蘭的眼睛，堅定不移地說：「我要找到那群能夠操控時間倒流的人，再一次回到昨天，拯救勇生和其他在這次事件中不幸犧牲的無辜者！」

「這……可能嗎？」陳諾蘭怔住了。

「一定可以的，既然他們能讓時間倒流一次，就肯定能再來一遍，關鍵是要找到那幫傢伙！」路天峰咬咬牙。

「從一個科學家的角度看來，時間倒流絕對不是那麼輕輕鬆鬆就能做到。」陳諾蘭猶豫地斟酌著用詞，「實現時間倒流，應該要付出相應的代價。」

「代價？」路天峰回想起喝下那所謂的增強藥水之後，身體的種種不適，心裡不由得一涼。但他很好地控制住自己的表情，沒有在陳諾蘭面前流露出絲毫的擔憂或者膽怯。

「你的身體還有什麼不舒服的地方嗎？」

「沒有，睡了一覺之後精神多了。」路天峰笑著說。

「千萬不要逞強，我擔心……你說的那個藥水會有副作用。」

「沒事的，之前我經歷過無數次時間迴圈了……」

「咚咚咚——」

路天峰的話被一陣急促的敲門聲打斷，門外傳來童瑤的叫喊。

「老大，我們要立即撤了。外面有警察。」

「好。」路天峰抓住陳諾蘭的手，「跟緊我。」

六月一日，上午八點十五分，D城警察局辦公大樓，指揮中心。

一大早就接二連三地傳來負面消息，導致值班執勤人員的臉上都寫滿了疲倦和無奈。先是嚴晉帶領的小分隊回報，在城郊的 TeeMall 發現了汪冬麟的行蹤，但警方的收網行動遲了一步，未能將其抓獲；另一邊，對各家旅館進行地毯式搜索的小分隊也找到了疑似路天峰的住客，只不過同樣是與嫌犯擦肩而過。

「都打起精神來，不要垂頭喪氣。」羅局一邊用力拍手，一邊給大家打氣，「我們離目標越來越近了，之前搜查行動一度比逃犯落後了好幾個小時，但如今時間差已經縮小到一小時以內。現在是上班尖峰期，各主幹道均有不同程度的交通堵塞，我看汪冬麟是跑不遠了。」

「報告羅局，我們已經加派人手，設置路障盤查過往車輛，同時通知所有途經 TeeMall 附近的公車和計程車司機特別留意，看看有沒有疑似汪冬麟的人物出現。」一直坐鎮指揮中心的吳國慶彙報道。

「很好，路天峰那邊的情況如何？」

「一家汽車旅館的前台服務生提供線索，稱昨晚有人來開了兩間雙人房，卻只用了兩張身分證登記，我們的同事獲報趕到現場時，發現兩個房間內已經空無一人。調查證實登記入住的兩張身分證均為假證件，其中一張證件使用的名字雖然是『李大寶』，上面的照片卻是路天峰。」

羅局想了想，說：「既然那裡是汽車旅館，車子呢？」

「經過核對車牌，發現車主是這個人。」吳國慶遞給羅局一份檔案，封面是 D 城警察局統一的樣式，翻開第一頁，上面用紅色印章蓋了一個「已註銷」。

是章之奇的個人檔案。

羅局不禁皺了皺眉，「怎麼是他？昨天群賢大廈的槍戰，是不是也跟他有關聯？」

「是的，昨天槍戰發生的地點就在章之奇的事務所附近。」

「真是個麻煩的傢伙，快把他找回來好好盤問一番。」羅局重重地將檔案扔回桌子上，對於章之奇他很熟悉，並不需要透過檔案來瞭解情況。

沒料到吳國慶露出一臉尷尬的神色，說：「羅局，其實我們的同事已經找到了這輛車子，也找到了章之奇，不過……」

「問不出有用的東西嗎？」

「章之奇說，他昨晚只是帶女生去那裡開房間而已，開兩個房間純粹是為了掩人耳目。」

「笑話，他又不是名人，幹嘛要掩人耳目？」羅局又好氣又好笑地說。

「雖然明知道他在睜眼說瞎話，但我們沒有證據啊。另外，章之奇和一個女生在一起，那個人是童瑤。」

羅局一下子就想明白了，路天峰已經悄悄轉移，章之奇和童瑤是主動跳出來吸引警方注意力的。要真是路天峰和章之奇聯手設局的話，羅局還根本懶得花時間和他們倆折騰，畢竟找到汪冬麟才是重點。

「好，別浪費時間去查章之奇了，讓童瑤立即回來彙報工作！」羅局像是突然想起了什麼似的，又問：「程拓那邊的情況呢？」

「程隊分散了人手，在以小石橋為中心，方圓五公里之內的地區進行搜查，暫時還沒有發現。」

羅局的目光投向了牆上的大地圖，小石橋和 TeeMall 這兩個汪冬麟曾經出現的地點都貼上了紅旗標誌，兩面旗幟在地圖上看起來相隔並不遠。

「真奇怪啊……」羅局自言自語著，陷入了沉思。

六月一日，上午八點四十分，TeeMall，保全錄影監控室。

警方已經完全接管了這裡，調出從凌晨一點到上午八點這個時段內，停車場和商場出入口的所有監視綠影，尋找著關於汪冬麟行蹤的蛛絲馬跡。

車子進入停車場的時間很快就確定了，是在凌晨兩點四十七分，停車場入口處的監視器拍到了司機臉部的下半部分，根據特徵分析，基本鎖定當時開車的人就是汪冬麟。不過汪冬麟後來把車子停在了監視器的盲區位置，因此無法全程監控車內的情況。

汪冬麟再次出現在影片之中，是早上七點零二分，他下車前往速食店購買了一份早餐，五分鐘後折返車內，然後就徹底消失了。

「老戴，你怎麼看？」嚴晉問道。

「問題就出在這五分鐘裡面。」戴春華目不轉睛地盯著螢幕。

「你覺得有人在速食店裡面跟他接頭了嗎？」嚴晉轉頭對下屬說：「調出速食店內的監視錄影，仔細排查一遍。」

戴春華卻是輕輕搖了搖頭，「嚴隊，出去抽根菸放鬆放鬆吧。」

嚴晉有點驚訝，他知道戴春華因為健康問題早幾年就徹底戒菸了，但仍然不動聲色應了聲好，兩人一道走出監控室，來到走廊上。

「怎麼回事，說吧。」

戴春華長歎一聲，「嚴隊，這事很不簡單啊！」

「接頭人不在速食店裡頭？那麼他們就是在車上碰面了……」嚴晉也是個聰明人，自然能夠舉一反三，「可以查一下有沒有車輛在進停車場之後，故意開到監視盲區位置。」

戴春華拍了拍嚴晉的肩膀，「我已經注意到了，凌晨時分的停車場空蕩蕩的，卻有一輛黑色商務車捨近求遠，在早上五點多進場後徑直開往監視盲區，一直到七點多才離開。」

「能看見車牌嗎？」

「3R898，號碼聽起來是不是有點耳熟？」

「這是……」

「我登錄內部系統查過了，是我們警隊的行動車輛之一，在本次任務當中分配給程拓的小分隊使用。」

嚴晉的神情一下子變得嚴肅起來，他終於明白戴春華為什麼要私下跟自己說這事了。他立即就想起了昨天羅局說的那句話。

「路天峰懷疑警隊裡有內鬼。」

難道內鬼就是程拓嗎？

「嚴隊，你認為下一步我們該怎麼做？」戴春華問。

「讓我想想……有個地方不對勁，如果程拓是去接應汪冬麟，那麼他們碰面後應該趁著夜色盡快逃跑啊，為什麼會等到七點多才接上頭呢？」

戴春華連連點頭，「你說得對，所以程拓應該是去蹲點埋伏汪冬麟而已，他趁著汪冬麟離開買早餐的機會，潛入車內，然後制服了汪冬麟。」

「但他卻沒有把汪冬麟帶回局裡……」嚴晉突然想到一個很可怕的可能性，如果程拓是內鬼，那麼之前汪冬麟押送的細節可能也是經他之手洩密的。他的真正目的，沒準就是要殺死汪冬麟。

戴春華彎下腰，捶了捶自己的大腿兩側，「我覺得只有兩種可能性：第一，程拓在利用汪冬麟做誘餌，要引出藏在幕後的主謀，將其一網打盡；第二，程拓帶走汪冬麟是有不可告人的目的，他需要找一個偏僻的地方殺人滅口。」

「如果是前者，我們不可以貿然行動，打草驚蛇；但如果是後者的話，我們需要立即出手阻止他。」嚴晉陷入了左右為難的境地。

沒想到戴春華反倒笑了起來，「這事其實並沒有那麼複雜，最簡單的做法，就是盯住程拓的那輛車子。我們想要知道一輛行動車的具體位置，還不是易如反掌嗎？」

除非正在執行高度機密任務，否則警方所有的行動車輛上都會開啟GPS定位。在這次大規模搜查行動當中，程拓絕對不敢隨便關閉GPS，以免引起不必要的關注。

「老戴，我和你兩個人去處理，不要告訴別人。」

「聽你的。」戴春華笑了笑，笑聲的最後卻夾雜著無奈的歎息。

要懷疑跟自己一起出生入死的同僚，確實是件痛苦的事情。

4

六月一日，上午九點十五分，幸運茶樓，包廂。

水晶蝦餃、乾蒸燒賣、腐皮牛肉丸、蘿蔔糕、艇仔粥……琳琅滿目的廣式點心擺滿了大半張桌子，章之奇正在大快朵頤，而童瑤卻氣鼓鼓地坐在一旁，連筷子都沒動一下。

「童警官，你不餓嗎？」章之奇一邊吃一邊問，因為嘴裡塞滿了東西，聲音聽起來含糊不清。

「你喊我什麼？」童瑤冷冷地回答。

「童警官，有問題嗎？」章之奇愕然道。

「你都跟人家去開過房間了，稱呼還那麼見外啊？」童瑤沒好氣地頂了一句。

章之奇拍了拍腦門，這才明白，童瑤是為了剛才那番信口開河，用來騙警方的說辭而生悶氣呢。

他立即放下手中的筷子，吞掉嘴裡的食物，一本正經地說：「你要是為了那些話而不高興，我向你鄭重道歉，但我說那些過火的話是別有深意的。」

「還別有深意？敢情我得向你好好學習了？」童瑤譏諷道。

「學習不敢當，交流可以。」章之奇假裝沒聽出弦外之音，有板有眼地說：「你覺得那番話會傳回指揮中心嗎？」

「肯定會啊，到時候大家就……」

「你的同事和上級們會相信我所說的話嗎？」章之奇打斷了童瑤的話。

童瑤愣了愣，終於開始有點理解章之奇的意思了。

「難道你是故意這樣說的？」

「最高級的謊言，就是你明知道我在說謊，卻無可奈何。我之所以把事情說得那麼誇張、那麼假，就是要將這個明確的訊息傳遞給指揮中心——不要在我身上浪費時間，你們不會有任何收穫的。」

童瑤為之氣結，「你這潛台詞也太隱晦了，誰能聽得懂啊？」

「放心吧，這次的總指揮是誰？羅局？吳國慶？無論是誰，他們都應該很瞭解我，也能明白我的意思。」

「哼，你也太高估自己了吧？」童瑤倒是有點被說動了，心頭的氣也消了不少。而一旦氣消了，肚子就咕嚕咕嚕地抗議起來。

「來，吃個蝦餃，我再次向你正式道歉。」

「姑且原諒你吧，正事要緊。」童瑤一口吞下了蝦餃，絲毫不顧及所謂的淑女形象，「你是不是準備去替老大找那個戴豬頭面具的傢伙？」

「沒錯。」章之奇用力地點了點頭。

「可是我們手頭上什麼線索都沒有，怎麼查啊？」童瑤好奇地問，她很清楚對方並不是等閒之輩，辦事乾淨俐落，不留痕跡，更何況他們是在「未來」的六月二日作案，她覺得簡直是無從下手。

然而章之奇卻信心滿滿，微笑著說：「這事雖然難，但也難不倒我。知道我為什麼選這裡吃早餐嗎？」

「這裡能找到線索？」童瑤突然提起了精神。

章之奇還沒回答，包廂的門就被推開了，來者身穿西裝制服，笑容可掬，正是這地方的茶樓經理。

「奇哥，很久沒看見你來這裡喝早茶了啊！今天是什麼風把你吹過來？」茶樓經理以誇張的熱情跟章之奇打招呼。

「來，介紹一下，這位是阿威，這裡的經理，我的哥兒們；這位是童瑤，我的朋友，是一位刑警。」

「原來是童警官啊，我就說這位美女看上去氣度非凡，肯定不簡單。」

童瑤勉強笑了笑，她不太喜歡這種溜鬚拍馬的風格，但也不好說什麼。

「阿威，今天我來這裡，是想請你幫個忙。」章之奇搭上阿威的肩膀，單刀直入地說。

「奇哥請說，只要是我力所能及的事情，一定赴湯蹈火，在所不辭。」

「少貧嘴，我才不要你赴湯蹈火呢。問你一個問題，如果我有個朋友，準備過結婚紀念日，據說他悄悄預訂了一家餐廳，準備給妻子一個驚喜，而我很想知道他到底預訂了哪裡，這能查出來嗎？」

阿威想了想，大概是在腦海裡消化了一下問題，才說道：「如果有那個人的姓名、電話號碼和更詳細的個人資料，我可以試試看。」

「哦？說說看，你準備怎麼去查？」

「D城的餐廳雖然多，但適合作為結婚紀念日慶祝活動的一般都是西餐廳。而大部分人在選擇餐廳時，會參考網路上的意見，選擇近期口碑較好的新店，或者老字號，真正能夠進入這個範圍的餐廳並不會非常多。」

章之奇「嗯」了一聲，表示認同，隨之追問了一句：「但城裡排得上號的西餐廳，少說也有上百家吧？」

「百來家肯定是有的，但大家畢竟都是同一個圈子裡的人，相互詢問一下有沒有某位顧客在餐廳訂位，還是能問得出來，只是多花點時間而已。」

「哈，你倒是挺聰明的嘛！」章之奇讚道。

童瑤在旁邊看著章之奇和阿威的一問一答，不禁嘖嘖稱奇，想不到章之奇竟然用這種方式來進行調查，真是事半功倍，阿威這個人真是找對了。

「其實嘛，還有一種更簡單的辦法。」阿威說這話時，小心翼翼地瞄了童瑤一眼。

章之奇察言觀色，知道阿威有所顧忌，立即說：「我認識她很多年了，生死之交，你絕對可以放心。」

童瑤內心在苦笑，默默地吐槽了一句「我們好像還沒那麼熟吧」，卻依然不動聲色地點了點頭。

阿威這才繼續說：「只要動用警方的力量，查一下他的手機通話記錄，不就知道他打電話去哪裡預訂了嗎？」

章之奇和童瑤不約而同地看了對方一眼。

警方……路天峰不是一直懷疑警隊裡有內鬼嗎？

如果蒙面人和警方內鬼是一夥的話，眼前這些紛亂的線索就都有合理的解釋了。

阿威見章之奇不說話，試探道：「奇哥，要不你把你朋友的資料寫給我，我去幫你查一下？」

「不用了，我突然想出了一個更好的辦法。」章之奇再次拍打著阿威的肩膀，「但絕對不是假公濟私，濫用警方資源，你可別想歪了哦。」

「當然當然，奇哥那麼聰明，一定會有更好的主意，哪輪得到我胡說八道！」阿威心照不宣地笑了。

「先替我結帳吧，我再慢慢喝一會兒茶。」

「謝謝奇哥，我給你打個八折……不，六折！童警官，歡迎以後常來啊！」阿威不停地點頭哈腰，畢恭畢敬地退出了包廂。

包廂的門再次關上後，童瑤終於忍不住問：「這人跟你什麼關係呀？感覺熱情得有點不可思議。」

「也沒什麼，我只是救過他全家的命。」章之奇呷了一口茶，淡淡地說：「說來話長，以後有機會再聊吧，現在先來解決眼前的問題。」

警隊裡頭，是不是真的有內鬼？

童瑤突然想起自己口袋裡的手機今天特別安靜，於是掏出來一看，卻發現已經因為電量耗盡而自動關機了。

是昨晚忘記充電了嗎？童瑤無奈地將手機收了回去。

六月一日，上午九點三十分，環城觀光雙層巴士上。

這是D城旅遊業的特色路線之一，乘坐大紅色的復古式雙層巴士，線路為一個首尾銜接的環線，途經多處熱門旅遊景點和核心商圈，一共有二十四站，完整乘坐一圈需二到三個小時。乘客可以隨時下車，也可以一直坐到晚上停駛，在城中不停繞圈。

這條路線的最大特色，就是「慢」，對趕時間的上班族而言，「慢」是不可接受的，但對路天峰和陳諾蘭，這反而成了最大優點。

因為他們現在最需要做的事情，就是把時間消耗掉。

兩人相互依偎著，坐在雙層巴士上層座位的最後一排，望著窗外的風景，時不時低聲耳語幾句，看起來就是一對關係親密的情侶結伴出遊。

但他們竊竊私語的內容並非旁人想像的甜言蜜語，而是十分嚴肅認真的話題。

「能量守恆定律決定了宇宙的本質，無論是時間迴圈還是時間倒流，都絕不可能無視能量守恆定律而隨意發生。」

「我不太懂這些科學理論……」路天峰苦笑起來，一說到科學理論，陳諾蘭就會特別認真，他根本無法和她爭辯。

「簡單來說，沒有人可以不受限制地控制時間倒流，如果能這樣，人類文明的發展進程豈不是會被鎖死了嗎？這相當於輕而易舉地毀滅了整個世界啊！」

路天峰看著路邊白髮蒼蒼的老人家和老人手中的推車裡安睡的嬰兒，心想：如果陷入了無盡迴圈，老人永遠不會老，嬰兒永遠不會長大，那該是怎麼樣的一番景象？

「控制時間倒流等於毀滅世界？」

「退一萬步來說，就算真有人能操控時間，必然要付出極大的能量，才能維持整個宇宙的平衡。」

陳諾蘭憂心忡忡地看著路天峰說：「峰，你不可以一次又一次地穿越時空，改變歷史，這很可能會造成不可挽回的嚴重後果。」

路天峰攬住陳諾蘭的手臂僵硬了一下，「其實你是想勸我不要再次嘗試時間倒流嗎？」

「是的。」陳諾蘭低聲說，她知道這個答案意味著什麼。

「所以被汪冬麟殺害的那個女孩，就讓她這樣死掉了？還有勇生呢……」路天峰有點激動，幾乎控制不住自己的音量了。

陳諾蘭反倒顯得很冷靜，「峰，你知道我們從事高科技研究的人，經常會接觸到可能改變人類社會，甚至改變整個世界的項目嗎？汽車、飛機、核能、網路……很多科技會為我們的生活帶來天翻地覆的變化。在某種意義上來說，最尖端的科學家就跟神一樣，舉手投足之間可以影響上億人的命運。」

「你到底想說什麼？」

「我的導師告誡我，永遠要記住一點，我們都是人，不是神。不要因為自己的能力可以改變世界，就貿然改變世界。」

路天峰的嘴角抽搐起來，「諾蘭，你不希望我有穿越時間的超能力嗎？」

「是的，我寧願你就是一個普通人。」

「但如果我沒有這種能力——」路天峰深深吸了一口氣，才說完後半句，「你早就死了。」

「什麼？」

路天峰苦笑著，將自己和陳諾蘭初遇那天的事情和盤托出。

如果他不是能夠感知時間迴圈的人，就無法改變天馬珠寶中心劫案的進程，那麼陳諾蘭將會在那次事件之中身中流彈而亡。第一次得知此事的陳諾蘭，震驚得好半天說不出話來。她完全不知道該以怎麼樣的表情，來面對自己幾年前就該死去的消息。

「所以，你還認為我不該嘗試改變歷史嗎？」

陳諾蘭沉默良久，才幽幽歎了一口氣，「如果讓我選擇，我還是希望你只是一個普通人，即使這樣意味著我會死去。」

「為什麼？」

「因為我可以想像你的痛苦和孤獨，而我不願意讓你去承受這一切。」

路天峰怔住了，他沒想到陳諾蘭竟然會說出這樣的話來。

他輕輕握住了她的手，說：「但只要有你在，我覺得一切都是值得的。」

「峰，你還不知道繼續進行時間倒流會帶來怎樣的後果……」

這時候，雙層巴士恰好靠站上下客，不一會兒，樓梯處傳來噔噔噔的聲響，四個戴著墨鏡，身穿運動服，看上去像是外地遊客的人走上了觀光層。他們一陣東張西望後，選擇了靠後排的座位坐下。

路天峰和陳諾蘭之間的聊天暫時中斷了，因為那四個新來的乘客有兩個坐在他們前面一排的位置，還有兩個坐在他們的右手邊。雖然說這是公共交通工具，無論人家坐在哪裡都很正常，但車上明明還有不少空座位，他們卻特意選擇靠近一對情侶的地方坐下來，多少有點不合常理。

更奇怪的是，那四個人都沒摘下墨鏡。

路天峰突然從前方的乘客身上聞到了一股奇特的香料味道，是東南亞國家特有的氣息。

他立即想起之前曾經在哪裡聞過這股味道。

在如今尚未存在的六月二日晚上，他在劫匪頭目豬頭身上聞到了同一種香氣。

窗外依然陽光明媚，但路天峰的身子卻像掉入了冰窖一樣冷。

這時候，前座的一個男人緩緩轉過身來，摘下了那副大得誇張的墨鏡，露出一張平平無奇的國字臉。

「初次見面，路警官，但也可以說一句，很高興再次見到你。」

他果然就是豬頭。

「還記得我說過嗎，你低估了我們，而我一定能找到你。」男人將目光轉向陳諾蘭，微微翹起嘴角，露出不懷好意的冷笑，「陳小姐，你好。」

陳諾蘭皺皺眉，她能感覺到來者不善，卻猜不出他們到底是什麼人，乾脆保持沉默。

「是你。」路天峰只說了兩個字，握緊了陳諾蘭的手。

「是我們。」男人得意揚揚地指了指坐在路天峰右邊的兩位同伴，可以隱約看見他們的運動服下藏著槍枝，槍口正對著路天峰的方向，「順帶說一句，我們也算是熟人了，你可以叫我『阿永』，永遠的永。」

「你怎麼知道我在這裡？」

「很抱歉，現在是我負責提問，你負責回答。」阿永假笑著做了個鬼臉，「你把汪冬麟藏在哪裡了？將他交出來，我就可以放過你們倆。」

「不好意思，汪冬麟早就逃跑了，現在我也不知道他在哪兒。」路天峰冷冷地說。

「哦？是嗎？」阿永聳聳肩，滿不在乎地說：「沒關係，你去把他找回來就是。」

「你們應該挺厲害的吧，幹嗎非要指望我去幫你們找人？現在全市的警察掘地三尺都找不到汪冬麟，你叫我怎麼找？」

「辦法你自己想，我只要結果——用汪冬麟換回你的女人。」阿永一邊說，一邊拉開運動服的拉鍊，讓路天峰看清楚那把放在他衣服裡的槍，然後重新拉上拉鍊，「你需要多少時間，半天夠了嗎？」

「你們這是強人所難！」路天峰咬牙切齒地說，但光憑他一個人，怎麼可能應付這四個人、四支槍？更何況他還要顧及陳諾蘭和車上其他乘客的安全，根本就是無計可施。

「看來給你小半天的時間就夠了，下午六點之前，將汪冬麟帶到這地方。」阿永自說自話地將一張名片塞入路天峰的手中，然後向陳諾蘭嘿嘿一笑，「陳小姐，有勞你跟我們走一趟吧！」

「我可以拒絕嗎？」陳諾蘭面不改色地問。

「你沒有選擇的餘地。」阿永拍了拍衣服內的槍，「我這個人心狠手辣，殺人不眨眼，你男朋友親眼見過一次，他能證明我絕不是在吹牛。」

陳諾蘭的手心一直在冒汗，而她能感覺到路天峰的手越來越涼。

「我會救你出來的，等我。」路天峰艱難地從嘴邊擠出這句話來。

「嗯，我等你。」陳諾蘭完全不管身邊有多少歹徒在虎視眈眈，將身子湊上前，重重地吻上了路天峰的唇。

一個充滿了力量和勇氣的吻。

「我等你。」陳諾蘭又重複了一次，隨即毅然站起身來。

雙層巴士正在平穩地減速前進，前方不遠處就是一個車站。

路天峰感到自己的身體又要開始四分五裂了，腦袋嗡嗡作響，就像有蟲子鑽了進去一樣。

5

六月一日，上午十點，華聯路。

一輛黑色商務車停靠在尚未開門營業的來吧烤串門前，車窗上貼著深色貼膜，因此路過的行人無法看清楚車內的情況。

「程警官，我想上個洗手間。」汪冬麟坐在後座處，雙手被銬在車門把手上，完全沒有任何自由活動的空間。

駕駛座上的程拓頭也不回地說：「這附近沒有公共廁所，忍一下吧。」

「大哥，現在才十點鐘，我約了路天峰十一點，怎麼忍啊……」

話音未落，程拓扔了個空的礦泉水瓶子到後座上。

「自己能解決嗎？要不要我替你脫褲子？」

汪冬麟的嘴唇抽搐了一下，低聲嘀咕道：「沒關係，我還能忍。」

「那就行了……」程拓的手機突然振動起來，他低頭一看，又是那個自己不願意看見的來電號碼。

「我是程拓，請說。」

「問題解決了嗎？」手機那端，是周煥盛不帶任何感情的聲音。

「還沒有，不過快了。」因為汪冬麟在旁，程拓說話特別小心。

「汪冬麟在你手中？」

「沒這種事……」

周煥盛立即打斷了程拓的話，「程拓，你現在在華聯路對吧？」

程拓頓時警覺地坐直了身子，手下意識地摸向腰間的槍套。

「你已經錯過了向『組織』坦白的最後機會。」周煥盛冷冷道。

這時，程拓聽見側後方傳來輪胎急煞車的聲音，他反應奇快，一手拋下手機，然後鬆開手煞車，踩下油門。然而程拓車子還沒來得及離開停泊的車位，一輛白色麵包車就在正右方停了下來，恰恰堵住了程拓的去路。

程拓毫不猶豫，沒等對方做出下一步舉動，立即把方向盤向左邊打到底，踩死油門，隨著引擎的轟鳴和輪胎摩擦地面的聲音，車子猛地衝上了人行道。

幸好人行道上的行人並不多，有足夠的空間讓程拓順著人行道狂奔了一段，然後又瞄準了路邊的一個缺口，狠狠一甩方向盤，讓車子飄移著重新返回馬路上。這接二連三特技表演一般的操作，讓後座上的汪冬麟叫苦連天。

「程隊，開慢一點可以嗎？我的屁股都快要開花了。」

程拓頭也不回，只瞄了一眼後視鏡，看到那輛白色麵包車依然窮追不捨，淡淡道：「要被他們攔住，那就是你的腦袋開花了。」

「至於嘛——哎喲！」汪冬麟的腦袋撞在車窗玻璃上，因為程拓又出其不意地來了個急速右拐。身後的麵包車雖然靈活性稍差，但也勉強跟了上來，只是兩車之間的距離越拉越遠。要是程拓能夠再來幾次類似的急轉彎，也許就能甩掉追兵了。

「砰！砰！砰！砰！」

麵包車上的人竟然不顧一切地向程拓的車子開槍。

「坐穩！」程拓喝道，同時車子在他的操控下，就像蛇一樣以S形遊走。

「程隊，你的車技……真厲害。」汪冬麟彎下腰，緊緊抓住車門把手，哭笑不得。

說話間，車子突然急轉。

「這群人是瘋子嗎？」程拓眼見對方並沒有放棄的跡象，正想接通電台請求支援，耳邊卻傳來了警笛長鳴的聲音。

程拓不由得心生警惕，這支援也來得太快了，要不就是有同僚恰好在附近執勤，要不就是一場早有部署的行動。

從後視鏡裡可以看到，一輛藍色小轎車車頂放著警示燈，以極快的速度接近。那並不是日常執勤的巡邏警車，恐怕是刑警隊的便衣警察。

白色麵包車終於察覺到形勢不對，在分岔路口處突然向左拐，不再追擊程拓，但緊隨其後的藍色小轎車並沒有去追捕公然在市區開槍的逃犯，反倒直奔程拓的商務車而來。

很明顯，對方的目標也是汪冬麟。

「你怎麼那麼受歡迎啊？」程拓揶揄了汪冬麟一句。

「我也不知道。」汪冬麟好不容易才坐直了身子。

「先甩掉他們再說吧。」程拓話音未落，已經重重踩下了油門。

六月一日，上午十點零五分，大學城路段。

剛才在華聯路，嚴晉和戴春華就一直遠遠地監視著程拓。那輛白色麵包車一出現，他們立即提高了警惕，當程拓強行開車衝上人行道的同時，嚴晉當機立斷，採取行動。

「要不要呼叫增援？」戴春華一臉嚴肅地問。

「我們先看看情況吧。」嚴晉的車子緊跟著白色麵包車，並啟用了警燈。

沒跑多遠，程拓的黑色商務車就和那輛白色麵包車在岔路處分道揚鑣。嚴晉稍稍猶豫了半秒鐘，戴春華適時地提醒道：「追程拓和汪冬麟。」

於是嚴晉將方向盤往右打，並把油門踩到了最盡頭，但仍然離程拓的車子越來越遠。

「程隊開車怎麼那麼瘋？」嚴晉覺得自己的車快要失控了，有點力不從心。

「程拓大概是我們警隊裡面的第一車手，你知道他大學時參加過業餘賽車比賽嗎？」戴春華緊緊抓住安全帶，臉色蒼白地說。

「這我還真不知道……」

說話間，程拓的車子突然轉向，開進了一條小路。嚴晉反應不及，一下子衝過了頭，只好手忙腳亂地趕緊掉頭。

重新拐進小路時，程拓的車已經絕塵而去，沒了蹤影。

「該死！」嚴晉狠狠地拍了拍方向盤。

「別慌，登錄內網查查他的車子定位。」

嚴晉馬上掏出手機，熟練地登錄內部系統，然而程拓駕駛的車子已經關掉了定位，最後留下的位置資訊就是他們目前所在的地點。

「他關了GPS。」

「也就是說他故意要避開警察。」戴春華沉吟道：「嚴隊，我們要上報嗎？」

「在街頭發生槍戰那麼嚴重的事件，肯定得上報啊！」

「我是說，我們要把程拓的事情說出來嗎？」

嚴晉一時無語。他現在有點騎虎難下，如實地把程拓的事情說出來，上級大概會追究他們知情不報、擅自行動的責任，但繼續替程拓隱瞞又可能導致事態進一步失控，何況現在他完全看不透程拓到底是忠是奸，萬一汪冬麟最終在程拓的幫助下遠走高飛，這個責任他可擔不起。

戴春華像是緩過氣來，臉上恢復了血色，他慢吞吞地說：「我們還是不要把事情想得那麼複雜，簡單直接一點。」

「我倒是有個最簡單直接的辦法——給程隊打個電話。」

「我同意。」兩人對視一眼，心照不宣地點點頭。

可結果卻讓嚴晉大失所望，撥通程拓的手機後，只聽見「您所撥打的電話已關機，請稍後再撥」的提示音。

「關機了……」嚴晉的話才說到一半，手機上突然顯示出一個陌生來電號碼。

六月一日，上午十點二十分，華聯路，來吧烤串附近。

頭戴棒球帽的路天峰匆匆忙忙趕到華聯路，馬上就察覺到不對勁，因為這條平日並不算熱鬧的馬路此刻居然擠滿了人。再一打聽才知道，原來剛剛這裡發生了槍戰，警方目前正在進行取證調查，而這輩子只在影視作品裡聽說過槍戰的八卦群眾，裡三層外三層地把事發現場圍了個水泄不通。

「我看見了，那些人是瘋子，在車上拿著機關槍就往人群掃射！」一個大叔激動得唾沫四射。

「胡說八道，哪有機關槍？他們用的是狙擊槍。」另外一個大媽義正詞嚴地說。

「那不叫狙擊槍，那是機關槍！」大叔非常不服氣地大聲反駁。

路天峰暗暗覺得又好氣又好笑，這兩人明顯就是瞎說，但又都覺得自己才是對的，也許人類就是容易陷入這種自以為是的誤區。

自以為是。誤區。

這兩個詞語突然在路天峰的耳邊隱隱約約地迴響起來。他覺得自己的思緒似乎擦出了一絲若有若無的靈感火花，但當他想去捕捉這絲火花的時候，它卻一閃即逝。

有什麼地方不對勁，但暫時卻想不出來。

路天峰用力深吸一口氣，硬著頭皮走向不遠處的來吧烤串。四周都是警察，大大降低了自己與汪冬麟碰面的安全性，不過也有好處，就是圍觀群眾讓他們更容易隱藏行蹤了。

只是在這樣的狀況下，汪冬麟真的敢出現嗎？

但無論如何，他都必須找到汪冬麟，否則陳諾蘭性命堪憂。

路天峰下意識地拿出手機，打開點評平台上來吧烤串的頁面，再下拉頁面，刷新了留言區的資訊。

在汪冬麟的那條留言下面，有了最新一條回覆，更新時間是八分鐘前。

「這家我吃過，味道不太行，不如大學城二環路，華浦中心那家新開張的烤串店！P. S.：我知道肯定有人會說我是托，但我絕對不是！」

路天峰順手查了一下電子地圖，上面根本沒有叫「華浦中心」的地點。他又在搜尋引擎裡面查了一遍，才知道所謂「華浦中心」，其實是一棟興建中的高層建築，但近期因為開發商破產，已經暫停施工，正在走拍賣流程等著下家接手。

那樣的一個地方，自然不可能有什麼烤串店。

所以這應該是汪冬麟留給他的接頭訊息。

但這條訊息裡面還有另外一個讓路天峰在意的地方，就是其中夾雜著一個礙眼的錯別字——將「托」寫成了「拓」[1]。如果說是使用手機輸入法一不小心按錯鍵，「托」一般也只會誤輸入為同音常用字「拖」或者「脱」，而「拓」是一個使用頻率比較低的字，誤輸入的機率很低。

如果路天峰推理無誤，這個字是汪冬麟故意寫上去的。對他而言，看到「拓」字的第一反應，就是自己的上司程拓。

莫非汪冬麟已經被程拓控制住了？這是一個陷阱？

不過路天峰很快就否定了這個推論。如果是程拓利用汪冬麟設局，他一定會認真細緻地檢查汪冬麟發出來的每條訊息，不可能錯過那麼明顯的提示。

看來現在只剩下最後一種可能性了，不管這種可能性是多麼讓人匪夷所思，它就是真相。

汪冬麟和程拓在一起，他們聯手了。

6

六月一日，上午十點三十分，街角咖啡館。

1 編按：大陸用語「托」，意指偽裝成顧客、路人，為店家拉抬買氣的人，通常為店家所僱，即暗樁之意。此藉「拓」為「托」之近音字。

章之奇和童瑤坐在最角落的卡座位置上，兩人面前擺著一台筆記型電腦，螢幕上是一大堆不停快速滾動著的資料。

童瑤瞄了一眼螢幕，歎道：「你這玩意兒連我都看不懂。」

章之奇啜了一口咖啡，淡淡地說：「外行人看不懂很正常。」

「我又不是外行人，我是警隊內部最出色的情報分析人員之一。」童瑤氣鼓鼓地瞪大眼睛說道。

「山外有山，人外有人，我可是全國最出色的情報分析專家，沒有之一。」章之奇邊說邊指了指童瑤放在桌面上充電的手機，「我還是第一次看到做情報工作的人，賴以為生的關鍵工具會沒電。」

「這個……」童瑤一時語塞，她至今沒弄明白自己的手機是怎麼回事，已經插上插座充了好一會兒的電，但螢幕依然顯示電量為一%，無法開機。

「要不要我替你看看？」

「不用麻煩你了。」童瑤斷然拒絕，「我們還是來聊正事吧。」

「正事？那得等嚴晉出現之後才能聊啊！」章之奇雙手交叉，胸有成竹地說：「他應該差不多到了。」

「你確定嚴隊會來？」在童瑤心中，嚴晉是個一絲不苟、鐵面無私的人，很難想像章之奇光憑一通電話加上語焉不詳的幾句話就能說服他前來赴約。

「百分之九十的可能性吧，人總是有好奇心，他一定想知道為什麼我會突然聯繫他，而且我覺得他現在很可能陷入了麻煩，需要人幫他解決。」

看著章之奇那副信心滿滿、得意揚揚的樣子，童瑤忍不住冷笑一聲，「呵呵，你也太盲目自信了吧，你不知道……」

然而童瑤硬是把後半句話吞回肚子裡，因為她已經看見嚴晉推門進入咖啡館了，身後還跟著走路一瘸一拐的戴春華。

章之奇就像是跟老朋友打招呼一樣，自然地向嚴晉揮揮手。

「嚴隊，我在這兒。」

「你好。」嚴晉走上前，先是看了童瑤一眼，卻沒有顯示出絲毫的驚訝，然後才向章之奇說：「你就是『獵犬』章之奇？」

「沒錯。」

「為什麼突然打電話給我？」

章之奇微微一笑，並未立即回答，而是向童瑤抬了抬眉毛，意思是，你看，我沒猜錯吧？童瑤哭笑不得，只好挪開目光，假裝沒看到。

「嚴隊，我想跟你做個交易。」

嚴晉臉色一寒，厲聲說：「交易？你知道汪冬麟這傢伙有多危險嗎？你知道他逃脫不足二十四小時就害死了多少人嗎？如果你有情報，盡快說出來；沒有的話，就不要浪費警方寶貴的時間。」

章之奇敲了敲面前的咖啡杯，說：「我手上並沒有情報，但你如果能把警方掌握的第一手情報告訴我，也許我就能幫你們找到汪冬麟的下落。」

嚴晉懷疑自己的耳朵是不是有問題，「你這是來尋我開心嗎？警方查案的機密資料，你憑什麼問我要？」

「就憑我的能力啊！嚴隊，難道你就不想知道為什麼我會主動找你，而且選擇了一個那麼湊巧的時間點嗎？」

嚴晉和戴春華交換了一下眼色，這個問題正是他們在赴約路上一直在討論，卻百思不得其解的疑惑。

章之奇大大方方地將筆記型電腦的螢幕轉了一百八十度，好讓嚴晉和戴春華看見螢幕上顯示的資訊。

「這是我自己研發的資料分析系統。螢幕上的資料就是正在執行追捕和調查汪冬麟逃脫案的所有車輛資訊，包括登記使用人員和即時定位資訊，所有資料每隔十秒更新一次。資料太多了看不過來？沒錯，所以需要有資料智慧降噪[2]和分析功能……看兩位的表情，是完全聽不懂我在說什麼吧？沒關係，我只說結論，在今天早上所有參與追捕汪冬麟行動的車輛當中，只有兩輛車的行蹤不正常，A車先是在跟蹤和監視B車，然後B車突然加速狂奔，A車緊隨其後，兩分鐘後，B車強行斷開了GPS資訊，這意味著什麼？」

螢幕上瘋狂滾動的資料加上章之奇滔滔不絕的一大篇，唬住了嚴晉和戴春華，兩人都不知道該說些什麼才好，只好苦笑不語。

這正是章之奇所期望的反應，於是他在鍵盤上輕敲幾下，調出另外一個視窗，「要知道系統並不是孤立的，這是警方內部的緊急情況通報。十點零五分，在華聯路發生槍擊事件，事發時間與剛才兩台車突然加速追逐的時間完全吻合，很顯然，A車和B車上的人能夠提供現場的第一手資訊。再查一下用車登記表，A車的登記使用人員是嚴晉，B車的登記使用人員是程拓，然而程隊的電話我打不通，於是就只能找嚴隊你了。」

嚴晉從警多年，經驗豐富，辦案能力也很強，但一直遵從傳統的偵查工作流程，對於高科技的玩意兒，一向交給鑑證科和技術組的同事去處理，自己不管其中的技術細節，更沒見識過這種讓人眼花撩亂的智慧分析系統，甚至有點懷疑章之奇到底是不是在胡扯。至於年紀更大的戴春華，更是皺

2 編按：降噪，指降低資訊通道中的雜訊，即過濾排除錯誤或不需要的資料。

著眉頭，一臉茫然。

嚴晉不得不問童瑤：「他搞出來的這什麼系統真的靠譜嗎？」

「這系統的功能之強大已經超出我的知識範圍，但從理論上來說是行得通的。」童瑤老老實實地答道。

「所以在嚴隊手裡看似沒用的資訊，可能會成為我系統的強大資料資源，而那些你要花幾小時甚至幾天才能查出來的東西，我只要幾分鐘就能得到同樣的結果。」章之奇把電腦螢幕重新轉回面向自己，「現在選擇權在你手中，相信我的話，就把線索共享出來，否則就此別過吧。」

「老戴，你覺得如何？」嚴晉猶豫不定，只好出言詢問身邊的戴春華。

戴春華的目光有點呆滯，嚴晉又提高音量再問了一遍，他才如夢初醒，長歎一聲道：「世界變得真快，我這把老骨頭完全不中用了啊！」

雖然戴春華沒直說什麼，但不言而喻，他覺得自己比不過章之奇了。

既然如此，嚴晉決定將手頭上的資料和盤托出，畢竟人多力量大，更何況章之奇「獵犬」的稱號絕不是浪得虛名。

「好吧，事情是這樣的……」

「咚咚咚——」

一陣短暫而悅耳的音樂響起，原來是童瑤的手機終於從低電量狀態之中復活過來，可以啟動了。

但章之奇竟然搶在童瑤之前就拿起她的手機，看了一眼手機狀態列後，一貫冷靜的他突然露出如臨大敵的表情來。

「糟糕！」章之奇狠狠拍了一下自己的大腿，驚呼道。

六月一日，上午十點四十五分，華浦中心建築工地。

按照原本的設計思路，這將會是大學城區域罕有的商用辦公一體化大廈，但世事難料，開發商的破產可能導致它永無完工之日。

路天峰繞著圍牆走了一圈，發現工地的前後兩個出入口都配有警衛亭，但不知道是不是沒錢發工資的原因，警衛亭內一個看守人員都沒有。圍牆已經有了好幾處缺口，成年人可以輕易鑽進去，看來這棟爛尾樓有可能是附近流浪漢聚居的天堂。

到底是汪冬麟還是程拓選擇了這個會面地點呢？

他決定不再思前想後，彎下腰鑽進圍牆。只見牆內的地面一片泥濘，還有好幾串雜亂無章的腳印，看來今天起碼有超過十個人通過這個牆洞進進出出。

路天峰稍微花了點時間，辨認出泥地上最新鮮的兩串腳印，這些足跡的方向跟其他人不一致，並不是通往建築物本身，而是通向地下停車場，很可能屬於汪冬麟和程拓。於是他跟隨著足跡一路前行，走進停車場。

四處漆黑一片，伸手不見五指，空氣中還彌漫著長年封閉的空間內部特有的腐臭氣息，不知道是什麼小動物在這裡死掉了。

地上有一層淺淺的積水，應該是昨晚那場暴雨留下的殘餘。

正當路天峰舉棋不定，不知道該不該再往裡走的時候，前方黑暗中出現了一絲閃爍的光芒。

短，長，短，短，短。

這是摩斯密碼的特殊信號之一，代表的意思是「等待」。

路天峰迫不及待信步向前，他已經不再有什麼顧忌了，不管對方是誰，出於什麼目的約他見面，他都不擔心。

現在他唯一擔心的，就是陳諾蘭的安危。

在黑暗之中拐過一個彎角後，就再次見到了光亮。原來在停車場的深處有個正方形的天井，這裡是難得一見可以接受陽光洗禮的地方，空地上甚至長滿了茂密的青草。

汪冬麟蹲坐在一根倒塌的水泥柱子上，雙手被手銬銬住，但他的表情依然悠閒自得，看見路天峰出現，還咧開嘴巴笑了笑，算是打了個招呼。而程拓臉色陰沉，站在柱子的另外一端，冷冷地盯著路天峰。光看兩人的站位和他們臉上的神色，一時之間還分辨不出他們是敵是友。

「阿峰，你終於來了。」程拓的語氣有點冷淡。

「程隊，為什麼你會在這裡？」路天峰忍住了衝上前抽汪冬麟耳光的衝動，極力克制著情緒。

「我的任務是將你們倆帶回警局，但我想給你一個機會，解釋一下自己為什麼要劫囚車。」程拓將手放在腰間的佩槍處，「我不希望用槍口對著兄弟，不要逼我。」

「這個說來話長……」

「不，很簡單。」汪冬麟尖聲地笑了笑，強行搶過話頭，「一句話總結，我和路隊是『組織』想要對付的人，而程隊是為『組織』賣命的人。」

「什麼？」路天峰全身一震，種種往事瞬間浮現心頭。

當警局內部人人都在猜測路天峰那位「神祕線人」到底是何方神聖的時候，程拓則從來不過問這些細節，反而給予路天峰完全的信任和支持；

當各部門之間有人事調動的時候，是程拓主動建議讓新加入的黃萱萱跟隨路天峰學習，而黃萱萱最終被證實是「組織」的人；

當路天峰因為風騰基因一案的調查陷入僵局的時候，也是程拓建議他千萬不要完全依賴線人的力量，要相信自己的判斷。

這一切如果解釋為程拓早就知道路天峰的能力的話，那就順理成章了。

程拓的臉色一變，似乎是生氣，又更像是煩躁不安，大喝一聲：「閉嘴！」

「我說錯什麼了，煩請程隊指正。」汪冬麟臉上的笑容更加燦爛，路天峰終於想明白了，這才是汪冬麟的真正目的。

他要挑起路天峰和程拓之間的矛盾，然後找機會坐收漁翁之利。

程拓深深吸了一口氣，說：「最初我只是對阿峰的線人心存顧慮，這時候有……自稱是『組織』的人找上門來，想跟我談一場交易。那時候我覺得有點搞笑，我是光明磊落的警察，他們是莫名其妙的非法組織，憑什麼跟我交易？但他們卻說，不會讓我做任何違法的事，然而會告訴我阿峰那個線人的來歷，我覺得這應該沒什麼問題，於是就答應了。」

「答應了，就沒辦法退出了，對吧？」看來汪冬麟也經歷過類似的事情。

程拓頓了頓，「沒錯，我一介凡夫俗子，確實沒辦法跟『組織』對抗，而且他們倒也說話算話，並沒有讓我做什麼過分的事，只是要求我將阿峰經手的案件情況透露給他們。」

路天峰苦笑，「他們為什麼要大費周章、煞費苦心地監視我？」

「我不知道，他們並不信任我，只是時不時會告訴我一些『祕密』，讓我知道『組織』的力量有多強大，從而對我施加無形的壓力。」程拓搖搖頭，歎道：「誰能想到這個世界還真的有超能力存在呢？」

這時候路天峰注意到在一旁傾聽的汪冬麟神情變得迷茫而驚訝，彷彿聽見了什麼他原本不知道的東西。

「等等。」路天峰制止了程拓繼續說下去，轉而對汪冬麟說：「汪冬麟，你先說出你所知道的關於『組織』的所有資訊。」

「為什麼要我先說？」汪冬麟收起了那副嘻皮笑臉。

「因為我們是警察，而你是嫌疑犯。」路天峰毫不客氣地說。

我們。這個詞讓程拓的眼前一亮。

因為路天峰不動聲色地表明了自己的立場。

7

汪冬麟的回憶（五）

茉莉的屍體在三天之後被人發現，沒多久，警察就上門拜訪了，畢竟那一晚的同學聚會是她最後一次出現在眾人面前，而我是她的前男友，當晚又去過同一家KTV，自然是難逃警方的一場訊問。

但我確信自己表現得相當自然，我甚至主動向警方承認了，那天晚上在KTV裡面曾經碰上茉莉，我們還聊了好幾分鐘，之後我返回家中，至於她接下來去了哪裡我就完全不知道了。

「當晚你們聊了些什麼話題？」負責訊問的警察用懷疑的目光盯著我。

我面不改色地回答：「都是閒聊，東拉西扯的，不太記得了。」

「你感覺當時談話的氣氛如何？」

「尷尬，但還是盡量保持禮貌。我們之前曾經在一起，分手時也有點不愉快，所以嘛，你懂的。」

我攤開雙手，表示無奈。

「你恨她嗎？」這警察毫無技巧，簡單粗暴地直奔主題。

「事情都過去那麼多年了，早就沒有任何感覺啦！」

這些年來我完全沒有聯絡過茉莉，也從不在朋友面前提及她的名字，這個世界上根本沒有人知道我對她的真實想法。

警察在記錄本上快速地寫下一些東西，又問：「那麼當晚你離開KTV之後就直接回家了嗎？」

「是的，這一點我的女朋友……未婚妻王小棉可以作證，我是晚上九點半到家的。」

「然後呢？」

「然後？」我假裝聽不懂，反問了一句，「然後我一直待在家裡，沒再出去過了。」

我很清楚，他會再向小棉確認我證詞的真實性。而小棉雖然會害羞，但為了徹底洗脫我的嫌疑，她也一定會將當晚我們發生關係的細節和盤托出。

身為我的未婚妻，小棉的證詞雖然可信度存疑，不過要應付警方這種撒網式的排查應該還是綽綽有餘。

只要不出現新的證據，只要屍體上沒有屬於我的痕跡，我是不會被警方重點調查的，因為我在應對盤問的時候，表現得非常棒。

對整個社會而言，幸運的是像我這樣心態強大的犯罪者只是鳳毛麟角，大部分人都會在警方的心理攻勢之下土崩瓦解，選擇坦白。

不過在我接受警方訊問的第二天，我的郵箱內突然收到一封陌生人發來的電子郵件。

「跟前女友的相聚，很愉快吧？」

我立即刪除了郵件，並清空了垃圾桶，但我的手卻一直在冒汗。

發送郵件的人是誰？

五分鐘後，我收到了同一個寄件者發來的第二封電子郵件，裡面也是只有一句話。

「殺死前女友的感覺，很好吧？」

這次，我連刪除郵件的勇氣都失去了。我呆呆地坐在電腦前，等待著第三封電子郵件的到來。

我很清楚，對方一定還會聯繫我。

又過了五分鐘，這一次，電子郵件內是一張圖片附件，上面清晰地標注了我棄屍的地點。這個位置跟最後發現屍體的位置之間有好一段距離，因此這是連警方調查人員都還不知道的絕密資訊。

然而我的一切祕密，盡在對方的掌握之中。

我的手指不受控制地顫抖著，我一遍又一遍地對自己說，絕對不能回覆這些電郵，這很可能是警方用來引誘我露出馬腳的陷阱。

但如果他們已經能夠確認我的棄屍地點，幹嘛不直接逮捕我，而在這裡裝神弄鬼？

我稍稍冷靜下來，想明白了，發送郵件的人一定不是警方。

那麼他會是誰呢？

第四封郵件告訴了我一個答案。

「汪冬麟先生，現在你面前有兩條路可選：第一，無視這些郵件，那麼我們會將所有證據以匿名信的形式寄給警方，然後你的罪行將公諸於眾；第二，選擇和我們合作，替我們解決一個小小的問題，具體內容參見附件。我們會給你預留一個星期的時間做出決定，一週之後，如果我們發現需要你幫忙解決的問題尚未解決，那麼我們將立即與警方聯繫。」

附件是一個壓縮檔，檔案比較大，我懷著忐忑不安的心情等待附件下載完成。打開一看，竟然是一位女生的詳細個人資料，包括個人簡歷、家庭資料、學歷證明，甚至還有一大堆她的生活照和個人部落格文章。

她就是那個需要解決的「問題」嗎？

我注意到附件內還有一個文字檔，裡面簡單寫著幾句話：「這位女生應該屬於你喜歡的類型吧？解決她，並將她隨身攜帶的粉紅色鑰匙釦交給我們，以證明你完成了任務。鑰匙釦請於一週之內，放到D城大學游泳館一三九號儲物櫃裡，將儲物櫃的鑰匙帶走，我們自然有辦法收貨。祝你好運。」

我倒吸一口涼氣，對方真的要逼著我去殺人嗎？

我又認真看了看女生的資料，她叫林嘉芮，二十七歲，一流大學碩士畢業，目前在本地一家生物醫學研究所內從事藥物研發工作，看上去並不像是會跟別人結下深仇大恨的職業，是誰費盡心思非要將她置於死地呢？

又等了十來分鐘，還是沒有新郵件發過來，看來對方不會再有進一步的指示了。於是我站起身來，在書房內焦急地來回踱步。一個星期的時限實在是太緊張了，我根本來不及好好策畫行動方案，更何況這個週末小棉應該不會回娘家，我不能像之前幾次那樣，將目標帶回家再下手。

越是細想，就越是焦慮，我甚至覺得警察下一秒就要敲響我家的大門了。

「砰砰砰——」這時候，門外還真的響起了敲門聲，然後是小棉的聲音，「親愛的，你要吃點水果嗎？」

「不了，謝謝！」我趕緊關掉顯示器，生怕小棉走進來看到我的螢幕畫面。

「哦，你在忙嗎？」

「是的，有點事情。」

「那不打擾你了。」幸好她是個懂分寸的女人。

小棉的腳步聲消失後，我才長舒一口氣，後背已經被汗水濕透了。為了保住眼前的幸福生活，我別無選擇，必須殺死與我毫無瓜葛的林嘉芮。

我花了兩天時間，認真整理、研究了關於林嘉芮的一切資料，讓自己對她的生活習慣瞭若指掌，知道她喜歡什麼顏色，什麼食物，愛穿什麼樣的衣服，愛去哪裡玩，對什麼話題感興趣……根據這些資料，我制定了一個雖然不太完美、但成功率應該還算高的計畫。

我決定利用週六下午她出門逛街購物的時間，安排一場偶遇，再用投其所好的話題來吸引她的注意力，然後想辦法約她共進晚餐。當然，我也考慮了勾搭不成功的可能性，如果出現那種狀況，我準備尾隨她，找機會強行襲擊，為此我還購買了防狼電擊器和警用電棍。

不過事情的進展比我想像中的還要順利，也許我天生就對女人有某種特殊的吸引力吧。當我在充滿小資情調的書店跟林嘉芮「一不小心」撞了個滿懷，她替我撿起掉落的書本，卻驚訝地發現那是她最喜歡的作家推出的新書時，眼中的光芒讓我確定，這一次行動十拿九穩了。

長期處於戀愛空窗期的林嘉芮，對我的甜言蜜語並沒有什麼抵抗力，初遇後兩小時，她就答應了我一起吃晚飯的要求。當她紅著臉，羞答答地坐上我車子的副駕駛座時，一定沒料到這輛車的最終目的地，是要送她去見死神。

我一改以往的小心謹慎，選擇了更加冒險的方案，在車子經過一段僻靜無人的道路時，我聲稱發動機故障燈亮了，要停車檢查，林嘉芮也傻乎乎地跟著我下車查看。我乘她不備，將防狼電擊器啟動到最大一檔，撞向她的腰間。

「嗚——」她的身子在一番劇烈抽搐後，軟綿綿地虛脫力癱，而我為了確保萬無一失，把電擊器放到她的脖子上，再次啟動。

林嘉芮怪叫一聲，徹底失去了知覺，我把她抱到後座上，然後迅速駛往我一早就用假名預訂好房間的酒店。那家酒店可以從地下車庫直通客房樓層，而且近期在做監視系統的升級改造工程，不少監視器暫停運作了，正是理想的犯案地點。

我攙扶著昏迷不醒的林嘉芮，費了好大的勁才將她帶到房間內。坐電梯的時候，還遇上了一對情侶，他們用奇怪的目光打量著我，而我沉住氣，抱歉地笑著說：「不好意思，我老婆大白天就喝醉了。」

大概是因為我表現得太過鎮定，那對情侶竟然相信了我的胡扯，沒有對我起疑心，這讓我更篤定，幸運女神今天又站在了我這邊。

將林嘉芮帶進房間，剛放到床上，她突然驚醒過來，但已經太遲了，在這個隔音極佳的房間裡，我無論對她做什麼，都不會有人知道。

她又哭又鬧，拚命掙扎，但最終還是敵不過我的力氣，被我死死摁在床上，打了幾個耳光之後，就乖乖認輸了。

「我答應你的要求，但你不能傷害我……」她戰戰兢兢地說。

「任何要求嗎？」我故意逗她。

「是……是的……」

「放心吧，我不會傷害你，你只要乖乖進浴室裡面洗個澡。」我咬著她的耳朵說。

這應該是她這輩子洗得最乾淨、最徹底的一次。

可是我失去了這一段時間內的記憶。

半小時後，我從恍惚之中回過神來，看著沉睡在浴缸底部瞪圓雙眼的林嘉芮，身體莫名其妙地興奮起來。沒想到這次被迫的殺人行動，竟然給我帶來了比之前更強烈的滿足感。

按照原來的計畫，殺人後我會返回家中，等到半夜四下無人之時，再回到酒店房間，偷偷將屍體通過地下車庫帶走。可是當晚不知道是不是我太過緊張，身體出了很多汗，回家的路上一吹空調，竟然有了感冒的跡象。我昏昏沉沉地回到家中，接過小棉遞給我的感冒藥和溫水，一口氣吞下藥片後，直接睡了過去，直到第二天中午時分才醒過來。

醒來之後，我發現感冒症狀基本沒了，然而倒楣的是，我沒辦法趕回酒店處理善後工作了。我趕緊摸了摸口袋，幸虧還記得把神祕電郵裡要求的鑰匙釦帶在身上。我估計最遲下午二到三點，酒店服務生就會發現屍體，到時候這個鑰匙釦可能會成為關鍵證物，於是我立即跑到游泳館，將鑰匙釦按照要求鎖進了一三九號儲物櫃，並把儲物櫃的鑰匙帶走，扔進了垃圾桶。

我已經完成了一切工作，剩下的就只能聽天由命了。

接下來的事情，警方都知道了，酒店的監視系統雖然正在更新維護，但畢竟還是有一些能夠正常工作的監視器。兩天後，你們抓住了我，將我送上了法庭，只不過誰也沒料到是精神鑒定的結果救了我一命。

不過話說回來，我寧願被槍斃，也不想在精神病院裡面終生當個瘋子。

8

六月一日，上午十一點十五分，華浦中心建築工地，地下停車場。

汪冬麟長歎一聲，終於講完了自己的故事，他一反常態地低下了頭。在講述過程中，他時而語氣淡定彷彿事不關己，時而又從眼中露出極度的瘋狂和喜悅，看得路天峰膽戰心驚。

每當汪冬麟顯露出那張惡魔的臉龐時，路天峰都要努力克制住上前給他一拳的衝動。

「說完了？」路天峰調整一下呼吸，盡量平靜地問。

「哦，剛才說漏一件事，我殺人後的第二天晚上，就收到了最後一封電子郵件，裡面只有七個字：代表組織感謝你。」

「然後你就順手刪掉郵件了嗎？」

「是的。」汪冬麟點點頭。

「不對，你還有所隱瞞。」一直默不作聲的程拓突然冷冷地插話，「汪冬麟，你剛才向我提議，希望能夠聯手對抗『組織』，但我聽完你的故事後，卻不知道你憑什麼那樣說，你甚至連『組織』到底是幹嘛的都不清楚！」

汪冬麟乾笑了一聲，聳聳肩，沒答話。

「如果你純粹是為了拖延時間的話……」

「程隊，我猜汪冬麟只是不想輕易揭開自己的底牌罷了。」路天峰向前踏出一步，他已經開始有點瞭解汪冬麟這個人的風格了。

汪冬麟將人生視為棋局，將每個人都視為對手，所以凡事都留有後手，說話也是點到即止，留下迴旋的餘地。

但路天峰決定將他逼上絕境。

「汪冬麟，你應該記得，我說過我為什麼要救你。」

汪冬麟的嘴角抽搐了一下，「我記得。」

「如果你不拿出點合作的誠意，那麼現在我們就一起回警局，我去接受上級的調查和處分，你乖乖回精神病院裡面，等待『組織』發動下一次的刺殺行動。」

汪冬麟抬起頭，看著路天峰的眼神，就知道他這句話是認真的。

「我……大概想到了『組織』為什麼會派人來幹掉我……」他吞吞吐吐地說。

「為什麼？」

「很可能是他們發現我曾經拷貝過隨身碟裡的資料——林嘉芮隨身攜帶的鑰匙釦，其實是一個迷你隨身碟。」

「真的嗎？」

「資料在哪裡？」

汪冬麟此言一出，路天峰和程拓的反應都激烈起來。兩人都恨不得直接衝上前，摁住汪冬麟並撬開他的嘴巴，挖出所有資訊。

「路隊，你說得對，這就是我的底牌，絕對不能輕易打出去。」汪冬麟看了看路天峰，又轉頭看著程拓，「現在輪到你們拿出誠意來了。」

「你想要什麼？」程拓厲聲問。

「自由。」汪冬麟仰起頭，看著頭頂那片蔚藍明亮的天空，「我不想坐牢，也不想去精神病院。」

「你殺了那麼多人，還想要自由？」程拓語帶諷刺地反問。

「如果你們不能滿足我的願望，那麼就到此為止吧，我們大家一起毀滅。你的前途、你的家庭、你的未來……你們的一切。」

汪冬麟獰笑著，目光在路天峰和程拓之間來回掃視，他想分辨出眼前這兩個男人到底誰更容易動搖，誰能夠成為他真正的盟友。

路天峰看了一眼程拓，正好迎上對方尖銳的目光。事實上，他還有一個在場另外兩人都不知道的軟肋，那就是陳諾蘭還在歹徒手中，他不可能隨便將汪冬麟交給警方。

程拓又在想些什麼呢？他會選擇跟「組織」徹底決裂，還是按照「組織」的命令辦事，把汪冬麟殺死？

還有一個更冒險也更誘人的選項，路天峰甚至可以選擇在此時此刻將程拓「殺死」，然後用汪冬麟去交換陳諾蘭，交換的時候想辦法迫使阿永再次啟動時間倒流，那麼這兩天所發生的一切將會抹除得一乾二淨。

這大概是最理想的結果了。

然而程拓顯然也考慮得很周全，他掏出手槍，槍口穩穩地指向汪冬麟，並且不聲不響地調整著自己的站位，盡量靠近汪冬麟而遠離路天峰，杜絕了路天峰衝上前近身搶奪槍枝的可能性。

「汪冬麟，將資料拷貝交出來！」

「如果我拒絕呢？」

「那你就會在這裡因為拒捕而被擊斃。」程拓的槍口瞄準了汪冬麟的天靈蓋。

「路隊，這樣做符合規矩嗎？」汪冬麟故意將問題拋給路天峰。

「路天峰現在的身分也是逃犯。」路天峰還沒開口，程拓就搶先回答。

言下之意，就算程拓在這裡開槍射殺他們兩人，也能夠找到足夠充分的理由向上級彙報解釋。

「程隊……」路天峰想勸說兩句，卻不知道該說什麼。

一陣爽朗的笑聲突然從三人的頭頂上方傳來，嚇得他們同時往上看。

「哈哈，終於找到你們啦！」

章之奇的臉出現在上方天井的邊緣處，緊接著，童瑤也露面了。

半小時前，街角咖啡館內。

章之奇看過童瑤的手機後，臉色一變，緊張兮兮地拿出可攜式工具箱，擺開架式，看起來是準備把手機大卸八塊。

「等等，你想幹嘛？」童瑤連忙護住自己的手機。

「你的手機已經被人植入駭客程式了，而且是從硬體層面做的手腳。」

「什麼？」童瑤難以置信地瞪大眼睛。她畢竟也是警局裡的技術專家，嚴晉和戴春華又在場，要是自己的手機被黑了還真是有點丟人。

「這不怪你，只怪敵人太狡猾。」章之奇趁著童瑤發愣的時候，已經拆開了手機背蓋，卸下電池，很快電路板就出現了。

童瑤只好在內心默默祈禱章之奇不但會拆機，還能把它裝回去。

「看，這就是駭客程式晶片。」章之奇很快就找到了問題所在，用鑷子夾起了一塊邊長只有幾公釐的小晶片。

「真的嗎？」童瑤苦笑起來。

「有人透過這晶片，控制了你的手機，甚至可以利用你的帳號登錄警方內網，獲取各種最新資訊。」

「那麼厲害？」因為不太懂技術而陷入雲裡霧裡的嚴晉，聽到這裡不由得發出一聲驚歎。

「厲害？也就一般般吧。這程式肯定是有什麼致命的 Bug，導致進程鎖死，陷入無限迴圈，不停地消耗手機的資源和電量，才會露出馬腳。按我們駭客的規矩啊，要動用到修改硬體設備這一招就已經落入下品了……」

「繞一個那麼大的圈子，你是想表達自己的水準更厲害嗎？」童瑤沒好氣地戳穿了章之奇的把戲。

「那當然。」章之奇大言不慚道：「這晶片我晚點再研究，現在最要緊的事情還是得找到汪冬麟。嚴隊，你別賣關子了，快說吧！」

嚴晉真是哭笑不得，自己哪裡賣關子了？還不是章之奇自顧自地在折騰手機嗎？不過正事要緊，他很快就言簡意賅地將發現程拓可能已經控制住汪冬麟卻沒有及時彙報，他們對程拓進行監視跟蹤，沒料到又遇上了槍戰的事情原原本本地說了一遍。

「所以說，最後程拓靠著車技把你們甩掉了？」

「是的。」嚴晉點了點頭。

「即使你錯過了路口再掉頭回追，前前後後也就耽擱不到二十秒吧，那車子能跑多遠呢？」章之奇不解地問。

「因為我們沒有請求總部支援，所以無法進行攔截。」嚴晉有點慚愧，覺得這是他在猶豫之間錯過了良機。

「不，你沒理解我的意思。」章之奇連連擺手，「當時程拓並不知道你們是誰，只知道你們是警察，因此他制定逃跑策略時一定會假設你們已經請求了總部增援。」

章之奇看嚴晉的表情還是一片茫然，乾脆在電腦上調出了大學城附近的地圖，然後劈里啪啦地敲打了一番鍵盤，地圖上就出現了星星點點的攝影鏡頭符號。

「看，這就是程拓甩掉你們的位置吧？如果我是他，一定知道死命跑遠是沒用的，每個交通監視器都會記錄下他的逃跑軌跡。所以更好的辦法，是就近找一個隱蔽的地點躲起來，盡量避免被監視器拍下，然後改用其他方式逃走。」

嚴晉拍了拍桌子，恍然大悟：「所以他還在那附近！」

「把車牌寫給我，我搜索一下這些監視器的資料。」

這時候的嚴晉已經對章之奇的能力極其信服，連忙報出車牌號碼。章之奇搜索了一番，很快就在地圖上用紅線圈出了一個圓圈。

「程拓的車子只在兩個路口的監視器裡面出現過，因此他可以選擇藏身的範圍很容易推算，就在這個紅色的圈圈裡面。」

「這很容易推算嗎？怎麼算出來的？」童瑤按捺不住好奇心，問了一句。

「商業機密。」章之奇眨了眨眼。

雖然因為缺乏實證，嚴晉萬萬不敢動用總部的力量搞什麼大規模搜索，但也第一時間就把自己能調動的人手全部調到大學城區域，按照章之奇劃出的範圍開展排查工作。另一邊，章之奇說是要幫忙找人，拉著童瑤就往外走。童瑤心裡其實不太情願，自己畢竟是個警察，不跟大部隊行動，卻跟著這名私家偵探到處亂跑，成何體統？無奈自己的手機被章之奇拆成了零件，還得指望他幫忙裝回去呢，只好默默跟隨其後。

沒想到一出咖啡館的大門，章之奇就湊到童瑤耳邊，悄聲說道：「我們得趕在嚴晉他們之前，盡快找到程拓和汪冬麟。」

「你知道他們在哪？」

「那當然，要是我只能在地圖上畫圈圈，那憑什麼收費那麼貴啊？」章之奇不無得意地說：「在那個範圍內，真正完美的藏身地點只有一個，我相信嚴晉和戴春華很快就會想出來。」

「是哪裡？」童瑤感覺自己在章之奇面前成了一個什麼都不知道的小學生。

「本市著名的爛尾樓盤，華浦中心。」

六月一日，上午十一點三十分，華浦中心建築工地。

地下三人、地面兩人，這五個人之間形成了微妙而複雜的格局。

按道理來說，現場有兩名在職警察和一名停職警察，這三個人都有將汪冬麟逮捕歸案的責任。然而路天峰心繫陳諾蘭，程拓處於左右為難的境地，童瑤完全不清楚地下停車場內發生過什麼，三人一時之間都不敢提出帶走汪冬麟。

至於汪冬麟，雙手戴著手銬，無法自由行動，看上去只能聽天由命，任人魚肉。但實際上他藏起來的那份資料就是一張最有力的底牌，他很有信心，路天峰和程拓都不會輕易將他交給其他人。但棋盤上的局勢已經很被動了，他只能等待著對手犯錯，絕對不能主動出擊。

反觀章之奇，他的心理負擔最小，汪冬麟對他來說就相當於是三十萬的懸賞而已，無論是誰將汪冬麟送進警局，他都有機會拿到。但他同樣不敢輕易開口，大腦飛速地運轉著，因為他已經察覺到問題所在，明白眼前要是一著不慎，就會滿盤皆輸。

最大的問題，就是陳諾蘭的莫名缺席，加上路天峰一副魂不守舍的神情，章之奇猜測一定是有什麼不得了的事情發生了。

章之奇已經將路天峰視為朋友，既然是朋友有難，他可不能坐視不理。

令人尷尬的沉默持續了好一會兒，最後還是程拓主動打破了僵局，「汪冬麟，你跟我回警局一趟。童瑤，你來協助我押送犯人，其餘無關人等可以退了。」

童瑤還沒回答，就聽見路天峰斬釘截鐵地說：「不可以！」

「為什麼？」程拓的聲音中帶著幾分怒火。

「因為汪冬麟在撒謊。」路天峰伸出手，直指汪冬麟的鼻尖，「他還隱瞞了某些非常關鍵的資訊，這搞不好會害死我們全部人。」

汪冬麟先是愣了愣，繼而苦笑了起來。

路天峰果然是個不容小看的對手，這盤棋的局勢還真是風雲變幻啊。

第五章 逆時盲點

1

六月一日，中午十二點，未知地點。

陳諾蘭先是聞到了一股淡淡的清香，然後一直戴著的眼罩被取了下來。她終於可以重見光明，然而馬上整個人便愣住了。

在被阿永等人強制擄走後，她很快就被蒙住眼睛，感覺好像一直在車上顛簸，不知道到底走了多遠。她不停地猜想自己最後會被帶到什麼地方，廢棄的建築物、偏僻的舊倉庫，還是伸手不見五指的地下室？

陳諾蘭已經做好了最壞的打算。但出乎意料的是，睜開眼睛後，自己正身處一間裝潢豪華而舒適的屋子內，光線柔和，空氣清新，屋外還有陣陣鳥語傳來。

這應該是D城郊外某處高級別墅區。

「陳小姐，歡迎大駕光臨。」一名四十多歲、身穿筆挺西裝的中年男子，從白色的真皮沙發上站起身來，向陳諾蘭熱情地伸出雙手。

「你好。」陳諾蘭平靜地應了一聲而已。

中年男子不以為忤，自然而然地將手縮回去，又向押送陳諾蘭前來的阿永一行人打了個手勢，短短數秒之內，這屋裡就只剩下陳諾蘭和他兩個人了。

「阿永他們都是粗人，如有冒犯之處，還請陳小姐多多包涵。」中年男子拿起桌上的紫砂茶壺，替陳諾蘭倒了一杯熱茶。

陳諾蘭倒真的是有點口乾舌燥，於是也沒有多所顧忌，接過杯子就喝，反正對方要想下毒手的話，早就能把她殺死十遍八遍了。這茶葉還是上好的新茶，鮮嫩芬芳的氣息撲鼻而來。

「這茶不錯。」陳諾蘭放下茶杯，淡淡地說。

「陳小姐請坐，鄙人司徒康。初次見面，希望能和您交個朋友。」

陳諾蘭心裡納悶，嘴上卻不饒人，「司徒先生喜歡用暴力手段和別人交朋友嗎？」

「這純屬是無奈之舉，如果不用點手段，怕陳小姐根本不會搭理我們啊！」司徒康微微一笑，攤開雙手，「您的男朋友路天峰也不可能讓我們接近你。」

「沒必要拐彎抹角，直說吧，你們到底想怎麼樣？」

司徒康又是一笑，「我手頭上有個基因技術的專案，想請陳小姐來當我們的技術顧問。」

「不好意思，沒興趣。」陳諾蘭一口回絕。

「身為科學家，不該那麼草率地下結論啊！」司徒康又斟了一杯茶遞給陳諾蘭，「這個項目跟RAN-X可是有異曲同工之妙呢！」

陳諾蘭心頭一震，幾乎沒接穩杯子。RAN-X是風騰基因的最高機密，連陳諾蘭都只是對其一知半解，這個男人又為什麼會知道它的存在呢？

更何況路天峰提醒過她，關於RAN-X的一切，她都要假裝不知道。

「我不懂你在說什麼。」陳諾蘭匆匆忙忙答道，連她自己都覺得太過刻意，掩飾不住內心的慌張。

司徒康自顧自地說下去：「三年前，基因技術專家雷・科斯塔發表了關於利用基因技術增強人體免疫力的大膽假設，論文中將其命名為『科斯塔設想』。這篇論文曾經在業內引發一波討論熱潮，但很快地世界各地的研究者們就紛紛找到了論文中的一處致命錯誤，把『科斯塔設想』徹底推翻，文中的觀點也很快被學界遺忘——」

陳諾蘭越聽越驚訝，雷．科斯塔的論文她研究過，甚至之前還和老闆駱滕風討論過其中一些有思考價值的地方，但萬萬沒想到司徒康竟然非常熟悉圈內的學術研究動態，他絕對不是個普通的劫匪。

「然而還是有些執著的研究人員，深入研究和挖掘『科斯塔設想』背後的各種可能性，從而推導出屬於自己的新理論。要知道，D城是國內基因技術研究領域的前沿陣地，這座城市裡有兩個人，在『科斯塔設想』的研究工作上取得了重大突破。」

陳諾蘭沉默不語，但她已經猜出了其中一個人就是已經死去的駱滕風。

「除了駱滕風之外，還有另外一位年輕的女研究員林嘉芮另闢蹊徑，提出了改良版的『科斯塔設想』，只不過她在業內資歷尚淺，人微言輕，所以沒有引發太多關注。但最可怕的事情是，這幾位研究人員全都死於非命，雷．科斯塔在美國遭遇車禍身亡，駱滕風在風騰基因一案中被殺死，林嘉芮則死在了『紀念品殺手』汪冬麟的手中。」

「死了？」陳諾蘭突然真切地意識到，路天峰對自己的提醒和保護並不是杯弓蛇影。

「有人在殺死研究這項技術的人，他們不希望這項能夠大幅改善人體免疫力的技術面世。」司徒康雙手交叉，放在胸前，「陳小姐，你知道他們為什麼這樣做嗎？」

陳諾蘭默不作聲，但她知道這一行的潛規則，當一項新興技術能夠廉價而安全地治療某種頑固疾病時，通常會影響到許多既得利益者的賺錢之道，所以會迎來各方面的多重打壓。有些新技術會因此延遲數年甚至數十年進入公眾的視線範圍，運氣更差的話，可能會徹底在歷史舞台上消失。

可即使如此，醫藥技術人員也未曾停止過研發的步伐，他們內心堅信總有一天，高性價比的治療方案會衝破層層阻撓，成功拯救那些經濟條件並不富裕的病人。

而司徒康現在正在暗示，有人透過殺人的手段，殘忍地阻止一項新生技術的問世，這可以說是打破了陳諾蘭能夠容忍的底線。

不過陳諾蘭內心還有一個聲音在提醒她，她並不清楚司徒康這人是什麼來歷，他說的話未必可靠。

「既然是那麼危險的工作，司徒先生還是另請高明吧，恕我無能為力。」陳諾蘭依然冷冷地拒絕道。

「在下一番好意，還望陳小姐三思。」司徒康雖然連吃閉門羹，卻還是面不改色，語氣平和，「又或者，你可以看過專案相關資料後再做決定。」

陳諾蘭知道這是個危險的誘餌，所以她沒有回應。

「不過嘛，現在還有一個小小的問題擺在我們面前。」司徒康眼中第一次露出凶光，「林嘉芮的研究資料並不在我們手中，而是被汪冬麟藏了起來，因此我熱切期盼著路隊能夠盡快帶來好消息。」

六月一日，中午十二點，環城公路上，一輛外表殘舊、開起來也是搖搖晃晃的小麵包車裡。

章之奇負責開車，路天峰坐在副駕駛座上，程拓和童瑤則坐在後排，一左一右地將汪冬麟夾在中間，緊盯著這位危險的連環殺手。

半小時前，當路天峰說出他的獨特推測後，眾人驚訝萬分，每個人都有無數的問題想問，但還是章之奇最為冷靜，他建議立即轉移陣地，否則嚴晉等人很快就會找到他們。

於是五人相互提防監視著，一起離開了華浦中心的工地。章之奇倒是辦法多，只花了十來分鐘，就不知道從哪裡搞來了一輛運貨搬家用的麵包車。車子破舊低調，絕對不會引人注目。

「我們已經跑得足夠遠了吧？」程拓有點沉不住氣了，「前面找個地方停車，讓我們好好聊一聊。」

「程隊，在這裡停車，我怕警方很快就能找上門來……」

「少廢話！」程拓打斷了章之奇的話，「不要在我面前耍花樣，盡快停車！」

「好吧。」章之奇也不再爭辯，眼見前方有個露天停車場，就把車子駛了進去。

車剛停穩，程拓就急切地問汪冬麟：「你到底還有什麼瞞著我們，說！」

「該說的我已經說過了，信不信由你。」汪冬麟一副胸有成竹的樣子，不慌不忙地說。

「阿峰，你為什麼覺得汪冬麟在撒謊？」程拓轉而問路天峰。

路天峰先是直直地看了一會兒汪冬麟，才開口說：「因為汪冬麟所說的故事裡面，有一個明顯解釋不通的地方。」

「是嗎？」

「他說『組織』只是透過幾封電子郵件來慫恿他去殺人，除此之外並無聯繫，但這無法解釋他為什麼逃脫之後會想方設法趕往摩雲鎮，到酒吧裡跟調酒師朱迪見面。」

汪冬麟的眼中閃過一絲動搖。

路天峰繼續說道：「顯然，他認為朱迪可以幫助他遠走高飛，他跟『組織』之間還有一場未公開的交易。我想，應該是『組織』給了他某種承諾和保證。」

程拓皺著眉頭問：「但之後朱迪卻被人殺死了，根據現場線索分析，行凶者很可能就是汪冬麟。」

汪冬麟不置可否地哼了一聲。

路天峰說：「這意味著汪冬麟與『組織』之間的協議被打破了，朱迪並不是汪冬麟的救星，而是他的『殺星』，『組織』要將汪冬麟滅口。」

「滅口？」童瑤失聲驚呼。

「所以，你和『組織』之間到底有什麼樣的協議呢？」路天峰盯著汪冬麟，逼問道。

汪冬麟抿緊了嘴唇，死活不肯開口。

「既然你不肯說，那我就來猜猜看吧。『組織』許下的這份承諾，能夠讓你甘願冒險殺人，甚至選擇了對自己而言完全陌生的環境進行犯罪，最終因罪行暴露而被捕。到底是什麼樣的承諾，能讓一向冷靜理智的你做出這種不理智的選擇呢？」

「能夠保他不死的承諾。」章之奇突然插話。

「沒錯，『組織』跟汪冬麟說，如果不合作，就會告發他的罪行，證據確鑿之下他必死無疑；但如果合作，『組織』會有辦法替他脫罪，就算法院判了他死刑，他們還能安排一場劫獄來救他……」

童瑤不解地問道：「但汪冬麟為什麼會相信『組織』的保證？萬一他身陷囚籠，『組織』的人不來救他呢？」

路天峰伸出三個手指頭，說：「有三點原因：第一，汪冬麟的把柄在別人手裡，他不得不接受『組織』苛刻的條件；第二，他萬一被舉報了也只能是死路一條，還不如拚一把，賭『組織』真的會安排人手救他；第三，他還給自己買了份『保險』，將『組織』想要的資料拷貝了一份，要是出現什麼意外情況，這份資料可以作為談判的籌碼。」

汪冬麟的臉色陰晴不定，似乎在努力克制自己的情緒。

「昨天上午的劫囚車事件發生時，我注意到汪冬麟一開始是很淡定的，他大概覺得那些雇傭兵是『組織』派來救他的吧。但很快，他就意識到那些人是來要他的命的，所以開始對『組織』有所懷疑了；昨天晚上，他去摩雲鎮和朱迪接頭時，是帶著戒心去的，一旦情況不對路，立馬翻臉，最後的結果就是他殺死了朱迪，憑藉一己之力繼續潛逃。這時候他很清楚，要是孤立無援，他肯定逃不出警方和『組織』的雙重搜索網，因此在微博上發布挑釁訊息，同時用暗號給我留言，希望能和我合作。」

這時候，程拓冷冷地說了一句：「只可惜被我捷足先登了。」

「汪冬麟，現在你面前只有一條路可以走，就是向我們坦白一切——你跟『組織』之間的真正交易是什麼，他們給了你什麼樣的承諾，還有你知道的其他所有事情，都要一五一十說清楚。」

汪冬麟就像啞巴一樣，一言不發，車內的氣氛頓時降到了冰點。

「看來問不出什麼，只能把他帶回警局了。」程拓有點懊惱地說。

「我要跟你私下聊聊。」汪冬麟突然對路天峰說。

「我不允許。」程拓立即拒絕。

「那就算了，大家一起等死吧！」汪冬麟嘿嘿冷笑著，閉上眼睛，重重地把後背靠在座位上。

「程隊……」路天峰看向程拓，欲言又止。

他們曾經是彼此最信任的夥伴，如今卻發現當初的「信任」只不過是相互間的試探與算計。而更讓路天峰糾結不安的是，眼前的程拓，真的還站在警察的立場上嗎？

「程隊，就讓路隊去試試看吧！」童瑤小心翼翼地避開了「老大」這個稱呼，以防程拓誤會。

「死馬當活馬醫唄！」章之奇也說。

程拓沉吟片刻，終於緩緩點了點頭，「那就試試看吧，我們三個人下車，把車鑰匙拔走，汪冬麟的手銬不能解開。我就在不遠處盯著，一旦車子裡頭有什麼風吹草動，我會立即開槍。」

「放心吧，我會看好他的。」路天峰說。

程拓沒回答，也不知道是對路天峰放心還是不放心，輕輕歎了口氣，就跟童瑤和章之奇一起下車了。

麵包車裡，終於只剩路天峰和汪冬麟兩個人。

2

汪冬麟的自白

沒錯，你很聰明，看出了我的故事之中另有隱情。

以我的小心謹慎，是不會為了幾封莫名其妙的郵件就去隨便殺一個人。有些人光看報紙上諸如「某某人連續殺害多人後才被警方抓獲」之類的消息，就會武斷地認為殺人原來是那麼輕鬆簡單的事情，而警察都是笨蛋。

實際上，要殺人而不被警方抓獲，太難了。

所以當我收到那一系列奇怪的電子郵件時，我的選擇是將它們徹底刪除並且清空垃圾桶，根本連看都不想多看一眼。

不過一封帶有若干圖片附件的郵件，還是吸引了我的眼球。

圖片雖然有點模糊，看上去是隔著挺遠的距離偷拍的，但每一張都看得我怵目驚心。

我和茉莉在KTV相遇，一起離開KTV，在小巷內並肩行走……直到我們一起進入我家，凌晨時分我將她的屍體搬上車，最後還有我在湖邊棄屍時的場景，這些照片組成了一條完整而可靠的證據鏈，絕對可以把我定罪。

為什麼會這樣？對方似乎一早就知道我那天晚上會殺人，所以埋伏在旁，拍下了全過程。

但我是在當晚順利將茉莉騙走後，才真正下定決心要殺死她的。任何人都不可能提前知道我的計畫，連我自己都不知道。

除非對方並不是人，而是魔鬼。

看著這樣一封郵件，我真的是完全崩潰了，雙手顫抖著，連按下刪除按鈕的勇氣都沒有。

我該怎麼辦？

這時候，我的手機響起來了，是個陌生的來電號碼。不知道為什麼，我嚇得立即站起身來，有預感這並不是廣告騷擾電話，而是偷拍者打來的。

「你好……」

「汪老師，我們的照片拍得還不錯吧？」對方用了變聲器，聲調奇怪地扭曲著。

「你是誰？你想怎麼樣！」我失控地大喊起來。

「很簡單，想跟你做個交易。」

「你要……多少錢？」問出這句話的時候，我沒什麼底氣，因為我感覺能夠拍到這些照片的人並不簡單，他們想要的沒準根本不是錢。

「錢？未免太庸俗了吧！汪老師，這些照片要是流傳出去，你可是要人頭落地的啊！」

我雙腿發軟，無力地坐下。

「你想要什麼，我都給你……」

「一命換一命，天公地道。不用掛電話，先檢查一下你的郵箱。」

有一封新郵件，是林嘉芮的相關資料。

「你的意思是讓我殺掉這個女孩？」

「沒錯，殺了她就能救你自己一命。」

「給我點時間做準備……」

「沒時間了，你必須在一週之內殺死她，否則我會把照片全部交給警方。」

「等等……」我滿心絕望，嘴裡充斥著苦澀的味道，「我根本來不及準備，這樣貿然行動，我很可能會被警方抓獲。」

「所以呢？」

「既然難逃法網，為什麼我還要多殺一個人，加重自己的罪名？」雖然清楚自己並沒有跟對方討價還價的資格，但我還是豁出去了。

「哦，這個問題很容易解決，我可以保證你的生命安全。」對方輕描淡寫地說。

「保證？憑什麼？」

「那麼接下來的內容，請務必牢記，每個步驟都不容有失……」

電話那頭的神祕人，讓我自行挑選兩位死者的隨身物品，然後跑到兩個不同的地方埋起來——你們一定沒想到吧，媒體把我稱為「紀念品殺手」，認為我每殺一個人就會埋一件「紀念品」，但實際上那些「紀念品」卻是事後偽造的。在我殺死江素雨的那天晚上，她頭上戴著一個黑色蝴蝶髮夾，我在棄屍時就處理掉了，但恰好還記得它的品牌，所以我又去重新買了一個，埋藏在公園裡；另外一件「紀念品」倒真的是我刻意留下來的，當年我跟茉莉談戀愛時，我送給她的定情信物就是一條不值錢的銀項鍊，所以在殺死她後，我把她的項鍊留下來做紀念，沒料到這心血來潮的決定最終幫了我一個大忙。

對方要求我去埋兩件「紀念品」，不能埋三件或者一件，如今回頭想想，這個舉動最主要的目的，應該是讓第四位死者林嘉芮身上消失的鑰匙釦不顯得突兀吧？但那時候我想不到那麼多，一心只想著按照對方的指示去辦事，來換取一線生機。

我當然考慮過對方欺騙我的可能性，也許等我殺了人之後，他們就不會管我的死活。但我也不傻，特地把林嘉芮那個鑰匙釦隨身碟裡面的資料拷貝了一份，心想萬一事情不對勁，我就向警方坦白，將資料交給警方調查。

然而「組織」確實是神通廣大，我剛進拘留所的第一天晚上，床鋪上就無端出現了一張小字條：放鬆心情，我們會救你出去。

放鬆心情？

那就走著瞧吧。

「組織」和我交代過，可以承認自己殺過人，反正這些事情是無法抵賴的，但關於「紀念品」的問題，一概不要回答。

有意思的是，除了第一天出現的字條之外，「組織」的力量似乎銷聲匿跡了，我再也不曾接收到任何來自他們的指示。在等待開庭審判的那段日子，我每天晚上都睡不著覺，而一到白天又是無窮無盡的盤問、審訊、精神鑒定、心理分析、案件重演，搞得我筋疲力盡，頭痛欲裂。

有些時候，我甚至忘記了自己是誰，好像才剛剛從夢中醒來，睜開眼睛，卻看見天色昏暗，原來已經到了傍晚時分。

某一天，我在渾渾噩噩之中收到一個不知道是好是壞的消息，說根據精神鑒定的結果，要把我送進精神病院而不是監獄。而同一天晚上，神祕的字條第二次出現在我的床鋪位置，上面寫著：做好準備，重獲自由。

於是我猜測，在我從拘留所轉去精神病院的半路上，「組織」一定會有所行動，只是沒料到中途殺出你這個程咬金，搶先把我帶走了。當時我心裡真是哭笑不得，也不敢說自己跟劫車匪徒是一夥的，只好跟著你一路逃亡，然而逃亡的過程中，我漸漸察覺到事情有點不對勁。

我只知道有人想除掉我，卻不知道到底眼前誰才是可以信任的人，包括你路天峰在內，每個人都可能對我心懷不軌，另有所圖。最後，我還是選擇了自己逃跑，跑到摩雲鎮找「組織」之前跟我約定的接頭人朱迪，果不其然，朱迪想要把我滅口，我也只能先發制人，把她幹掉。思前想後，我還是覺得你是最適合的合作對象。

為什麼？

因為我看出你有某種能力，和「組織」一樣的能力——你能夠破壞「組織」劫囚車的行動計畫，足以證明你有跟他們正面抗衡的力量。

我相信我手中的那份資料對你而言，有跟其他人不一樣的特殊意義，所以我們兩人之間做交易一定是最划算的，各取所需，能夠做到利益最大化。

現在我想怎麼樣？

剛才已經說過了，我要自由，要離開這座城市，甚至離開這個國家。我只想從這些破事兒裡頭全身而退，不管什麼組織、警察、案件，我要跑到東南亞某個小國，重新開始自己的新生活。

余勇生？誰？哦，那個對我窮追不捨的男人……

我不想對他下手的，當時我只想盡快逃跑，慌亂之中恰好遇上了朱迪，朱迪就讓我躲在屋簷下，她來出面處理身後的追兵。我萬萬沒想到那個女人下手會那麼狠，一下子就——唉，目睹那一幕的我，更加不敢信任來自「組織」的人了，他們都是魔鬼，是瘋子，沒有一個稍微正常一點的人。

逃亡路上我為什麼還要殺人？

我……殺人了嗎？

對，那個開紅色小轎車的女人……不，我根本不想殺她，我只想騙她把我帶到摩雲鎮而已……但在車上，那個惡魔突然出現了，於是……

那女人也有錯，她不但一點都不害怕，還主動對惡魔投懷送抱。我大聲地勸說她，讓她趕緊離開，可是她好像完全聽不見我在說話，反而笑得更放肆了。

我無能為力，眼睜睜地看著她被惡魔摁到冰冷的河水之中，看著那絕望的水花濺起，又終歸平靜。

路天峰，我們聯手合作吧，我把「組織」千方百計想要獲取的資料全部給你，而你則幫助我離開D城，遠走高飛。

為了表示誠意，我可以先將資料交給你，怎麼樣？

你，應該沒有拒絕的理由吧？

3

六月一日，中午十二點二十分，城郊，露天停車場。

路天峰聽完汪冬麟的自白後，陷入沉思之中。

車外不遠處，程拓和童瑤分站兩旁，正全神戒備地盯著車子，章之奇卻是不知所終，沒了人影。

「考慮得怎麼樣了，路隊？」汪冬麟等得有點不耐煩了。

「就算我答應你，我們也沒辦法離開。」路天峰避重就輕地說。

汪冬麟不由得笑了笑，「開什麼玩笑，方向盤在你手邊，只要輕輕一踩油門，車子就飛奔而去了，程拓能來得及反應嗎？我就不信他能夠毫不猶豫地開槍射擊。」

「章之奇帶走了車鑰匙啊！」

「要知道一輛車至少有兩把鑰匙。剛才章之奇下車之前，在門側的儲物架內放了一點東西，你看看是什麼？」汪冬麟狡黠地眨了眨眼。

路天峰稍稍側身，伸長手臂摸了摸儲物架，頓時臉色一變。

「後備鑰匙？」

「沒錯，這是他特意給你創造的機會。」

路天峰瞄了一眼程拓，估算了一下他跟車子之間的距離，應該有二十公尺左右。一旦車子發動，程拓就算是立即拔槍，瞄準，射擊，也得二到三秒鐘，更何況他未必能夠第一時間反應過來。只要有幾秒鐘的空檔，車子就能絕塵而去。

這也許是他帶走汪冬麟的最好機會，想到這裡，路天峰下意識地攥緊了手中的鑰匙。

「別猶豫了，機不可失。」汪冬麟繼續在一旁煽風點火。

路天峰的嘴角抽搐了一下，終於還是深深地吸了一口氣，說：「坐穩了。」

「沒關係，我已經領教過程拓的車技了。」

「那你運氣不錯，可以對比一下我的車技如何。」路天峰說話間，以迅雷不及掩耳之勢插好鑰匙，猛地一扭，與此同時鬆開手煞車，踩下油門，整套動作一氣呵成。

這輛小麵包車畢竟比較破舊，加速的時候還頓了頓，引擎像是差點熄火。幸好一陣短暫的怪響後，車子如同脫韁野馬一般衝了出去。後座上的汪冬麟沒能坐穩，還一頭撞在了車門上。

程拓確實反應奇快，不到一秒就拔出了手槍，但在準備開火的那一瞬間，他還是猶豫了。

電光石火間，車子已經甩了個彎，往停車場出口急馳而去。

程拓最終還是沒能扣下扳機，只好長歎一聲，放下了槍，看著路天峰絕塵而去。

「程隊……」童瑤走上前，小聲地說。

程拓搖搖頭，正想說些什麼，章之奇就現身了，只見他耳朵戴著藍牙耳機，臉上掛著神祕笑容。

「怎麼樣？」程拓問章之奇。

「不出所料，汪冬麟向路天峰坦白了一切，現在他們正在去拿機密資料的路上。」

「我只希望阿峰真的能夠領悟你的計畫，而不是胡搞瞎搞！」

「放心吧，他一定能明白我的意思。」章之奇自信滿滿地拍了拍胸口。

剛才路天峰突然強行帶走汪冬麟的一幕已經把童瑤看懵了，沒想到程拓和章之奇不但對此毫不在意，反而像打啞謎一樣說著她完全聽不懂的話，更讓她一頭霧水。

「你們到底在說什麼？」童瑤問。

「是章之奇的計畫，由他來解釋吧。」程拓揚了揚下巴。

「很簡單，我只是利用了你那被拆開的半支手機和車子的後備鑰匙，把這兩樣東西一起放到了門側的儲物架裡，而且故意讓汪冬麟注意到我放鑰匙的瞬間。」

「啊？」童瑤還是不太懂。

「汪冬麟生性多疑，一步三算，看見我的舉動之後，一定會腦補各種各樣的故事，不停地去猜測我到底為什麼要這樣做。當然，無論他怎麼想，有一個結論是顯而易見的，就是我要幫他逃跑。」

童瑤總算有頭緒了，原來是章之奇布下了陷阱，讓汪冬麟去踩。

「接下來汪冬麟會想盡辦法煽動路天峰強行開車逃跑，並提醒他去找藏在門側的鑰匙。路天峰在儲物架內，除了發現後備鑰匙之外，還會發現一支被拆開的手機，電路板裸露著，外殼也沒了一半，卻依然處於通話狀態。」章之奇指了指自己的耳機，原來剛才車內的那番對話，一字不漏地傳入了他的耳中，「現在路天峰仍然沒有掛斷電話，足以證明他在配合我的計畫，我們可以通過手機定位追蹤他們的車子。」

童瑤苦笑著說：「原來我的手機被你拿去做間諜了！」

「廢物利用……不，物盡其用，不是挺好的嘛！」

「我真是服了你了。」童瑤情不自禁地感慨道。真正讓她覺得不可思議的地方，並不是那個利用半支手機進行監聽的小伎倆，而是章之奇竟然能在她完全沒有察覺的情況下順利說服程拓，讓程拓願意配合演這一場戲。

否則的話，以程拓的槍法和反應速度，剛才怎麼可能來不及開槍射擊？

「說正事吧，他們現在準備去哪兒？」程拓問。

「目的地並不遠，他們正在折返大學城方向，要去D城大學。」

「莫非汪冬麟把東西藏在家裡？」程拓有點納悶，汪冬麟被捕後，他家已經被警方翻了個底朝天，電腦也被技術鑒證中心徹查了無數遍，如果藏著什麼存放裝置，或者加密目錄的話，應該早就被發現了。

那麼，汪冬麟還能把資料藏在哪裡呢？

六月一日，中午十二點四十分，D城大學，後門。

麵包車剛一停下，汪冬麟就立即打開後門跳下車，撲向馬路邊的垃圾桶，哇的一聲吐了出來。

路天峰皺著眉頭，輕輕地說：「顛簸是因為車子的避震不行，跟我的車技無關。」

汪冬麟彎著腰，好不容易才緩過勁來，擦了擦嘴角，強顏歡笑道：「沒錯，確實是車子的問題。」

「你該不會把東西藏在家裡吧？有警察監視著你家。」

「不，我怎麼敢放在家裡，資料在學生處的勤工儉學辦公室，公共電腦的硬碟內。」

「公共電腦？」路天峰吃了一驚，真沒想到汪冬麟居然把那麼重要的東西擺在隨時會被別人發現的公共電腦上。

汪冬麟露出了揚揚自得的表情，「這下子連你也想不到了吧？」

「難道你就不擔心公共電腦發生故障需要重灌系統之類的狀況，直接把資料覆蓋掉了嗎？」

「是有這個擔心，但解決方法也很簡單——我在辦公室裡面的五台公共電腦上都留了一份拷貝。」

「那要是整批電腦都更新換代了呢？」

「勤工儉學辦公室能有多少經費我不知道嗎？去年才升級的電腦，三五年內也別指望再換了。」

路天峰啞然失笑，汪冬麟想出來的辦法雖然簡單粗暴，但效果奇佳。公共電腦上的資料檔案本來就雜亂無章，其中就算有隱藏目錄和檔案也根本沒人會在意，而且警方會深入檢查他的個人電腦，卻不可能將辦公室裡頭的每一台電腦都徹查一遍。

「所以我們就這樣大搖大擺地走進去，把資料拷走？」

「當然，你還需要知道隱藏目錄的名稱和密碼……路隊，我已經展現了我的誠意，該輪到你有所表示了吧？」

「你想怎麼樣？」

「放我走吧。」汪冬麟舉起還被手銬銬住的雙手，「你現在去拿資料，我馬上消失，從此兩不相欠。」

路天峰二話不說就解開了汪冬麟的手銬。

「說吧，隱藏目錄名、密碼。」

「D盤，Program Files目錄下面有個叫『QQDAT』的隱藏資料夾，裡面有個壓縮檔，解壓縮密碼是『wdl2018impossible99』。」

「辛苦你了，想出那麼複雜的密碼來。」路天峰謹慎起見，還把密碼記在手機備忘錄上，遞給汪冬麟看。

汪冬麟確認了密碼後，一邊揉著發紅的手腕，一邊可憐巴巴地說：「路隊，這輛車都已經暴露了，你也不會再開了吧？能不能借我跑一段路？」

「沒關係，反正這車也不是我租的。」路天峰掏出了汽車鑰匙，輕輕拋向汪冬麟。

汪冬麟伸手去接的瞬間，卻驚覺事情不對勁。

汽車鑰匙並不是拋給他的，而是高高越過他的頭頂，拋到了他身後。

另外一個男人穩穩地接住了鑰匙。

「想借車？那就應該向我借啊！」

汪冬麟回頭一看，頓時面如土色。

車鑰匙在章之奇的手中，而程拓和童瑤站在章之奇兩側。

被算計了。汪冬麟想努力地擠出一絲笑容，以沖淡心中的恐懼和絕望，但試了好幾次也笑不出來。

如果這是一盤棋，那麼他已經被對手將死了。

六月一日，中午十二點五十分，D城大學，學生處，勤工儉學辦公室。

因為是中午時分，辦公室內空蕩蕩的，只有一名年輕的女學生在電腦桌旁趴著睡覺，聽到路天峰進門的腳步聲也沒抬頭看一眼。也許是進進出出這辦公室的人太多了，她早已見怪不怪。

要是「組織」的人知道汪冬麟把他們視為絕對機密的資料藏在這種地方，還在每台電腦上面都留了一份拷貝，大概會氣得半死。

路天峰隨便找了個座位，坐下來開啟電腦，很快就找到了汪冬麟所說的隱藏資料夾。為求穩妥，路天峰在複製了資料後，還順手將隱藏檔直接刪除了。

其餘四台公共電腦上的隱藏檔，路天峰也逐一處理掉，現在他身上的隨身碟就是唯一一份保存下來的資料。

路天峰將隨身碟藏好，正準備離開的時候，一位戴著眼鏡、像是老師模樣的中年男人推門走進辦公室，他看見路天峰這張陌生的臉孔，感覺很驚訝。

「你是什麼人？」中年男人厲聲喝問。

「哦，不好意思，走錯門了。」路天峰已經完成了任務，自然是多一事不如少一事，隨便找個藉口就想溜。

「等會兒，這裡是學生處，哪有走錯門的道理？」中年人死命拉住路天峰不放，大喊起來，「你是小偷吧？來人啊！」

這下子，剛才在睡覺的女學生也被驚醒了，抬起頭來一臉茫然地看著路天峰。

「快，報警，抓到小偷了。」

女學生拿起手機，開始撥號。

路天峰心裡叫苦，但要是真讓他們報警，事情就不好辦了。

「等等，我就是警察，我是來執行任務的。」路天峰連忙說。

「警察？我不信，證件呢？」

「我身上沒證件，但我是市刑警大隊的路天峰，前段時間因為破獲了一宗大案還上過電視新聞，你們可以到網上搜索一下，沒準還能找到我的照片呢。」

「路天峰？」中年男人重複了一遍這個名字。

「沒錯，馬路的路，天空的天，山峰的峰……」

「很好，所以你已經把汪冬麟藏起來的東西拿到手了嗎？」男人的眼中突然閃過一絲精光，渾身上下散發出可怕的氣息。

路天峰還沒來得及做出反應，那女學生已經貼到他的背後，用電擊器狠狠撞在他的腰部，一陣刺痛的感覺直衝腦門。

「你們……」路天峰的眼前天旋地轉，身子不受控制地往下滑，終於一屁股坐到地板上，「是……什麼人……」

「謝謝你替我們找到了資料。」男人拍了拍路天峰的肩膀，又摸了摸他的口袋，找到口袋裡的隨身碟。

「不……」路天峰拚命地想站起來，伸手抓住男人的手臂。

又一股電流從頸脖後方襲來，他眼前一黑，失去了知覺。

昏迷前的最後一秒，他想起了陳諾蘭。

「我等你。」

4

六月一日，下午一點，D城大學後門外。

汪冬麟就像被抽空了全部力氣一樣，癱坐在麵包車後座上，表情呆滯，一言不發。程拓守住車門，童瑤和章之奇站在車子的另外一側，三人將汪冬麟盯得死死的，這下子任憑他有通天的本領，也不可能逃脫了。

「我去看一下路隊那邊的情況。」章之奇雙手插著褲袋，對童瑤說。

「最好還是別亂跑吧？」童瑤表示反對。

「反正閒著也是閒著。」章之奇擺擺手，又向程拓打了個招呼，轉身就往學生處走去。他雖然擺出一副雲淡風輕的模樣，但內心其實有點焦慮。

因為現在的狀況未免太過平靜了。

警方正在全城通緝汪冬麟，嚴晉和戴春華更是得到了他的獨家分析，搜捕進度並不會落後太多；「組織」昨天的劫殺行動失敗，一定還會繼續趕盡殺絕；路天峰在時間倒流之前遇到的那幫歹徒，應該並不是「組織」的人，但他們也想在汪冬麟身上得到些什麼；最後，陳諾蘭在關鍵時刻不在路天峰身邊，路天峰卻連一句解釋都沒有，那意味著箇中原因他不想說，或者是不能說。

根據種種跡象推測，眼前這片平靜的海面下方，也許正醞釀著一場席捲一切的巨大海嘯。

想到這裡，章之奇不由得加快了腳步。

學生處到了。

「同學，請問勤工儉學辦公室在哪裡？」章之奇向一位迎面匆匆走來的女生詢問。

「哦？啊，那邊，拐彎就是。」女生似乎很趕時間，含糊不清地回答了一句，腳下完全沒有放慢步伐，一溜煙地走遠了。

「左拐還是右拐……唉，現在的小孩子真沒禮貌。」章之奇無奈地搖搖頭，看了看牆上的標示牌，往勤工儉學辦公室方向走去。

然而章之奇還沒走到目的地，就已經察覺到情況不對勁——走廊盡頭那扇緊閉的門後，竟然冒出了陣陣青煙。

「失火了！」章之奇二話不說，一拳砸破牆上的火警警報器，同時提著滅火器衝上前，猛地一腳踹開辦公室的大門。

刺鼻的濃煙夾雜著滾滾熱浪撲面而來，章之奇不得不後退兩步，免得首當其衝。只見辦公室內四處都是熊熊烈火。這樣猛烈的火勢絕對不是意外，應該是人為縱火。

「路天峰！」章之奇扯破喉嚨大喊，火場之中卻是無人應答。

章之奇咬咬牙，打開滅火器，狠狠地向身前的火苗噴射過去。火勢稍微收斂了一些，煙霧之中，可以看到一個人趴在地板上，一動不動。

「路天峰！」章之奇再喊了一聲，但路天峰依然毫無動靜，似乎失去了知覺。

眼見火勢還是壓不住，章之奇甩掉手中的滅火器，深深吸了一口氣，一個箭步衝入火中，連調息的空隙都沒有，拖著路天峰的身子就往外拽。

四周全是火光，灼熱的氣息壓得人心生絕望。在煙與火之中，章之奇失去了距離感和方向感，僅僅靠著直覺和毅力，往選定的方位拚命前行。

肌膚傳來清晰的灼痛感，但章之奇連大氣都不敢喘一口，一旦吸入火場中的濃煙，就別想活著出去了。

幸好，他沒有認錯方向。

章之奇將路天峰帶出勤工儉學辦公室，此時，一些熱心的學生和老師也紛紛聞訊趕來，有幾個人拿著滅火器，試圖控制火情，不讓火勢往門外蔓延，還有兩位女生幫忙攙扶著章之奇和路天峰，並打電話通知救護車。現場一片混亂，章之奇一邊大口大口地呼吸著新鮮空氣，一邊不忘留神打量著圍觀人群。

縱火者很可能並未走遠，因為他想親眼確認路天峰會不會葬身火海。如果他再狠毒一點，也有機會混在人群之中，再次對路天峰下手。

因此章之奇絕對不敢有絲毫鬆懈，那鷹一般銳利的目光掃視著人群裡的每一張臉孔。

好奇、驚恐、激動、迷惑、不安……

在這形形色色的臉孔之中，夾雜著一張冷漠的臉。

章之奇的目光並停留，但他已經暗暗記下那張臉。

「我……沒事……」路天峰醒過來了，好像沒什麼大問題。

章之奇連忙蹲下，湊在路天峰的耳邊輕聲地問：「怎麼回事？」

路天峰眨眨眼，他立即就搞懂了眼前的狀況，並沒有問任何多餘問題，而是直截了當地說：「有人搶走了資料。」

「誰？」

「一個四十來歲的男人，戴黑框眼鏡，書生氣十足，看起來像是老師；還有一個二十出頭的女人，打扮成大學生模樣……」

「白色無袖襯衫，黑色牛仔褲，齊肩短髮？」章之奇腦海裡突然跳出了先前他問路的那個女孩形象。

「你……怎麼知道……」路天峰愕然。

「至於你說的那個男人……」章之奇倏地站起身，再想找剛才那個冷漠的男人，卻已經找不到了。

「他們沒走遠，追！」章之奇一把拉起了坐在地上的路天峰，「先去洗個臉。」

六月一日，下午一點十五分，D城大學，行政辦公樓。

路天峰和章之奇在距離事發地點最近的洗手間裡整理好身上那皺巴巴的衣服，又把臉上黑忽忽的煙塵擦洗掉。D城大學本來就是警方的重點監控地點之一，在這場火災發生後，除了消防員會到場救火之外，埋伏在附近的警察也一定會趕來協助調查。要是他們渾身烏黑地走在路上，很可能會被攔住問話。

「接下來我們去哪兒？」路天峰一邊用手捧著水洗臉，一邊問。

「去找那兩個搶走了資料的人。」

「去哪兒找？」路天峰端詳著鏡子裡的自己，似乎看不出什麼大問題了。

「去哪裡都一樣，只要有免費 Wi-Fi 蹭就可以了。」

「你想透過網路來找人？」路天峰失望的情緒溢於言表，「這不跟大海撈針一樣嗎？」

「D 城大學本來就有上萬名師生，加上每天都有好幾千名外來人員，不透過高科技手段，你說該怎麼找？」

路天峰一時語塞，他知道章之奇說得都對，但現在他的腦海裡亂作一團，也提不出什麼好主意來。

「來吧。」章之奇扯著路天峰離開洗手間，倒沒有真的去蹭什麼免費網路，只是找了個沒有人的房間鑽進去，拿起隨身攜帶的平板電腦就操作起來。

路天峰好奇地湊近，想看一下章之奇到底在折騰什麼。但螢幕上全是眼花撩亂的代碼，還有無數圖片在飛速閃爍，根本看不清楚。

「看不懂？」章之奇眼睛盯著螢幕畫面，嘴裡隨意問了一句。

「嗯。」

「看不懂就對了。」

路天峰注意到螢幕上閃爍的圖片似乎都是證件照，於是問：「這是在幹嘛？」

「登錄 D 城大學的人事檔案資料庫，讀取所有教職員工和在讀學生的證件照。」

「然後逐一比對嗎？你怎麼確定那兩個人是學校的教職員工和學生？」路天峰覺得有點匪夷所思。

「先回答第一個問題，逐一比對不需要，人工智慧會替我們完成大部分工作。」章之奇指著螢幕說。

原來他是輸入了一些相貌特徵，系統會立即進行分析和篩選，留下適合的人選。比如說輸入「男性，身高一米七以上」之後，系統返回的資料有三千多人，再加入新的條件「戴眼鏡」，候選人就會相應減少，然後又加入「方臉，高鼻梁，皮膚偏黑」等細節條件後，候選者就越來越少了。

當只剩下幾十張候選人照片時，章之奇將瀏覽圖片的模式改為手動切換，一張一張地翻過去，某張照片出現在螢幕上的瞬間，兩人異口同聲地喊：「就是他！」

D城大學總務處，辦公室助理，鄧子雄。

「再把女孩的身分確認一下！」路天峰說。

章之奇立即動手，沒想到這次要稍微困難一點，系統花了不少時間，他們也嘗試換了不同的相貌特徵關鍵字，才終於鎖定了女生的身分。

D城大學哲學系，大四，馬悅儀。

「現在回答你的第二個問題吧，為什麼我會覺得他們是D城大學的人。」順利找到目標之後，章之奇站起來伸了個懶腰。

「我已經想明白了。」路天峰聚精會神地看著螢幕上的證件照，「因為對方並沒有多少時間做準備，他們是在得知我要去勤工儉學辦公室後，才匆忙布局的，所以只能就近調配人手。」

「是的，他們應該是竊聽了童瑤的那支手機……拆掉駭客晶片後，對方只能透過對電話號碼的追蹤解碼來進行竊聽，沒想到他們還真有這種能力。」

「我真是納悶了，怎麼這所學校裡頭會有那麼多跟『組織』有關係的人……」路天峰的話說到一半，突然呆住了，後半句怎麼也說不下去。

「怎麼了？」章之奇不明所以。

路天峰還是沒說話，他回憶起許多人和事，神祕的「組織」確實跟這所大學有著千絲萬縷的關係。

在上次風騰基因一案中，牽涉Ｄ城大學的人員包括多年前莫名失蹤的周煥盛、因ＲＡＮ技術而捲入旋渦的駱滕風和陳諾蘭、逆風會的譚家強等。而在這次的事件當中，連環殺手汪冬麟是學校的人，犯案地點也主要是在校內，加上現在半路殺出來搶走資料的鄧子雄和馬悅儀……

「我突然冒出了一個可怕的念頭。」路天峰正色道。

「什麼念頭？」

「『組織』的老巢，會不會就在這所學校裡頭？」

一貫冷靜的章之奇聞言，驚訝地瞪大了眼睛。

路天峰接著說：「但無論如何，我們都要趕緊找到這兩個人。」

鄧子雄和馬悅儀，是他們手中唯一的線索了。

路天峰還在快速地瀏覽著他們兩人的檔案，突然，他指著螢幕驚訝地問：「咦，馬悅儀還在讀雙學位？」

馬悅儀是哲學系的學生，卻選讀了心理學系的雙學位課程，而她的第二學位畢業論文是關於犯罪心理學研究，論文指導老師竟然是早就退了休，只掛著榮譽教授頭銜的袁成仁。

路天峰又看了看鄧子雄的資料，發現他原來是Ｄ城大學心理學系多年以前的畢業生，主修教育心理學，畢業後直接留在Ｄ城大學工作，而他當年的論文指導老師正好也是袁成仁。

這兩個人的共通點終於浮出水面。

「我們去找袁老師。」章之奇只說了這一句。

六月一日，下午一點二十分，Ｄ城大學，後門外。

消防車、警車、救護車，一輛接一輛駛入校園，鳴笛聲此起彼伏，一看這架式就知道學校裡頭出事了。

程拓焦急地看了看手錶，路天峰離開已經超過半小時了，按道理早就應該回來，卻不見人影。更讓人不安的是，連之後說要去看看情況的章之奇也沒了回音。

「給他們打個電話催一下吧。」程拓向童瑤說。

「程隊，你看我的手機……」童瑤指了指車內那塊電路板，真不知道剛才章之奇是怎麼透過它來撥號的。

「還記得他們的手機號碼嗎？」

童瑤搖搖頭，這年頭幾乎沒人會去記那一長串數字了，更何況路天峰用的是臨時卡，章之奇和她又只是初識，哪裡能記住他們的號碼？

「別費心了，他們很可能拿著資料開溜了。」本已無精打采的汪冬麟，在察覺到事態有了新變化之後，頓時恢復了精神，說起話來嘻皮笑臉。

「少說兩句吧你！」童瑤惡狠狠地瞪了汪冬麟一眼。

然而汪冬麟不怒反笑，又問了一句：「那你怎麼解釋他們倆的失聯呢？只是拷貝一份資料而已，需要兩個人一起去嗎？」

「閉嘴！」童瑤也難免有點心浮氣躁了。

程拓默默看了一眼手錶，又看了看童瑤，說：「看來校園裡頭確實是出了大事，警方很快會在周邊進行可疑人員排查工作，我們如果不盡快轉移陣地，很可能會被發現。」

「那……我們去哪兒？」

「你覺得呢？」程拓這句話竟然是朝著汪冬麟說的。

汪冬麟也沒料到程拓會突然反客為主，愣了愣，反問道：「你問我？」

「是呀，現在你既不能提供線索，又不能幫我拿到所謂的祕密資料，那還有什麼利用價值呢？」程拓的冷笑讓人有點心寒，「我乾脆把你送回警局好了。」

「程隊，有話好說。」汪冬麟調整了一下坐姿，氣焰也收斂了不少，「我，我還可以幫你……」

「幫我啥？」程拓面無表情地問。

汪冬麟舔了舔乾裂的嘴唇，眼珠骨碌骨碌轉動著，似乎在努力思考應該如何應對程拓的問題。

「既然無話可說，我們走吧。」程拓並沒有給汪冬麟多少考慮的時間，二話不說就發動車子準備離開了。

「等等！我……我想起了一件很重要的事！」

「說說看！」程拓一邊說，一邊鬆開了手煞車。

「我懷疑『組織』的人就藏在學校裡頭！」汪冬麟迫不及待地說：「他很可能就住在我的樓上！」

「為什麼這麼說？」程拓和童瑤將信將疑。

「你們剛才聽到我和路天峰之間的對話了嗎？我殺人的過程被某人偷拍了下來，而我分析過那些照片的拍攝角度，其中有幾張只可能是從我樓上的宿舍拍攝的。」

「你樓上？知道是哪間嗎？」

汪冬麟所住的是一棟較舊的教職員工宿舍樓，本身也就只有八層高，逐一排查並不需要花太多時間。

汪冬麟苦笑道：「那麼重要的事情，我當然花了不少力氣去調查。根據拍攝角度和高度分析，我的首要懷疑對象是住在隔壁棟五樓五〇一室的袁成仁老師。」

「袁成仁？」童瑤覺得這個名字有點耳熟，一時之間卻想不起來是誰。

「D城大學心理學系的退休教授，國內犯罪心理學領軍人物，我覺得只有他能夠做出這種事情來。」

童瑤終於想起來了，「天哪！這個袁教授……就是章之奇當年的老師！」

章之奇昨晚還順路去登門拜訪了袁成仁，他們兩人見面時到底說了些什麼？如果袁成仁真和「組織」有關，那麼章之奇這個人還能信任嗎？為什麼他偏要去找路天峰？校園裡面到底發生了什麼事？

童瑤心亂如麻，她強迫自己閉上眼睛，深深吸了一口氣，才舒緩過來。

「現在怎麼辦？」

童瑤和程拓面面相覷，他們想進入學校查看情況，但又不可能帶著通緝犯汪冬麟行動，不過要是只留一個人在這裡看守汪冬麟，又對彼此不太放心。畢竟他們兩個人的立場都有點尷尬，並未完全按照警察守則行動。

汪冬麟自然看懂了其中的微妙之處，但他也不說話，抿著嘴巴在心裡暗暗偷笑。他知道自己提供的線索會讓程拓和童瑤陷入進退兩難的境地，他們會擔心路天峰的安危和資料的下落，不可能一直在原地等候，而只要他們貿然行動，就很可能會犯錯。

所以汪冬麟只須靜待形勢進一步出現變化即可。

「我還是登錄一下系統看看吧。」為了隱藏行蹤，之前程拓斷開了手機的網路連接，現在迫不得已還是要進入警察內部系統，查看最新的消息。

一打開介面，映入眼簾的就是一條紅色字體加粗的緊急事件提示：D城大學發生火災，現場疑似縱火，可能跟汪冬麟案有關，請各單位就近增援。

「校園內起火了，發生火災的地點……是學生處的勤工儉學辦公室。」

「有人員傷亡嗎？」童瑤急切地問。

「目前暫無傷亡報告。」

「程隊，我還是去看一下吧？」童瑤主動請纓，雖然她擔心程拓心裡另有小算盤，但更擔憂路天峰和章之奇那邊的情況。

「你就不怕我和汪冬麟達成什麼私下交易嗎？」程拓乾脆把話挑明了。

「我相信你。」

「萬一你信錯人了呢？」

「那麼我即使走遍天涯海角，也會將你和汪冬麟緝拿歸案。」童瑤分外認真地說。

程拓笑了笑，「放心吧，我很清楚我自己的身分是什麼。」

聽到這句話，坐在一旁的汪冬麟突然撇了撇嘴。他知道，自己想要逃跑的話，最好也是最後的機會來了。

5

六月一日，下午一點三十分，D城大學，教職員工宿舍區。

袁成仁的家中。

敲門無人回應後，門鎖處便傳來咔嚓咔嚓的聲響，然後啪嗒一下，鎖從屋外被打開了。

路天峰和章之奇小心翼翼地推門而進。

「袁老師？」章之奇往屋內喊道，但四下一片靜悄悄，無人應答。

「找找線索。」路天峰心裡有種不安的預感，他覺得袁成仁可能已經有所行動了。

袁成仁的屋子布置得非常簡單，家具也都是樸素風格，屋子裡頭唯一可以算得上裝飾品的，就是牆上貼得滿滿的榮譽獎狀、獲獎證書和活動合影，櫃子上方還有一排金光閃閃的各式獎盃，這都是他這輩子最值得懷念的榮光。

「沒有什麼特別的發現。」章之奇在臥室裡檢查了一遍，被子疊得整整齊齊，衣櫃裡的衣服也同樣整齊，毫無異常。

「抽屜裡面呢？」路天峰問。

「抽屜上了鎖，還是先別暴力打開吧。袁老師可能只是出門散步去了……」

「剛才有兩個人想殺我，而他們都是袁成仁的學生，這難道只是巧合嗎？」路天峰質問道。

章之奇沒說什麼，歎了口氣，將頭扭向一旁，目光看向窗外。

路天峰正要上前撬鎖，章之奇突然用手肘撞了撞他，手指向窗外，「你看那邊。」

「看什麼？」

「那裡就是汪冬麟家的院子吧？從這個角度看過去，剛好能看見停車棚下方的狀況。」

路天峰一看，還真是如此。

「所以那個偷拍照片威脅汪冬麟的人，就是袁成仁？」

章之奇緩緩地搖搖頭，「還不好說……」

這時候，兩人聽見了屋外傳來鑰匙開門的聲音。

「別慌，讓我來說。」路天峰上前一步，正好迎上開門進屋的袁成仁。

屋內居然有人，袁成仁嚇了一大跳，手中的購物袋也掉落到地板上，茄子、胡蘿蔔和蘋果滾了一地。

「章之奇？」袁成仁倒是先認出了站在後方的學生，臉色才稍稍恢復平靜，但仍是疑惑地說：「到底發生了什麼事？」

「我是市刑警大隊的路天峰，眼下有一起案件需要袁教授您協助調查……」

「停！」袁成仁舉起右手手掌，做了個停止的手勢，「警方需要我協助調查，跟你隨便私闖民宅是兩碼事吧？現在的警察都這樣辦事的嗎？」

「很抱歉，情況緊急……」

「什麼情況緊急？你有搜查令嗎？」

袁成仁氣鼓鼓地坐到沙發上，連地上的蔬果都懶得去撿，還是章之奇機靈，三下五除二就將東西撿回購物袋內，遞給袁成仁。

「袁老師，您別生氣，我這個朋友就是有點不懂人情世故……」

袁成仁白了章之奇一眼，沒接話。

路天峰硬著頭皮說：「袁教授，半小時前貴校發生了一起縱火案，兩個嫌疑犯都曾經是您的學生，所以我們想來問您幾個問題。」

「縱火案？我的學生？」袁成仁冷笑一聲，「我任教三十多年，教過的學生沒有一萬也有七八千，他們要真有人犯法也能怪罪到我頭上嗎？」

路天峰站在原地，感覺有點尷尬，袁成仁那副生氣的樣子還真不像是在演戲，莫非他跟「組織」並無關聯？

「袁老師……」

「章之奇啊，別人不懂尊師重道也就罷了，你也不懂嗎？」

「是是是，您教訓得是。」章之奇難得地低頭認錯。

「你們快走吧，再不走我就打電話給你們上級了，韓光榮退休了嗎？羅永平轉正局長了嗎？」袁成仁滿臉通紅，毫不客氣地報出兩位局長的全名。

「那……打擾了……」路天峰和章之奇此行一無所獲，有點灰頭土臉地準備告辭。

然而就在這時候，有人用力地叩擊了三下敞開的屋門。

「咚咚咚——」

童瑤站在門外，手裡拿著一枚黑色隨身碟。

「袁教授，剛才您在樓下怎麼把這東西放到信箱裡頭了？現在的小偷可精明了，用信箱藏東西這招已經騙不過他們了。」

童瑤微微一笑，伸手似乎是要將隨身碟遞給袁成仁，可是袁成仁卻沒有伸手去接。

畢竟，這個隨身碟屬於路天峰。

變故突生，讓路天峰和章之奇一時都沒反應過來，袁成仁的臉上似乎蒙上了一層薄霜，冷冰冰的，但也少了之前那種憤懣的表情。

「袁老師，這是……」章之奇好不容易才擠出這句話來，在他的心目中，袁成仁不僅僅是老師，還是他的偶像。

「我什麼都不會說的。」袁成仁的語速緩慢，吐字異常清晰。

「我剛才在樓下，親眼看見袁成仁將這個隨身碟從購物袋裡拿出來，然後放進了信箱。」童瑤將隨身碟交到路天峰手上，「老大，這是你的東西嗎？」

「是的。」路天峰點點頭，接過失而復得的資料。

袁成仁冷眼看著屋內的三人，默不作聲。

「童瑤，麻煩你帶袁教授回警局一趟，請他配合我們的調查；章之奇跟我一起先研究一下這份資料到底是什麼東西。」

「等等！」出乎意料的是，童瑤和章之奇的反應都很大，異口同聲地喊了起來。

路天峰一愣：「怎麼啦？」

章之奇搶先說道：「你就讓童瑤一個人帶袁老師回去？有點危險吧？」

他一邊說一邊不停地向路天峰使眼色，路天峰終於想起了稍早之前自己所做的推論，如果「組織」大本營真的就在校園裡頭，沒準他們的人正埋伏在旁，虎視眈眈。

童瑤原本是想提醒路天峰一句，章之奇也是袁成仁的學生，對他並不能百分之百信任，但沒料到他竟然會關心自己的安危，讓她一時不知道還該不該說出自己的擔憂。

「那就一起走吧。」路天峰心領神會，點了點頭。

「誰說我要跟你們回去啦？」然而袁成仁並不準備配合他們，「我拒絕，如果你準備強行將我帶走，就等著吃苦頭吧。」

說完，袁成仁穩穩地坐在沙發上，雙手交叉放在胸前，一副誰敢動我的氣勢。

路天峰意識到袁成仁是在拖延時間，對方的人可能會比想像中來得更快。

章之奇也同樣是東手無策，他看著櫃子上那一排金光閃閃的獎盃，尤其是最顯眼的那座省公安廳頒發的「滅罪先鋒」榮譽獎盃，心中感覺極其諷刺。

「咚咚咚——」

門外竟然還有人。

袁成仁仍然端坐不動，但嘴角不經意地翹了起來。

路天峰向童瑤做了個手勢，示意她先去看看情況。童瑤點了點頭，快步走到門邊，高聲問：「誰啊？」

「您好，快遞員。請問這裡是袁成仁先生家嗎？」男聲回答道。

「是的，但我現在不方便開門，東西能先放門外嗎？」

快遞員卻是不依不饒地說：「請問袁先生在家嗎？這份快遞需要他本人親自簽收。」

童瑤將詢問的目光投向路天峰，路天峰看了看袁成仁，決定讓童瑤去開門。

「小心。」

門打開了，站在門外的是一個身穿橙色制服的快遞員，頭戴運動帽，手裡拿著一個沉甸甸的紙盒。

「可以代簽嗎？」童瑤問。

「袁先生不方便的話，您可以代簽，但麻煩您出示一下身分證。」快遞員邊說邊往屋內張望，一眼就看到了坐在沙發上的袁成仁。

與此同時，路天峰也看清楚了快遞員的臉。

他竟然是擄走陳諾蘭的阿永！

而袁成仁看到阿永時，表情明顯呆滯了一下，也許他期望出現在門外的，應該是其他人。

「別讓他進來！」路天峰大喝一聲，但還是慢了一步。

阿永將紙盒猛地扔向童瑤，童瑤見盒子本身並不輕，來勢洶洶，也只能選擇閃避。阿永一腳踢開木門，從腰間拔出了手槍，瞄準沙發上的袁成仁。

路天峰反應奇快，一個箭步衝上前去，將沙發上的袁成仁撲倒在地。

「噗——噗——」裝了消音器的手槍在沙發上留下兩個清晰的彈孔。

阿永衝進屋，準備繼續追殺倒地的袁成仁，而童瑤已經從旁殺出，一記掃堂腿襲向阿永的膝蓋位置。只是沒想到阿永的拳腳功夫也很了得，不但輕巧地挪步躲過童瑤的進攻，還趁機反擊，一腳踢在童瑤的腰上。

童瑤痛得眼淚直流，連退三步，朦朧之中意識到阿永的槍口瞄準了自己，連忙側身躲到一旁。

但阿永沒有開槍，因為他眼角的餘光看見了一團黑影砸向自己，慌忙避開。咣當一聲，章之奇用力拋過來的榮譽獎盃砸在牆上，獎盃的底座瞬間摔成了兩段。

阿永往章之奇的方向開了一槍，迫使他狼狽地滾地躲開，不過阿永也明白自己是以寡敵眾，沒有魯莽地繼續開槍，而是背靠屋門，擺出防禦姿態，重新將槍口轉向袁成仁和路天峰。

「把東西交出來，可以饒你一命。」阿永硬是擠出一個笑容來，「路警官，你知道我一向說話算話。」

「什麼東西？」

「汪冬麟藏起來的資料。」

路天峰恍然大悟，原來阿永和他的幕後老闆同樣是為了資料而來。看來他們要路天峰交出汪冬麟，真正的目的是想追查資料的下落，沒想到路天峰直接拿到了資料，這樣一來反而替他們省了不少工夫。

這資料到底是什麼，有那麼重要嗎？

「我把資料給你，你放了陳諾蘭。」

「沒問題。」阿永毫不猶豫地回答。

「我需要當面交易，確保陳諾蘭的安全。」說話間，路天峰已經拿起了桌面上裝滿溫水的茶壺，另外一隻手舉起隨身碟，「提醒一句，我這老古董隨身碟可是不防水的，一旦掉進茶壺裡可就報廢了。」

阿永瞪大了眼睛：「你敢？」

「我為什麼不敢？告訴你，這資料可再也沒有備份了。」

阿永想了想，冷笑一聲：「陳諾蘭的命也只有一條，沒有備份。」

這下輪到路天峰沉默了。

而就在他們兩人你來我往、針鋒相對的同時，童瑤和章之奇也默默交換了一下眼神，他們腦海中滿是疑問。

這人是誰？路天峰為什麼好像認識他？陳諾蘭又去哪裡了？

但眼前的局勢錯綜複雜，哪裡有機會讓他們發問。阿永見路天峰默不作聲，知道自己在心理層面占了上風，於是放緩了語氣。

「路警官，這份資料對你而言一點作用都沒有，何必死抓著不放呢？」

對呀，他們拚死拚活爭奪這份資料，卻連它到底有什麼用都不清楚，還真是諷刺。

路天峰的內心開始有所動搖。

阿永感覺自己勝券在握，臉上的表情更加放鬆了，他右手舉著槍，向路天峰走近了兩步，再攤開左手：「交出來吧。」

路天峰的眼皮不斷跳動著，他知道無論自己做出什麼樣的選擇，都很有可能後悔。

就在這節骨眼上，出乎所有人意料的事情發生了。

「嗒嗒嗒——」一連串急促的聲音在門外響起。

原本以勝利者姿態站在客廳裡的阿永，表情突然變得僵硬，他的胸前綻放出幾朵血花，而那片鮮紅色還在飛速擴散。

「你們……」

不可一世的阿永只說了這兩個字，就閉上眼睛，直挺挺地往前撲倒，整個人摔到地上。可以看見他的後背出現了幾個可怕的黑洞，正不停地往外冒血。

只見大門上布滿了彈孔，正有人從屋外用衝鋒槍隔著門瘋狂掃射，而阿永所站的位置首當其衝，連中數槍。

幾乎是同一時刻，一直沒動靜的袁成仁出其不意地撲上前，一口咬在路天峰拿著隨身碟的左手手腕上，路天峰痛得驚呼一聲，手下意識地一鬆，隨身碟不偏不倚地跌落到茶壺裡頭。

路天峰瞬間反應過來，阿永他們要拿資料，而袁成仁只想毀掉資料。

「撤到房間裡！」路天峰趕緊將茶壺中的水全部倒掉，取回了隨身碟。

事實上在路天峰下令之前，童瑤和章之奇已經不約而同地往臥室方向移動。袁成仁則趁著路天峰搶救隨身碟的空檔，以老年人難得一見的敏捷身手逃向門邊。

路天峰知道自己顧不上袁成仁了，立即閃身躲進臥室，再反手鎖上門。

「從陽台逃跑！」章之奇喝道。

三人都很明白，敵人火力凶猛，很可能就是昨天上午劫囚車的那夥歹徒，他們現在根本無法正面應敵，只能盡快逃離。

幸運的是，袁成仁家中的陽台並沒有安裝金屬防盜網，而且離鄰居的陽台也只有不到一公尺的距離，可以輕鬆地翻過去。

「童瑤，你先走，拿好這個。」路天峰將濕漉漉的隨身碟塞到童瑤手中。

童瑤愣了愣，但沒說什麼，接過隨身碟後，雙腳一蹬，動作輕盈地跳到了隔壁屋子的陽台上。章之奇緊隨其後，落地動作雖然沒有童瑤那麼瀟脫，但也是穩穩地站住。

「那隨身碟防水的。」章之奇語速飛快地對童瑤說。

「啊？」童瑤終於明白了，原來之前路天峰跟槍手之間的談判，竟然只是虛張聲勢。她既佩服路天峰在生死關頭仍然能夠面不改色地給對方設局，也對章之奇能在電光石火間看穿路天峰的計謀而感到不可思議。

說時遲，那時快，路天峰也跳了過來，但追兵已經到了身後。

「快走！」

三人俯下身子，衝進這家人的臥室，幸好屋內空無一人，否則一定會被嚇個半死。這屋子雖然與袁成仁家的陽台相鄰，門外的走廊卻是不相通的，路天峰等人順著樓梯一路往下跑，也不敢回頭，他們知道一旦離開這棟樓房，跑到馬路邊，就會遇上正在盯梢汪冬麟家的警員。

對方再怎麼猖狂，也不敢在光天化日之下與警察交火，更何況因為先前的火災，此刻布置在校園裡頭的警力是日常的數十倍之多。

「跑！」

路天峰此刻只有這個念頭。

他們已經離開了昏暗的樓道，重回陽光之下，而他們的身後並沒有追兵的腳步聲或者子彈聲。路天峰還認得前方那輛車子，昨晚他們來拜訪王小棉的時候，正是先引開了車內的警察才得以混進汪冬麟家中。

不過讓人意外的是，如今車內居然空蕩蕩的，原本負責監視的警員不見蹤影，很有可能是去了火災現場增援。

「上車！」路天峰試了試車門，竟然沒上鎖。

「他們沒有追過來。」章之奇跳上副駕駛座，一邊繫上安全帶一邊說。

「袁成仁可能以為資料真的被毀掉了，如果是這樣的話，他會優先考慮自身的安全問題，第一時間潛逃。」路天峰說。

童瑤拍了拍胸口：「那麼我們的運氣也真夠好的。」

但路天峰的神情卻看不出絲毫輕鬆，「還有另外一種可能，剛才歹徒隔著木門開槍掃射的時候，根本不能確定袁成仁的位置在哪裡，但對方依然肆無忌憚地開火，這也許是因為袁成仁的生死在他們眼中根本不重要。」

章之奇並沒有說話，他的目光已經被不遠處的三個男人吸引住，於是用手肘撞了撞路天峰。

那三個人都穿著同款運動服，走路的時候低著頭，衣領高高豎起，擋住大半張臉，看不清模樣。值得注意的地方是，三人的步伐幾乎是一致的，堅定而有力，而且他們的站位和前進的路線，恰好是以車子為中心，隱隱形成一個包圍圈。當他們更接近一些的時候，章之奇甚至能分辨出他們藏在運動服下方的衝鋒槍輪廓。

這是猛獸在捕食獵物之前，刻意營造的平靜假象。

路天峰和童瑤也幾乎同時察覺到包圍者的存在，然而對方已經過於接近了，如果現在選擇下車逃跑，很可能會被射成靶子。

他們只好留在車內，眼睜睜看著敵人越走越近，其中一個人已經拉開了運動服的拉鍊，露出黑色的槍柄。

正午時分，陽光透過樹蔭灑在道路上，還有幾個茫然不知的學生騎著自行車，相互之間有說有笑，跟殺人不眨眼的歹徒擦肩而過。

看到男男女女的學生路過，路天峰更加不敢下車了。他歎了一口氣，心想，即使自己會在車上被槍殺，也絕不能波及這些手無寸鐵的年輕人。

童瑤和章之奇對視一眼，彼此都讀出了對方眼中的無奈。

好像只能認命了。

三個男人一直走到離車子只有兩公尺左右的地方，才齊刷刷從衣服裡掏出衝鋒槍，黝黑的槍口即將從三個不同角度噴射出死神的火焰。而車內的三個人手上連一件可以稱之為武器的東西都沒有。

勝負在下一秒即見分曉。

沒料到，這一瞬間卻是風雲突變。

剛才騎著自行車路過的一名男生，突然跳下車，雙手舉起自行車，砸向其中一名槍手的後背，把持槍的男人直接砸倒在地。另外兩名槍手立即掉轉槍口，但還是慢了一步，有七八個人同時從兩旁撲出來，很快就解除了他們的武器，並將他們戴上了手銬。

「非常標準的逮捕動作，他們是警察！」章之奇激動地說。

這時候，路天峰終於看見了藏身在一棵大樹後的行動指揮官嚴晉，還有坐在樹下長椅上看著報紙的戴春華。

6

六月一日，下午兩點，D城大學，教職員工宿舍區。

幾輛警車閃爍著警燈，數十名身穿制服的警察拉起警戒線封鎖了現場，技術鑒證人員則已經前往袁成仁家中取證，對袁成仁、鄧子雄和馬悅儀的搜捕命令也已經發布。

路天峰坐在其中一輛警車上，讓童瑤替他處理剛才匆忙逃跑時擦傷的手臂傷口，嚴晉和程拓也在車內。後座處，是身披外套蒙著大半個腦袋，不敢露臉的汪冬麟。

「終於結束了。」程拓長舒一口氣，對路天峰說。

路天峰猶豫了一下，他心裡還有許多疑問，但不適合在嚴晉面前提出來。

反倒是嚴晉單刀直入地問：「程隊，這次幸虧有你及時提供的線索，才能將歹徒一網打盡。但我不太明白，你抓住汪冬麟之後為什麼沒有第一時間彙報？D城大學袁成仁涉案的情報，為什麼也一直隱瞞著？現在幸虧汪冬麟沒跑掉，萬一出了意外，誰能承擔起責任呢？」

程拓拍了拍嚴晉的肩膀，「放心吧，報告交給我來寫，嚴隊你這次的表現相當好，就算上級要追究責任，也有我扛著。」

「這根本不是追究責任的問題……」嚴晉隱約覺得程拓還有什麼東西瞞著自己，但眼前最主要的任務即抓捕汪冬麟已經完成，他也不想這時候再節外生枝。

「你也得好好想想怎麼跟上級彙報。」程拓這句話又是向路天峰說的。

路天峰看了一眼後座上的汪冬麟，此刻已自知難逃法網的汪冬麟，神情竟然出奇平靜，回望向路天峰的目光極其複雜。

汪冬麟似乎還沒認輸，不，不但沒認輸，他的內心好像還滿懷希望，甚至用一種屬於勝利者的憐憫眼光看著路天峰。

路天峰突然想明白了，汪冬麟早就沒有什麼東西可以失去，再怎麼輸也只是保持原狀，但自己卻不一樣。

他隨時可能失去自己的工作、自己的最愛，失去一切……

「你們先帶汪冬麟回警局，我還有點事情要辦。」

「等一下。」嚴晉一把拉住了想要下車的路天峰，「你想去哪裡？你也是涉案人員，不能隨意離開。」

「嚴隊，我女朋友現在有生命危險，我要去救她。」

「那我派人跟你一起去。」

「不，那會打草驚蛇的。」路天峰搖搖頭，既然阿永能追蹤到這裡，那麼幕後老闆很可能已經知道這邊的情況了。

他摸了摸剛才童瑤還給他的隨身碟——隨身碟裡的資料，是涉及案件的重要證據，嚴晉要是清楚了來龍去脈，就一定不會同意自己拿著資料去交換陳諾蘭。

「我只能一個人去。」

「路隊，這可不合規矩啊！」

「嚴隊，要是每件事都必須講規矩，我們可能到現在還無法抓住這小子呢。」程拓指著汪冬麟，插話道。

嚴晉看著路天峰，眼中閃過一絲猶豫。按照正常流程，他確實應該將路天峰帶回警局好好審訊一番，但他也很清楚，路天峰從來不是一個按照常理出牌的人。

路天峰身子向前傾斜，湊在嚴晉耳邊，用只有他能聽見的音量說：「讓我去吧，只有我能解開汪冬麟一案的真相。」

嚴晉的瞳孔倏地放大。

「是的，我相信你也有預感，真相並沒有那麼簡單。」

六月一日，下午兩點三十分，未知地點。

陳諾蘭孤零零地坐在豪華的房間內，這裡有足夠的食物和飲料，還有一大堆書本雜誌保證她不會覺得無聊。房門是從外面反鎖的，她無法離開，司徒康也不知道去了哪裡，一直沒再出現過。

她心煩氣躁地將旅遊雜誌扔回到桌子上，與此同時，門外傳來了開鎖的聲音。

司徒康推門走了進來，他沒有帶任何手下，臉上表情有點僵硬。

「陳小姐，你休息得還不錯吧？」

「司徒先生，有話請直說。」陳諾蘭感覺事情有點不對勁。

司徒康坐了下來，也示意陳諾蘭坐下，慢悠悠倒了一杯茶，才開口說：「我有一個好消息和一個壞消息，不知道你想先聽哪個？」

「壞消息吧，我習慣把希望留在後面。」

「壞消息就是我派去支援路天峰的人手，全軍覆滅，我也不知道到底發生了什麼事。」司徒康的語氣波瀾不驚，一點都不像損失慘重的樣子。

陳諾蘭心內一驚，腦海裡閃過各種可怕的畫面，但仍然平靜地問：「那好消息呢？」

「好消息就是路天峰正在趕往我們這裡，我真心希望他已經順利完成了任務。」

「他來了？」

「是的，但如果他是兩手空空前來，我們的交易將無法完成。」司徒康將杯中的茶一飲而盡，「那可是個兩敗俱傷的局面。」

「萬一他無法滿足你的要求，你會怎麼樣？殺了我嗎？」

「殺人只是於事無補的泄憤手段，而我從來不做沒有意義的事。」司徒康笑了笑，但笑容裡帶著冷意。

「那什麼才是有意義的事？」陳諾蘭眼珠一轉，想出了答案，「你可以再次令時間倒流，對嗎？」

「簡而言之，是的。」司徒康說出這話的時候，整個人的氣質悄然發生了變化，帶有一種俯視蒼生的優越感。

「所以你會迫使路天峰一次又一次地替你賣命，直到達成你的目的為止？」

「很可惜，路天峰目前的能力不足，他只能經歷一次時間倒流，如果再來一次，他很可能會死掉。」

「你說什麼？」陳諾蘭驚訝地張大了嘴巴。

「這就說來話長了，時間倒流也是需要付出代價的……」

陳諾蘭想起了路天峰對自己說過的計畫，他要重返昨天，拯救因為這一次時間倒流而死去的無辜者，包括他的摯友余勇生。

昨晚他一度要選擇放棄，但正是因為覺得自己還能努力去挽回一切，才有信心和勇氣繼續前行。假若現在告訴他，不可能再經歷一次時間倒流，他還能撐得住嗎？

「路天峰之前也經歷過很多次時間迴圈，為什麼說他沒有這個能力？」

「因為長達數天的時間倒流和以二十四小時為單位的時間迴圈，是兩種完全不同的概念。」司徒康拿起陳諾蘭剛才在看的旅遊雜誌，翻開其中一頁，「你看，這是世界上最豪華的郵輪，可以穩穩當當地橫穿太平洋，那麼如果是公園裡的小船可以做到這點嗎？」

「不行。」陳諾蘭有點明白了。

「在時間波動的規則裡頭，單日迴圈是一種自然現象，就像海浪一樣；而波及時間長達數天的時間倒流，是人為造成的巨型旋渦。路天峰雖然是感知者，但沒有接受過專業訓練，能夠承受一次長達三天的時間倒流，已經很不簡單了。」

而陳諾蘭敏銳地捕捉到司徒康話中的關鍵資訊點，「這還能進行專業訓練？」

「只要是能力，就可以透過練習進行強化。」司徒康看了一眼手機，說：「等會兒再聊吧，你的超人男朋友還有五分鐘左右就會抵達。」

「為什麼你那麼清楚他的行蹤？」陳諾蘭覺得司徒康這人真是深不可測。

「因為我的手下給了他一張名片，名片裡面夾著一張微縮晶片，帶有全球定位功能。」司徒康展示了一下他的手機螢幕，「現在的科技越來越先進，隱私這玩意兒已經形同虛設。話說回來，陳小姐身為一位科學家，應該最能體會科技發展給人類社會帶來了怎樣翻天覆地的變化，不是嗎？」

「高科技要是被壞人濫用，那就太可怕了。」陳諾蘭一語雙關地說。

司徒康不怒反笑，「一項技術的濫用與否，誰說了算呢？比如現在核武器被世界各國一致反對，但原子彈終結二戰的時候，為什麼大家都齊聲叫好呢？再說陳小姐目前從事的生物科技和基因療法研究工作吧，這個領域被很多人稱為『富人的特權』，很多最新的藥物和研究成果普通人根本消費不起，那麼是否能夠把你的工作定義為濫用科技資源，專為有錢人服務呢？」

陳諾蘭明知司徒康是在胡扯，一時間卻又想不出如何反駁他的觀點，只好氣呼呼地把臉扭向一邊。

「好了，我們一起去迎接路警官吧。」

「我們一起？」

「是的，你猜猜門外到底是什麼地方？」司徒康向陳諾蘭用力地擠了擠眼睛。

陳諾蘭搖搖頭，她不想去猜，只知道這扇門外面的世界充滿了危險。

六月一日，下午兩點四十分，城郊，東泥堂。

這地名雖然帶著一點詭異的氣息，但實際上就是D城水泥廠的舊址。當年水泥廠因為響應國家產業升級改造的號召，先是減產，再是停產，以外租倉庫為生，最終還是無法支撐下去，只好就地解散，留下這一大片廠房和一屁股的外債。

幾年前，有一家來歷成謎，但自稱資本實力雄厚的公司包下了水泥廠的地盤，掛出了「東泥堂」這個招牌，並在媒體上大肆宣傳，號稱要將這片荒廢的廠區打造成「文化創意產業園區」。在鋪天蓋地的宣傳之下，東泥堂曾經火了一小段時間，但很快就因為經營者的後繼無力而被大家所冷落遺忘，那家牛皮吹破天的公司也不得不收拾包袱走人。

如今的東泥堂棄置已久，大部分建築物上都貼著「危險勿近」的標誌，但即使沒有這些標誌，也不會有人接近。

路天峰看了看名片上的地址，再次確認自己並沒有走錯地方。他踏著開裂的水泥路信步前行，走到廠區的最深處，沒想到在這片斷壁殘垣之中，竟然還有一棟外觀亮麗的小樓房，與周邊環境格格不入，顯得非常詭異。

路天峰大步流星地朝著這棟奇怪的房子走過去，剛到樓下，眼前那扇桃木大門就緩緩打開，一位衣冠楚楚的中年男子站在門前，面帶微笑地看向路天峰。

中年男子的身後，是兩個身材健碩的年輕男人，他們一左一右地夾持著陳諾蘭，不過看陳諾蘭的表情還算鎮定。

「諾蘭！你還好嗎？」路天峰忍不住大喊起來。

陳諾蘭終於繃不住了，眼眶一下子變得紅紅的，「我沒事。」

「在下司徒康，初次見面，路警官請多多指教。」司徒康向路天峰伸出右手，看似要跟他相握，但同時也阻擋了他繼續向前。

「你就是阿永的幕後老闆？」路天峰停下腳步，直盯著司徒康。

「阿永是我的手下。」司徒康提到這個名字時，嘴角抽搐了一下。

「他死了。」

「我知道，我希望他的犧牲是有價值的。」司徒康上下打量著路天峰，「汪冬麟他人呢？」

「他已經被警方帶走了，但你要的東西在這裡。」路天峰從口袋裡掏出隨身碟，高高舉起，好讓司徒康看清楚。

司徒康的目光頓時變得興奮起來，「太好了，路警官，你果然沒令我失望！」

「但我有個條件——」

「進來再說吧。」司徒康擺擺手，徑直走回屋內，陳諾蘭也被帶了回去。

路天峰別無選擇，只好跟著他們進屋。進門後只見屋子內部的裝潢精美，配套設施應有盡有，讓人完全無法跟屋外破落荒廢的廠區聯想在一起。

客廳裡有一張長沙發，司徒康坐下來，又招呼陳諾蘭在他身邊坐下，然後向路天峰招招手，「來，把東西拿給我看一下。」

路天峰看了看四周，全是司徒康的手下，其中幾個人看起來還帶著武器。

「你先放了她。」

「別太心急嘛，剛才我已經向陳小姐發出正式邀請，請她擔任我的科學顧問。」司徒康轉頭向陳諾蘭笑了笑，「所以這裡面的資料，還要她幫忙解讀解讀呢。」

路天峰愕然地看著陳諾蘭，陳諾蘭輕輕地搖搖頭，他立即明白，她是被迫的。

然而路天峰也沒有別的選擇，他將隨身碟拋給司徒康，說：「我希望你不要食言。」

「我不會的……」司徒康將隨身碟插入電腦，注意力完全轉移到螢幕上，「確實是林嘉芮的研究資料，太好了！」

陳諾蘭按捺不住自己的好奇心，也瞄了兩眼，沒想到很快就被上面的內容吸引了。林嘉芮的研究方向其實和她之前在風騰基因的項目有相通之處，只不過林嘉芮另闢蹊徑，提出了一些全新的想法，並且還有相應的基礎實驗數據。

這異想天開萬一得到證實，將會是基因療法的一大突破，更讓人欣喜的是，一部分實驗數據已經能夠支持下一步的深入研究。

「陳小姐，這份資料有價值嗎？」

「有。」陳諾蘭爽快地答道：「但還需要多花點時間去研究。」

「很好，那麼讓我們將這個成果跟全世界分享吧。」司徒康一邊說，一邊飛快地敲打著鍵盤。

陳諾蘭大吃一驚，因為她看見司徒康將這份價值連城、甚至不惜犧牲人命換到手中的珍貴資料，竟以完全免費的方式共享到各大基因技術討論網站、論壇和一切與之相關的資訊發布區！

短短幾十秒內，一項可能改變基因技術未來的全新科技核心機密，竟然成了每個人都能輕易獲取的免費資源。

「為什麼要把這些資料公開？」陳諾蘭驚呆了，她本以為司徒康要藉此盈利，沒想到事態的發展居然是這樣子。

「越多人參與研究，就越有可能成功，我只希望這項技術能夠真正實現，並不想透過它賺錢，是不是很偉大？」司徒康哈哈大笑起來。

路天峰終於開口了，「我明白了，你是在針對『組織』。」

「組織」千方百計想要毀掉資料，但司徒康卻偏偏要對著幹，他甚至將資料到手後就第一時間分享到互聯網上。這樣一來，就算「組織」有通天的本領，也不可能把傳遍整個網路的資料徹底刪除。

「對啊，常言道敵人的敵人就是朋友，要不要考慮一下跟我長期合作？」

「合作？」

「是的，我可以把『組織』的祕密告訴你，然後我們一起聯手對抗它。」司徒康躊躇滿志地說。

路天峰雖然極度反感跟眼前這個男人產生瓜葛，但對方開出來的條件實在是太具吸引力了，那拒絕的話語已經到了嘴邊，竟然沒能說出口。

司徒康看穿了路天峰內心的糾結，臉上流露出一副勢在必得的神情來。

「之前有人跟我說過類似的話，緊接著他就死掉了。」

「放心吧，我可沒那麼容易死。」司徒康一點也不生氣，只是淡淡地說了一句。

路天峰看了陳諾蘭一眼，而她恰好也看向他。

——我只是想試探「組織」的底細。

——無論你做出什麼選擇，我都會支持你。

兩人透過眼神完成了無聲的交流，然後路天峰一字一頓地說：「告訴我，『組織』到底是什麼？」

7

司徒康的故事

「組織」到底存在了多少年，是個沒人能說清楚的事，他們其實有個正式名稱，叫「天時會」。他們成員的任務只有一個，就是透過操控時間流來維護人類社會的發展進程。

這樣說可能太抽象，舉個例子吧。比如第二次世界大戰，按照原有的歷史進程，原子彈被研發出來了，卻沒有正式投入使用，日軍在東亞戰場上負嵎頑抗，將戰事足足拖延了一年多，直到德國納粹勢力死灰復燃，歐洲大陸重新陷入戰火之中。

這時候，「天時會」出手了，他們讓時間倒流到美軍決策是否使用原子彈的那一刻，然後派人巧妙地改動了歷史，讓廣島和長崎化為廢墟，於是人類社會提前迎來了和平。類似的事情還有很多，美蘇冷戰曾經演變為第三次世界大戰，中亞動盪引發過核戰爭，愛滋病也一度成為蔓延全球的可怕疫情，奪去了上億人的性命。

但在人類社會的現有認知範圍內，上述這些故事都未曾發生，因為歷史只會留下它的最後一個版本，而這個最終版本的書寫者，正是「天時會」的成員。

現在你們應該明白了，「天時會」到底有多重要，或者可以換個角度來看，他們實在是太重要了，重要性甚至超越了人類歷史上的一切組織機構。這種決定人類命運的權力，竟然高度集中在極少數人的手裡，令人感到不可思議。

難道「天時會」的決定就一定是對的嗎？如果他們做出了錯誤決定，人類社會將遭受怎麼樣的重創？或者再思考深一層，我們今天所經歷的，由「天時會」修改過的歷史，就一定是人類文明的最佳狀態嗎？他們是不是已經犯下錯誤了呢？

然而世人完全被蒙在鼓裡，根本不知道這個世界的命運是由「天時會」所擺布。

在普通人類當中，會有極低的機率產生「感知者」，他們可以感知到時間流之中的「小旋渦」，也就是單日五次的時間迴圈。根據統計資料，人類成為感知者的機率非常低，大概為一百萬分之一，有些人在剛出生時就是感知者，有些人則會在成年後才第一次感知到時間迴圈。

超過百分之九十的感知者會因為這項特殊的能力而導致精神崩潰、自殺，或者被大家當作瘋子對待；尤其是十八歲以下就成為感知者的青少年，由於心智不夠成熟，非正常死亡率更是高達百分之九十九。

能夠在人類社會正常生活下去的感知者，都是智商情商自控力等各方面素質優秀的人才，他們知道如何隱藏感知者的身分，甚至能將這點能力轉化為自己在社會活動中的優勢——路警官就是個很好的例子。

而「天時會」的另外一項重要任務，就是默默發展壯大團隊。他們會盡全力搜集身邊所有感知者的資料，監控他們的生活狀況，並且從中選出最適合的對象吸納到組織內部。透過各種訓練和強化措施，組織成員對時間流的感知力和控制力會逐步提升，其中最優秀的人才將有機會成為「干涉者」，只有干涉者才能啟動和感知時間倒流。

「天時會」嚴格控制著干涉者的數量，組織內部具有這項能力的人，不會超過七個，而其中只有最多三個人，是真正獲得組織認可的干涉者，其餘幾位僅為替補干涉者，不得隨意使用其能力。即使是正式的三位干涉者，也必須嚴格按照組織的要求施展能力，任何未經組織授權而影響時間流的行為，都是彌天大罪，會惹來殺身之禍。

但有人的地方就有江湖，「天時會」雖然能夠影響整個人類的歷史，卻也躲不過歷史的規律。隨著時代的不斷發展，組織成員的逐漸年輕化，他們接受現代社會的觀念衝擊越來越多，有些流傳了數百年的內部規條慢慢變得不合時宜了，但要修改這些規條，又必然會遇到強大的阻力。

最近幾年，「天時會」更是遭遇了千年未見的重大危機。基因技術的飛速發展，讓科學家們可以深入人類基因編輯的神祕領域，而其中某些學者的研究成果，已經能夠影響人類成為感知者的機率，只不過研究者自己完全沒有意識到而已。但總有一天，某個人會將感知時間流的超能力和基因編輯技術結合起來，從而推翻「天時會」影響和控制人類歷史的根基。

想像一下，當感知者的產生機率不是百萬分之一，而是百分之一，甚至可以透過技術手段將普通人改造成感知者，「天時會」還有能力控制那麼多人嗎？因此「天時會」不得不以最強硬的手段，去暗殺那些研究專案已經觸及感知者祕密的科學家，但科技的發展是他們無法逆轉的局面，今天殺死一個人，毀掉一個項目，明天又會有另外一個人再做一個類似的項目，這樣根本不能解決問題。

於是「天時會」內部也產生了分裂，有些人問，人類社會為什麼必須按照「天時會」的規條發展？為什麼要用殺人的手段來維持組織的正常運作？「天時會」干涉歷史進程的判斷標準，是否需要做出改變？

曾經我也是「天時會」的一員，而且已經成了四位替補干涉者之一，但我這個人最討厭的就是權力鬥爭。近年來，組織內部山頭林立，各方勢力為了競爭領導者的地位，挖空心思鬥個不停，反倒正事沒做幾件。

厭倦這一切的我希望能退出「天時會」，然而這個組織從來沒有「退出」這一說，申請退出就等同於背叛組織，會被列為叛變者。

如果是在「天時會」的全盛時期，叛變者只有死路一條，但今非昔比，內耗嚴重的他們無暇顧及我，也忌憚我有操控時間流的能力，不想跟我來硬的，於是睜一隻眼閉一隻眼地任由我離去。

離開「天時會」之後，我才意識到這個世界有多廣闊，人類社會發展本來就有無數種可能性，為什麼我們偏偏要選擇那一條我們自認為是「好」的路，強迫大家跟著一起走呢？即使我們擁有改變時間流的能力，就一定要去改變世界嗎？我們就不可以擁有正常人的普通生活了嗎？

我想了很多很多，最終決定要改變這個世界，不，應該說希望世界回歸原本的模樣，讓人類社會自由地發展，即使會因此而遇到更多戰爭和災難，但這也是人們的選擇。

而我首先去做的事情，是賺錢，靠著我的能力賺大錢。股票、期貨、債券、賭博等，一切帶有投機性質的賺錢管道，都是我發家致富的最佳選擇。

我只花了短短兩年時間，就積聚了數額可觀的資金。然後是招兵買馬，發展人脈，一步一步地打造屬於自己的商業帝國。

我發現只要有了錢，很多問題都能夠迎刃而解。之前我一度擔心「天時會」的人會來找我算帳，但當我自己的勢力越來越強大之後，「天時會」對我避之唯恐不及，哪裡還有尋仇的念頭？

最近這一兩年，我也花了不少力氣去尋找基因技術的前沿科學家，看看誰有可能研究出關於感知者的科技，然後我要想辦法保護他們的研究成果。只可惜，「天時會」的勢力依然強大，他們先是除掉了駱滕風，又殺害了林嘉芮，而姍姍來遲的我，只能退而求其次，想辦法去爭奪林嘉芮留下的資料。路警官，很感激你替我找到了資料；陳小姐，我也希望你能夠加入我們，一同研究激發人類感知者潛能的辦法。但即使你們不願意加入，也沒關係，我相信今天之後，整個基因技術研究領域將會迎來大地震，那麼多研究人員，總會有人成功。

也許，在這棟小房子裡面所發生的一切，是人類新世界的起點。能夠見證這一刻的我們，該有多麼幸運啊！

8

六月一日，下午三點十分，東泥堂，小洋樓。

司徒康終於結束了他那番激情澎湃的高談闊論，充滿期待地看著路天峰。

「考慮得如何了，路警官？」

路天峰托著下巴，沉吟道：「簡而言之，司徒先生，你既有強大的時間操控能力，同時也腰纏萬貫、有權有勢，對吧？」

「沒錯，而且我還心懷蒼生，希望能夠讓全人類重獲自由。」司徒康大言不慚地說。

「在電影裡頭，這可是那些瘋狂的反派角色才會說的台詞。」

「但我不瘋狂，也不是反派。」

「那你可以讓時間再次倒流，重返五月三十一日嗎？」路天峰說道。

司徒康先是愣了愣，然後揚起頭，放肆地哈哈大笑起來，「路警官，你在開玩笑嗎？我好不容易才實現了自己的目標，怎麼可能推倒重來一次？啟動時間倒流可是要付出極大代價的……」

說到這裡，司徒康的話戛然而止，明顯是不願意透露出更多祕密。路天峰臉色一沉，冷冷地哼了一聲。

「更何況，之前我也向陳小姐介紹過了，你身為感知者的能力不足，這一次是靠我們提供的強化劑，才獲得了感知時間倒流的能力，但你的身體還沒能跟上節奏，如果再經歷一次時間倒流，你可能會死掉。」

「那麼，我以後還能感知到時間倒流嗎？還是說像以前那樣，只能感知到單日之內的時間迴圈？」

「這個問題我無法回答你，確實曾經有人因為喝下強化劑而永久提升了自身的感知能力，但也有人喝了之後一命嗚呼。」司徒康突然笑了起來，讓人不寒而慄，「你既然沒死掉，那麼還是有機會永久獲得感知時間倒流能力的。」

「原來如此。」路天峰平靜道，並沒有表現出特別的情緒波動。

因為他早就做好了心理準備，陳諾蘭說得對，時間倒流不可能沒有代價，而身體上的痛楚他已經有了深切體會。

即使他能夠穿越時間，也還是會遇上許多無可奈何的事情。

「那麼，我還有最後一個問題。」路天峰挺直了身子，突然之間好像整個人都高了一截似的。這是他走進這間屋子之後，首次露出真正的氣勢和鋒芒。

「汪冬麟是你的一枚棋子吧？」

司徒康臉色一變，心頭劇震，他發現自己竟然低估了路天峰。

這個警察最終還是看破了一切。

9

路天峰的分析

汪冬麟果然是個深不可測的男人，他直到最後一刻，看似已經將手中的底牌全部耗盡了，但其實仍然隱瞞了真正的祕密。

袁成仁是「天時會」的人，他看穿了汪冬麟的犯罪行為，藉此要脅汪冬麟，迫使他去殺死林嘉芮，搶奪實驗資料，這些都是事實。然而我在聽汪冬麟供述案情的過程中，腦海裡總是盤旋著一個問號，被舉報抑或貿然行動被抓獲，橫豎都會導致殺人罪行敗露，汪冬麟為什麼會乖乖聽命於袁成仁？

根據常理推斷，其中很可能涉及「利益」的交換，然而按照汪冬麟的說法，「天時會」並沒有提供他任何實質性的利益。以汪冬麟小心謹慎的個性和算無遺策的辦事風格，怎麼會同意這樁穩賠不賺的交易？於是我開始懷疑這裡頭還有內情。

最初我的推測是，袁成仁利用自己犯罪心理學專家的身分，幫汪冬麟打掩護，教他怎麼完美地假扮精神分裂症患者，另外還可以透過自己的影響力，干預D城大學犯罪心理學研究室的鑑定結果。

但這個推測還是有幾點無法解釋的地方：第一，其餘兩家精神鑑定機構為何得出了相同的結論？袁成仁的影響力有那麼大嗎？第二，假設「天時會」動用了自身的龐大資源來保住汪冬麟，那麼問題就會變成他們為何要費那麼大的勁呢？汪冬麟手中並沒有足以威脅他們的東西，這場交易的籌碼並不對等；第三，汪冬麟在跟我談判時，一再希望我能夠放他走，還他自由，他憑什麼覺得自己能在警方的天羅地網之中逃脫呢？

最終讓我完全否決了這個推測的，是汪冬麟在走投無路的時候，主動供出了袁成仁，指控袁成仁就是威脅和迫使他去殺死林嘉芮的那個人。假設汪冬麟和袁成仁真是一夥的，那麼他應該死活都不會說出袁成仁的名字，以防止警方將他們兩個人關聯起來。

然而汪冬麟選擇把袁成仁作為棄子求生戰術中的一環，就證明袁成仁和「天時會」並不是真正在背後替他脫罪的人。那麼，還有誰會與汪冬麟達成交易呢？汪冬麟手中到底有什麼東西，會讓對方如此渴求呢？

這些之前我一直沒能想明白的問題，是司徒先生你給了我答案，汪冬麟身上最有交易價值的東西，當然就是林嘉芮的資料。在他的自白當中，對於為什麼會將資料備份的問題只是含糊其詞地一筆帶過，有點莫名其妙，但如果是有人提出向他購買這些資料的話，一切就順理成章了。

我猜你們的交易過程是這樣的，汪冬麟受到袁成仁的威脅，心煩意亂，而你身為「天時會」的死對頭，察覺到袁成仁的行動，並猜測可能跟研究資料有關，便決定收買汪冬麟。

汪冬麟不會輕易相信你，他可能會要求你支付一定數額的金錢，又或者要求你保證他在被警方抓獲之後不會被判死刑。反正你有錢嘛，錢能夠解決的問題對你來說都不是問題，所以你花了大錢，很可能是威逼利誘雙管齊下，買通三家鑒定機構的鑒定人員，偽造了能讓汪冬麟免除牢獄之災的結果。

按照你的原定計畫，可能會在警衛措施相對鬆懈的精神病院動手，將汪冬麟劫走，然而「天時會」的人也沒閒著，他們識破了你的計畫，搶先一步劫了汪冬麟的囚車，並殺死了他。而你在那時候才驚覺「天時會」的行動，但為時已晚。為了扭轉敗局，你立即派出阿永設局來威脅我，迫使我進入時間倒流，重返五月三十一日，以挽救汪冬麟的性命。

這就能夠解釋為什麼汪冬麟一開始對劫囚車一事並不覺得驚訝，後來發現對方真的要動手殺他，才發覺事情不對勁。經歷一番波折後，最終還是由我把他救走了，不過接下來汪冬麟也出現了失誤，因為他實際上跟「天時會」和你兩方面都達成了某種交易協定，在事態混亂之際，他甚至無法確定現在是誰想救他，誰想殺他，所以才會做出去摩雲鎮找女調酒師朱迪的決定。

充滿戒心的汪冬麟很快就發現朱迪要殺他，「天時會」已經將他當作棄子了，但他卻並不會因此就百分之百信任你。已經如同驚弓之鳥的他，決定聯繫我，因為他認為身為警察的我絕對不會隨便傷害他。

就這樣，汪冬麟透過我將隱藏的資料拿到手，他希望藉此完成交易，重獲自由之身。只不過接下來一連串的變故，讓他落入了警方的控制之中，再也不可能施展他的小伎倆逃出法網了。

當形勢發展到這一步的時候，他當機立斷，放棄了繼續逃跑的念頭，將自己的狀態重新調整為「精神分裂症患者」。這樣起碼能夠保證自己先活下來，活下來之後才有希望。

沒錯，我的意思是，汪冬麟一直都在扮演「人格分裂」的角色，但事實上，他的兩個「人格」只是他為了能夠逃脫罪名而假扮出來的。自始至終，他的身上只有一個人格，就是那個為了達到目的不擇手段、把一切都算計到極致、心胸狹窄、冷血無情的殘忍男人。

他為了完美地進行角色扮演，甚至在逃亡的過程中故意殺死一名完全無辜的女生，因為只有這種不合情理的犯罪，才符合他精神鑒定報告中「陷入瘋狂，無法自控」的結論。

汪冬麟確實是個惡魔，而你就是那個將惡魔放出籠子、助紂為虐的人。你跟他一樣，為了實現自己的所謂理想，可以罔顧別人的生命，隨意踐踏別人的尊嚴。你可以縱容汪冬麟殺人，也可以在他失去利用價值後將他隨意拋棄；阿永應該是你的親信，但只要能夠把資料拿到手，你就完全不管他的死活。

如果我答應跟你合作，誰知道哪一天你不會因為利益衝突而在我背後捅刀子？

你確實是敵人的敵人，但絕不會是我的朋友。因為我的身分是警察，在我力所能及的範圍內，我不會放過任何一個犯罪者，比如雙手已經沾滿鮮血的汪冬麟。

很抱歉，現在我就要把你的棋子從棋盤上拿走了。

10

六月一日，下午三點二十五分，東泥堂，小洋樓。

「好，很好，非常好！」

路天峰的話音剛落，司徒康已經不停地喝起采來，他一邊大聲叫好，一邊用力地拍著手掌，「路警官僅憑這些零碎散亂的線索，就幾乎將整個真相重新拼了出來，思路之清晰、邏輯之嚴密都令人歎為觀止。據我所知，你的推理當中只有一點小小的瑕疵。」

「什麼瑕疵？」

「汪冬麟一案備受社會關注，他的精神鑒定報告想要造假，可不是我光花錢就能解決的問題啊！」

司徒康發出一陣莫名其妙的怪笑，讓路天峰心生反感。

「你的意思是……汪冬麟確實有精神病？」

「我不確定汪冬麟是否人格分裂，但如果他一直都在演戲，那還真是全靠他那了不起的演技蒙混過關的。」司徒康坐回沙發，給自己倒了一杯茶，「其餘的東西，你已經猜了個八九不離十，我就不再多說什麼了。」

「所以你承認跟汪冬麟之間有過交易?」

司徒康身體放鬆地靠在沙發靠背上，笑著說：「他說有一份資料賣給我，我感興趣，就開了個價錢，僅此而已。路警官，請問這樣的交易違法嗎?」

路天峰很清楚，只要司徒康堅稱他並不知道汪冬麟手中的資料來源不合法，就可以輕易躲開法律制裁。另外一項可以嘗試指控司徒康的罪名，是控告他派人強行擄走陳諾蘭，但如今關鍵的當事人阿永已經死亡，這案件也變得死無對證。

至於司徒康能夠操控時間流，在曾經發生過的六月二日策畫人質劫持案，迫使路天峰去劫囚車這種天方夜譚般的故事，更只能算是無稽之談了。

在路天峰眼中，雖然司徒康惡貫滿盈，卻偏偏找不到他的犯罪證據。甚至可以說，在現下這段時間流當中，他就是個遵紀守法的普通商人。

路天峰想起了章之奇所說的關於他表妹的悲慘往事，如果一個人只在「不存在」的時間流當中進行犯罪，那麼他算是個好人還是壞人?既然法律無法懲罰這些人，那就只能讓他們逍遙快活地繼續做這些勾當嗎?

想到這裡，路天峰下意識地握緊了拳頭。

這個小動作被司徒康注意到了，但他只是聳聳肩，見怪不怪地說：「你覺得不服氣、不公平，對嗎?我們本來就不是普通人，為什麼要被普通人制定的規則所約束?」

「因為這個世界上還有許許多多的普通人，我們絕對不能隨意打破規則。」

司徒康歎了口氣，顯然是不認同路天峰的觀點，但他沒有繼續在這個問題上糾纏，而是倏地站起身來，有點突兀地說：「我還有點事情要去處理，先告辭了。」

司徒康向身後的下屬打了個手勢，正要邁步離去時，路天峰卻伸出手，攔住了他的去路。司徒康的兩名保鏢立即拔出手槍，分別對準路天峰和陳諾蘭，但司徒康只是一笑置之，擺擺手，讓他們放下槍。

「大家以後沒準還有合作的機會，有話好好說。路警官，你還有什麼問題嗎？」司徒康臉上帶著屬於勝利者的微笑。

「我希望汪冬麟能夠得到他應有的懲罰。」

「這可是警察的工作職責，我愛莫能助啊！」司徒康攤開雙手。

「你們之間有過交易，你可以幫我證明汪冬麟是為了高價販賣資料而殺害林嘉芮，這可以將他的罪行定性為有預謀的殺人搶劫，而不是第二人格主導的無意識行為。」

「我為什麼要蹚這攤渾水？」

「因為汪冬麟對你而言已經沒有任何利用價值了，但如果你放棄了他，我可以暫時不與你為敵。」司徒康露出饒富趣味的神情來，「所以說，我們雖然做不成朋友，但未必一定是敵人？」

「既往不咎，但如果你以後再為非作歹，我一定不會放過你。」

「真遺憾，我覺得我這個人很難安守本分呢。」司徒康轉了轉眼珠，說：「不過有一點你說得對，汪冬麟這枚棋子已經是多餘的了，如果你能替我妥善處理掉，也不失為一個雙贏的結果。」

「一言為定。」路天峰點點頭。

「警民合作，長治久安。」司徒康從懷裡掏出一支手機，遞給路天峰，「這是我在路上撿到的，你看看有沒有用吧！」

路天峰面無表情地接過手機，他知道這盤棋走到這一步，算是兌子言和了。但他內心最希望做到的，還是戰勝司徒康。

因為這個男人以後不知道還會做出什麼瘋狂的事情來。

「我們走吧。」路天峰牽起陳諾蘭的手，溫柔地說。

陳諾蘭點點頭，旁若無人地踮起腳尖，親了親路天峰的臉頰。

「無論你做什麼，我都會永遠支持你。」

終章

1

六月一日，晚上八點，D城警察局，審訊室。

汪冬麟端坐在椅子上，無論是誰，問他什麼樣的問題，他都一言不發，只是直直盯著提問者，時不時露出猙獰的冷笑。

「這傢伙真的瘋了。」每位參與審訊工作的警員都這樣認為。

可是當路天峰拿著一個透明的證物袋走進審訊室時，汪冬麟的臉色突然變了，因為他看見了證物袋裡面的手機。

雖然不知道是誰的，但他隱約聞到了一股危險的氣息。

「我找到了。」路天峰沒頭沒腦地拋出這句話來。

「什麼？」

「買家的手機。」

「什麼買家？」汪冬麟的臉色如常，嘴角卻難以察覺地抽搐了一下。

「那個叫阿永的男人，給了你不少訂金吧，怎麼生意沒做成就翻臉不認人了？」

「我根本不知道你在說什麼。」汪冬麟下意識地拿起面前的免洗紙杯，卻發現裡面早就沒水了。

路天峰隔著證物袋，滑著手機螢幕，查看上面的訊息，「時代果然是先進了啊，現在的黑市交易居然還會使用電子錢，全球通兌，來源保密。不過我要很遺憾地告訴你，如果我們光掌握了你的電子錢帳號，那確實查不到是誰給你轉帳的，但如果我們同時掌握了交易雙方的帳號，那就等於鐵證如山了。」

汪冬麟將手中的紙杯捏成一團。

「你是為了錢才殺死林嘉芮的，對吧？這裡不但有電子錢的轉帳記錄，還有完整的聊天資訊記錄。」

「不！路天峰，我跟你說過，是因為『組織』的人要脅我，我才迫不得已要殺人的。」汪冬麟急得站了起來。

「證據呢？」路天峰笑了，這是他在與汪冬麟交鋒的過程當中，第一次真正因為高興而露出笑容。

因為路天峰非常確定，所有的證據早就被汪冬麟毀掉了，他為自己幾乎完美的犯罪而沾沾自喜。他步步為營，將各方面的因素都計算在內，還同時與「天時會」和司徒康兩方勢力達成了祕密協議，要求他們保證自己不死。他甚至為了安全起見給自己加了第三重保險，透過假扮人格分裂的方式矇騙了專業的精神鑒定機構。

他毀掉了其他所有的證據，結果反而導致路天峰現在拿出來的東西，一躍成為最關鍵的決定性證據。

「你這是孤證、偽證，根本沒有法律效力……」汪冬麟紅著臉，語無倫次地分辯道。

「沒關係，給我們一點時間，完整的證據鏈會查出來的。這足以證明你殺害林嘉芮完全是蓄意謀殺，跟什麼人格分裂妄想症之類的……半點關係都沒有。」

汪冬麟重重地跌坐回椅子上，他的表情還算平靜，除了嘴角那不自覺的抽搐之外，看不出其他異常。

他終於還是丟掉了最後的防線，但他還不想認輸，不能認輸。

如果在這裡認輸，他會輸掉一切，包括自己的性命。

「我什麼都不會說。」最後，他咬牙切齒地擠出了這句話。

「你什麼都不需要說，我會去查。」路天峰瀟灑地收回了證物袋，「我來這裡並不是為了對你進行審訊，而是——」

路天峰突然壓低了聲音，身子向前傾，湊到汪冬麟的耳邊，用只有他一個人能夠聽見的音量說。

「我只是想讓你嘗嘗失敗的滋味。」

汪冬麟的胃部泛起一陣酸意，對啊，這就是失敗的滋味。

他彷彿回到了父親葬身火海、母親向自己攤牌的那天晚上，又彷彿聽見了茉莉對他的無情譏笑。

從那天開始，他就是一個徹徹底底的失敗者。

偽裝了那麼多年的面具，終於被路天峰無情地撕破了。

「我輸了……」他木然地說。

路天峰好像沒聽見他在說什麼，頭也不回地離開了審訊室。

關門之前，他輕輕地說了一句：「天網恢恢，疏而不漏。」

而當審訊室的門關上後，汪冬麟整個人頓時癱坐在椅子上，連坐直的力氣都沒有了。

2

六月一日，晚上八點三十分，D城警察局辦公大樓，天台。

昏暗的燈光下，一個紅色的小光點明滅不定地閃爍著。

一個男人形單影隻地抽著菸。

另外一個體型較為嬌小、屬於女性的身影也出現在天台處。

「原來你也是癮君子？」童瑤不無驚訝地對章之奇說。因為這兩天接觸下來，她從來沒見過他抽菸。

「其實我並沒有菸癮，但說來奇怪，我一來到這天台就想抽菸。」章之奇摁滅了才抽不到一半的香菸。

「這算是職業病的一種表現形式嗎？」童瑤當然也知道，天台就相當於這棟大樓的吸菸區，「還是說，你內心深處仍然懷念著當警察的日子呢？」

章之奇呵呵一笑，「算了吧，還是當私家偵探自由自在，解決問題的方法也更多。」

「哼，你現在還不是靠著警方內部系統的資訊辦事？回頭我就想辦法封了你。」

「童警官，別那麼心狠手辣嘛，你給我留一條活路，我以後還能繼續幫你破案，兩全其美。」

童瑤看著遠處星星點點的夜燈，感慨道：「這次還真的要好好感激你，要不是你幫忙，我們可能不會那麼順利地抓住汪冬麟。」

「不客氣，收錢辦事天經地義嘛……話說，你真有把握替我把你們警方的懸賞申請下來？」

「我一定會盡力而為。」

「實在不行也沒關係啦，以後多多照顧我的生意就行了。」章之奇竟然主動給了童瑤一個台階，這反而讓童瑤有點搞不懂了。

「怎麼一下子就沒精打采啦？不太像你的風格。」

「因為這案子的內情實在是太複雜了，汪冬麟雖然已經落網，但一切並未結束。」章之奇歎了一口氣，「更何況裡面還涉及什麼時間迴圈、時間倒流、改寫歷史之類的東西……你讓我一個凡夫俗子怎麼去面對這些？題目完全超出範圍了啊！」

童瑤忍俊不禁，噗嗤一下笑出聲來，「哈哈，你明明就是國內最頂尖的資訊技術專家，沒有之一，怎麼能算凡夫俗子？」

「這個……童警官過獎了。」

「而且，你也不是一個人去面對這些啊。」童瑤舉目遠眺，緩緩地說：「不是還有我們嗎？」

「我們……」章之奇居然覺得喉頭有點哽塞，他突然想起當初身為刑警的那些日子，兄弟們之間是如何守望相助，並肩作戰。

其實他一直都很懷念那種溫暖踏實的感覺。

如同現在一樣。

3

六月一日，晚上九點，D城警察局辦公大樓，食堂。

程拓拿著一杯溫豆漿，坐在食堂的角落裡，一副若有所思的樣子，手裡的豆漿幾乎一點也沒動過。

「程隊。」路天峰也拿著同樣的杯子，坐到了程拓對面的位置上。

「阿峰，這兩天辛苦你了。」

「也辛苦你了，今晚就早點回去休息吧。」

「好的。」

路天峰只感到一陣莫名的心酸，沒想到曾經一起出生入死的他們，竟然會坐在這裡有一搭沒一搭地說著毫無營養的客套話，而兩個人之間真正想問的問題，卻沒能說出口。

大概程拓也覺得聊天氣氛過於尷尬，狠狠地喝了一大口豆漿，然後說：「阿峰，請你相信我，我雖然跟『組織』的人有過接觸，但我絕對沒有做過傷天害理的事，更沒有傷害過你。」

「我相信。」也許是擔心自己的語氣過於輕描淡寫，路天峰再次強調，「我完全相信你，真的。」

「一開始我只是很好奇你的線人到底是怎麼回事，沒想到這原來是個泥淖，一腳踏下去之後，就沒那麼容易全身而退了。」程拓低下頭，長舒一口氣，「話說回來，你猜猜『組織』和我接頭的人是誰？」

「是誰？」路天峰有預感，那將會是一個他熟悉的名字。

「七年前就宣告失蹤、一直下落不明的Ｄ城大學生物系教授周煥盛。」程拓敲著杯子說：「這也是我跟他們保持接觸的其中一個原因，我想知道在周煥盛身上到底發生了什麼，而他這些年來又躲去哪裡了。更為詭異的是，如今出現在我眼前的周煥盛，看起來比起檔案上的資料照片更年輕，但那張照片很可能是十年前拍的了。」

即使已經有了心理準備，路天峰還是暗暗吃了一驚。

「天時會」的能力，是不是真有司徒康說得那麼誇張？如果他們能夠把周煥盛一個大活人藏起來七年，那麼現在對袁成仁等人的追捕行動，也很可能無功而返。

「我們所要面對的到底是一群什麼樣的敵人啊！」路天峰感慨萬千地說。

「別擔心，我、童瑤，連同整個警局都會是你的後盾。」

路天峰不禁苦笑起來，「程隊，還是先想辦法替我向羅局解釋這次的事件吧，搞不好明天我就不是警察了。」

4

六月一日，晚上十點，D城郊外的一個小碼頭。

袁成仁看完手機上的訊息，右手不停地顫抖起來。

「袁老師，怎麼啦？」從一艘漁船船艙裡探頭出來詢問的，正是馬悅儀。

鄧子雄一臉嚴肅地坐在漁船尾部，也問：「接應的人還沒到嗎？」

袁成仁仰天長歎道：「真是瘋了，司徒康居然將林嘉芮的實驗資料和相關資料公開共享給全世界，這一刻我估計有超過一百個不同的團隊和機構，正在如獲至寶地研究著那些資料呢。」

「所以我們的任務……是徹底失敗了。」馬悅儀打了個冷戰，她在「天時會」內部雖然資歷尚淺，但也很清楚任務失敗的成員會遭受什麼樣的懲罰。

「這下完蛋了，組織肯定已經拋棄我們了。」

「拋棄？不，他們不僅僅是拋棄我們，而是要我們的命。」袁成仁將手機遞給另外兩個人，「看到了嗎？」

手機螢幕上是一行怵目驚心的文字——

自行了斷，既往不咎，如有違令，趕盡殺絕。

「都什麼年代了，還說這些文謅謅的台詞，做作。」馬悅儀嘟起嘴巴，擺出不屑的模樣來。

「袁老師，反正都是死路一條，與其坐以待斃，不如拚死一搏！」鄧子雄惡狠狠地說。

「怎麼拚死一搏？」袁成仁問。

「我們去找司徒康，加入他，對抗那班老古董！」

「好！」馬悅儀立即同意。

而袁成仁只是閉上眼睛，沒有說話。

5

六月一日，晚上十一點五十分。

陳諾蘭在書桌前站起身來，揉了揉發痠的眼睛。雖然路天峰叮囑過她回家之後立即好好休息，但她卻在床上翻來覆去，怎麼也睡不著，就乾脆爬起來深入研究林嘉芮的那些實驗資料，自然越看越精神，越看越興奮。

按照這個思路走下去，真的有可能讓基因療法的研究向前邁進一大步啊！

想到這裡，陳諾蘭立即動手，一邊翻箱倒櫃查看資料，一邊拿出草稿紙，唰唰唰地設計出自己下一步準備嘗試的實驗方案。直到寫滿了好幾頁Ａ４紙，才突然回過神來，想起自己如今賦閒在家，連正規的實驗室使用權都沒有呢。

於是她又立刻開始修改自己的簡歷，將風騰基因的工作經歷加到之前的簡歷範本裡，差點就直接拿出去投遞了。只不過在發送郵件之前，她還是覺得應該等路天峰回家，和他商量一下再說。

陳諾蘭抬頭看了一眼掛鐘，原來已經快要十二點了。

「回來了嗎？」她拿出手機，輸入這一串文字後，想了想，還是把訊息刪掉了，沒發出去。

這時候，大門處傳來了開鎖的聲音。

陳諾蘭三步併作兩步地跑過去，剛好迎上開門進屋的路天峰。

「峰……」她一把抱住了他。

「怎麼啦？」

「突然好想你。」

好害怕失去你。這才是陳諾蘭真正想說的。

「諾蘭，我不是說過了嗎，今天一定會回家。」路天峰摸了摸陳諾蘭的頭，「因為幾分鐘後的明天，六月二日，就是我們的相識紀念日啊！」

陳諾蘭將頭靠在路天峰的胸膛，細語輕聲地說：「對你來說，是又一次回到這一天了，對吧？」

「嗯。」路天峰應了一聲，氛圍突然變得有點沉重。

「上一次的六月二日，我們經歷了一次生離死別，對嗎？」

「但這一次我們不會再分開了。」路天峰捧著她的臉蛋，鄭重其事地說。

「我知道，只是……有些人原本應該還活著的，現在卻死了……」陳諾蘭的眼眶紅了。

她不僅想起了余勇生，還有一位素昧平生、只是在新聞之中得知被汪冬麟殺害的女生。

可能還有更多她不知道的人在這次時間流的變化之中，由生變成了死。當然，也有人由原來的死變成了生。

比如自己，比如汪冬麟。

陳諾蘭突然覺得，這種因為改變時間流而活下來的感覺並不好，自己像是一個小偷，偷走了原本屬於其他人的生命。

「別想那麼多了，好嗎？」看穿了陳諾蘭心事的路天峰，沒有再說太多安慰的話語，只是靜靜地、緊緊地擁抱著她。

前路還會有許多艱難險阻，但他有信心帶著她一起去面對。

時針終於指向了十二點整。

新的一天到了。新的開始，也是新的結束。

「諾蘭，我愛你。」

他得到的回答，是一個連綿而熱烈的吻。

無論如何，只要我們還在一起，就不能輕言放棄。

逆時偵查2：時間的主人

作　　者　張小貓
封面設計　高偉哲
行銷企畫　林瑀、陳慧敏
行銷統籌　駱漢琪
業務發行　邱紹溢
營運顧問　郭其彬
校　　對　呂佳真
責任編輯　李世翎、吳佳珍
總 編 輯　李亞南
出　　版　漫遊者文化事業股份有限公司
地　　址　台北市105松山區復興北路331號4樓
電　　話　（02）27152022
傳　　真　（02）27152021
服務信箱　service@azothbooks.com
營運統籌　大雁文化事業股份有限公司
地　　址　台北市105松山區復興北路333號11樓之4
劃撥帳號　50022001
戶　　名　漫遊者文化事業股份有限公司
初版一刷　2022 年 3 月
定　　價　新台幣350元

圖書許可發行核准字號：文化部部版臺陸字第111003號

ISBN　978-986-489-589-2

國家圖書館出版品預行編目(CIP)資料

逆時偵查2：時間的主人 / 張小貓 作; -- 初版. --
台北市 : 漫遊者文化事業股份有限公司, 2022.03
320面 ; 14.8×21公分

ISBN 978-986-489-589-2(平裝)
857.7　　111000850